光与微尘

张嘉丽 著

浙江工商大学出版社
ZHEJIANG GONGSHANG UNIVERSITY PRESS
·杭州·

图书在版编目（CIP）数据

光与微尘 / 张嘉丽著. — 杭州：浙江工商大学出
版社，2023.5
　ISBN 978-7-5178-5455-5

　Ⅰ.①光… Ⅱ.①张… Ⅲ.①长篇小说 – 中国 – 当代
Ⅳ.①I247.5

中国国家版本馆CIP数据核字（2023）第078233号

光与微尘
GUANG YU WEICHEN

张嘉丽　著

策划编辑　王黎明
责任编辑　王　琼
责任校对　何小玲
封面设计　林朦朦
责任印制　包建辉
出版发行　浙江工商大学出版社
　　　　　　（杭州市教工路198号　邮政编码310012）
　　　　　　（E-mail：zjgsupress@163.com）
　　　　　　（网址：http：//www.zjgsupress.com）
　　　　　　电话：0571-88904980，88831806（传真）
排　　版　杭州彩地电脑图文有限公司
印　　刷　杭州高腾印务有限公司
开　　本　880 mm×1230 mm　1/32
印　　张　10.75
字　　数　241千
版 印 次　2023年5月第1版　2023年5月第1次印刷
书　　号　ISBN 978-7-5178-5455-5
定　　价　58.00元

目　录

油画中的少女

　　一九三六年夏天的一个傍晚，方凌波在法国街头漫无目的地走着，突然，他的视线被橱窗内的一幅油画吸引。那幅画和他那天的闲逛一样，被漫不经心地挂在法国南部一座城市街角的橱窗内。看到它时，他的两手仍插在工作裤的口袋里。

　　他定定地站在橱窗外看着那幅画，有瞬间的恍惚。由于个子高，看画时他得弯下腰才能看仔细一些。他像猫一样弓着身子，专注地看着那幅画。

　　那是一幅中国江南小镇的油画。画上一条狭窄的小河穿镇而过，河中有乌篷船在穿行，河上有雕刻精致的石桥，两岸有倚河而建的民居。临桥一间阁楼的窗口，一位蓝衣少女正在倚窗梳妆。少女有着姣好的面容，明亮的眼睛，红润的嘴唇，柔软的秀发，白皙的小手……无论是风景还是人，都透着宁静与美好，透着中国的味道。

　　看画时他眉头紧锁。不仅画上的景色让他觉得亲切，画上的少女还让他想起了一个人。

　　那个多年前，他从废弃房屋的梁上救下来的孩子。他已很多年没想起那个瘦骨嶙峋的孩子了。印象里那是一个绝望的孩子。

她的眼神里常流露出与年龄不甚相符的神情及绝望，偶尔露出一些孩子的天性及顽皮，也带着一份少年老成的沉重。那是生命里唯一一个让他生出保护欲的孩子。激起他保护欲的，就是她那无辜且受伤的眼神。

他还记得送她走时的一些画面。那天，一路上她很沉默，道别时也不看他，只是默默地转身离去。他站了一会儿才离开，走了几步回头看时，却看到她站在那里抽着身子，压抑着不让自己哭出声来。那一刻他很难受，却没有回去，只是看了一下便转身离去。想起当时的情景他至今仍十分难受。

方凌波在橱窗外站了很久，身体也跟着思绪变化着，先是柔软，接着僵硬，而后又柔软下去。

在看到那幅画之后，方凌波就处于一种恍恍惚惚的状态之中。

回到住处，他的脑海中仍浮现着画上的人。起初这个形象还较具体，身高、体形、眉眼都很清晰。为了在记忆里更加具体，他不停地给她添加元素，却适得其反，那影像逐渐变得模糊，既不是她小时候的样子，也并非画上的样子。那是他打乱记忆重新为她设想的一个形象。随后这个新形象竟越来越缥缈，那个人和那幅画都不真实起来。

当不再想着她具体的模样时，脑中唯剩她安静的样子。她静静地站在那儿，用那黑得甚至发着蓝色亮光的眼睛观察着周围的一切。那种安静，就像夜色里还未完全盛开的花朵一样，孤独而又冷冷地立着。

夜深时，方凌波仍在床上翻来覆去，满脑子都是有关那个孩子的回忆。他希望快点儿睡着，但即使闭上眼也了无睡意，脑海中依然晃动着一双谜一样的大眼睛。

方凌波辗转很久才睡着，很快他又回到了那个场景。

她被高高地吊在房梁上，一条粗壮的蛇正朝她慢慢靠近。看着那条越来越向她逼近的蛇，她惊恐地瞪着双眼。忽然，像被施了魔法一样，那条蛇开始膨胀起来，先是头，接着是身体变得比她的还要粗壮，蛇身也由房梁的一头蜿蜒到另一头。蛇离她越来越近，突然高昂起头，张开大口将她吞下……她凄厉地大叫起来。

惊醒后，方凌波摸了下额头，脑门上全是汗。知道是个梦，但由于梦中的场景太过真实，他仍难受得要命。

他平躺着，脑海里一遍遍地重放着那孩子被蛇吞下的场景，而且画面不停地放大。

这是第一次做和她有关的梦，突然明白当初她为什么无数次从梦中哭醒。

记得一次半夜，她再次哭叫着醒来，被他安抚一会儿后，她仍睡不着。之后她悄悄地爬到他身边，贴着他躺下才慢慢睡着。当时他还嫌弃她，觉得女孩子就是胆小，做个梦就吓得要死要活。

此刻他苦笑了一下，终于体会到一个孩子的恐惧与无助，刚才做梦时他也紧张得要命。他甚至看到蛇口一点一点将她的身体包进去，以及吞咽她时蛇身蠕动的场景……

在想了很多遍那个梦和那个孩子后，方凌波觉得自己变成了那条蛇，将她一口吞下，因吞得太快，她的身体堵在他的胸口，既下不去也上不来。他甚至感觉呼吸越来越困难，不得不从床上坐起来。

不说了，睡了

天亮时，方凌波像往日一样出去跑了几圈。被凉风一吹才渐渐清醒，并宽慰自己：一个梦而已。可一整天他都心神不安，有种魂不附体的感觉。

傍晚时分，似乎有种神奇的力量引着他又向看到油画的那条街走去。他既激动，又紧张，像处在恋爱中的人一样，去见的不是一幅画，而是他的恋人。到达前他甚至担心那幅画已被人买走，或被店主换下，或根本就没有那幅画。看到它依然在时，那种恋爱般的感觉再次浓烈起来，他甚至觉得自己爱上了一幅画，不，确切地说，是爱上了画上的那个人。

他端详着画上的人，想着昨天的梦，觉得仍很真实，哪怕她没有遭受什么，似乎这种梦也是一种不祥的征兆。瞬间那种悲伤再次向他席卷而来，让他看画时的表情都带着一种忧伤。

他在打量画时，店内的一位老人也一直注视着窗外这个东方面孔。从昨天他站在橱窗外打量这幅画起，老人就注意到了他。这个年轻人和他印象中的东方人不太一样，身材更高大一些，皮肤也更黝黑一些，英俊的外表下也更透着一种东方的神秘，尤其他的眼神看上去非常忧郁！

看着他的身体与神态不停地变化着，老人从店内走了出来，询问他是否需要帮助。

方凌波这才一下惊醒过来。他指了指油画问道："这幅画卖吗？"

老人点头，并把他引进店内。

方凌波将那幅画买了回去。其实那是一幅仅比杂志稍大一些的画。尽管画幅很小，他还是小心翼翼地，像捧瓷器一样将画带了回去。

回到家后他将画放在桌上，为拥有这幅画而悸动。为了显示对画的尊重，他特意去洗了手，然后站在画前更加专注地打量着。画上姑娘的眼睛清澈明亮，黑眸里透着一层蓝色的光亮，简直和印象中的她一模一样。

他忍不住用手摸了摸那幅画，感受着油画上那种涩涩的凹凸感。又小心翼翼地摸了摸姑娘的脸，摸了摸她的眼睛，恍惚间，感觉那双眼睛一直在直视着他。

明明是幅画，他还是惊了一下，似乎画上的人在质问他为何不兑现当初的承诺一样。他甚至觉得，如果她当真坐在面前，他一定会忍不住向她解释一番。

可是此刻，怎么说呢，又如何去说他所经历的那些个破事？

印象里她只有七八岁，事实上他不记得她是七岁还是八岁了。只是觉得他怎么能向一个孩子诉说他那些乌七八糟的事呢？送她走之前，他还是一个干净的人，不久就变成一个连他自己都要怀疑的人了。

他又看了一眼那幅画。如果她是一个大一些的姑娘，他会不会说呢？越看那种幻觉越明显，似乎那姑娘在向他眨着眼睛并暗示什么。

这种感觉让他陷进了幻境之中，陷进了疯狂的爱恋之中，面对他的心上人不得不吐露心声。

他又烦躁起来，又看了一眼画上少女的眼睛，那层不安更深了。他自言自语道："你这样看着我，让我很不自在！"说完感觉画上的人好像真的冲他眨了眨眼睛。

之后方凌波躺在床上，仍无法安静下来，扭头又看了一眼画，感觉画上的人仍在等着他。不由得叹了一口气，自言自语道："昨天我梦到你了，梦到你被那条蛇吞了下去。"

随后又说："这样的梦让人很不好受！以前你常在梦中哭醒，是不是常做这样的梦？"

当然没有人应他，一向沉默的他却像醉酒的人，话莫名地多了起来。他停顿了一下又说："你想听我的事情吗？如果想听我就说！"

说完这句话他竟笑了，觉得像被鬼附了体一样，怎么能对着一幅小小的油画说话呢？

他站起来在房间里走了一圈儿，并用手在脸上来回搓着，想让自己清醒一下。

缓了一会儿又看了一眼画，那姑娘仍在注视他，好像一直在等着他的叙述一样。

他这才郑重其事地说："好吧，我决定对你说了！"好像那姑娘真的站在他面前一样。

或许是憋得太久，或许是太过孤独，或许是在此之前没有一个人让他有诉说的愿望，此刻他竟对着一幅画说话，他觉得自己一定是疯了！

他对着那幅画诉说起来，一说就停不下来，就像一个落水者在水底待久了，露出水面不停地呼吸一样。

他的开场白就是："我该怎么和你说呢？现在你已长大，应该能听懂我的话了。当年送你走后，我的身上发生了一些连鬼都不敢相信的事。该从哪一件开始呢？如果想听得明白，就得从第一件开始讲起！"

他先讲了姨太太事件。那是一件子虚乌有的事。母亲的早逝让他从小与父亲不和，为了气父亲，他接近父亲的姨太太制造一些假象，让人以为他和姨太太发生了什么。果然，此举引得父亲暴怒，他被父亲用鞭子狠狠地抽了一顿并赶出家门。姨太太受辱，不久也寻了短见。

接着便是寡妇事件。被赶出家门的他更加叛逆，为气父亲，他故意住到寡妇那里。因为这个愚蠢的决定，他把原本最珍贵的东西交了出去，还将一切和寡妇绑在一起。不想寡妇的意外死亡让他成了犯罪嫌疑人，差点儿为此送了命。每当回想起这段，他都觉得非常懊悔。

仅这两件事就让他非常狼狈，臭名远扬。

讲着讲着，他开始心烦意乱，声音也变得越来越低沉，忽然他停顿在那儿，静默了一会儿才沉声道："不说了，睡了！"

说完他疲惫地瘫在床上。在讲那些烂事的时候，他感觉自己像一只被褪毛的鸡一样，被人按进滚烫的水里烫一遍拎出来拔毛，拔得差不多时再被按进水里，拎出来再拔一次。被拔毛的过程很不好受，他早已是赤裸裸的了。

当然，如果继续说下去，他的故事一个晚上也说不完。每一件都很离奇，有时连他自己都无法相信，为什么这些事会发生在同一个人身上，他到底做了什么。

那时有关他的议论与谣言不断，那些亦人亦兽的谣言更是让他啼笑皆非，但他从不辩解。从与寡妇相好起，他就不在乎自己的名声了。尽管他对名声一点儿也不在乎，可方家人为此耻与他为伍。生怕他身上的那股邪气会鬼上身似的附在他们身上，对他不是躲着，就是视而不见。

在他处于无比尴尬的境地之中时，早年去了法国的姑姑将他带到了法国。两年后姑姑因一场车祸意外去世。姑姑的去世对方凌波是一个沉重打击。这件事竟让他联想到人们的传言：他是女人的克星，是一个不吉利的人，凡是与他关系密切与亲近的女人都会遭到厄运。

此后他陷进无法自拔的忧郁里。

此刻躺在床上的方凌波仍辗转反侧，想着刚刚对着画中人竟絮絮叨叨地讲了那么多，觉得十分可笑！近几年不到不得不开口时，他绝不开口。方才竟是他很长时间以来说最多的话的一次。他觉得之所以敢说，是因为那些不光彩的往事也只敢对着画说。

当真有个人坐在面前，他的那些事怎么能说出口呢？哪怕对着那个已长大成人的丫头也难以启齿，此刻他只希望，不要再让他做那该死的蛇吞人的梦！不是他相信梦做久了会成真，而是不堪忍受这种折磨！

被蛇逼疯了

要命的是，当天晚上方凌波又做了同样的梦。他再次大汗淋漓地由梦中惊醒，醒来胸口仍很难受。他不得不起来，在黑暗里坐了一会儿方才缓解了紧张的心情。

一连多天，方凌波的脑袋里都装着一条蛇，那条蛇不时张开大嘴将一个人吞下。

白天脑子里装着那条蛇，晚上蛇就会在他的梦里出现。那条蛇还像变色龙一样，不时变换颜色，有时青，有时黑，有时白，有时它还会变成彩虹的样子。

他从未连续做过同样的梦，感觉快被那条蛇逼疯了！有时梦醒，他的心难受得要命！

很多天之后，他才不得不面对一个现实。他不是被那条蛇逼疯了，而是让那个被蛇吞下的人逼疯了！

梦中那个人相貌并不清晰，他只能看到她惊恐的眼睛，听到她恐怖的尖叫声，直到她被蛇吞下。因为看不清，他不能确定就是她，或否定是她。

每晚，只要一躺到床上，想到又要做那个蛇吞人的梦，他的内心就生出一缕忧愁。

有时他故意找些事做，想把自己累得倒下就睡着，或许就不会做那个梦了。可梦总是不请自来。

后来这种反复的梦让方凌波有种鬼上身的感觉。他变得更加忧郁，哪怕耳边吹来一阵轻柔的风，都让他觉得那风里带着一丝淡淡的忧愁！

那风里有梦，有蛇，有人。尽管看不清梦中人的样子，但他知道梦里的那个人就是那个孩子，她已长成他所不知道的样子。每每梦醒，他感觉不仅认不出她，也认不出自己，因为他已变成他所不喜欢的样子。

做了近半个月同样的梦之后，方凌波感觉自己要疯了！他的内心变得越来越沉重，神情越来越忧伤，眉头也越锁越紧。

之后，他做了一个决定：回国。

从法国回到国内的时候，方凌波仍恍恍惚惚的。

这是他七年来第一次回国。此前他以为自己再不会回来，仅过了七年他还是回来了。又有谁知道，他回来仅仅是为了一幅画，一个反复在做的怪梦，一个看似遥远而又不甚相干的人。

到达小镇时，是七月一个燥热的下午。

经过镇上时，大地晒得似着了火一般，热气像不易察觉的气流一样不停地从地面升起。街上一个人也没有，树叶在枝头被晒得昏昏欲睡，唯一的热闹是知了的，它们聚在枝头一阵儿聒噪，像是在对夏天宣誓一样！

经过路口时，一条黄狗匍匐着趴在树荫下，嘴巴紧贴着地面。方凌波打它面前经过的时候，它也佯装没看见，似乎连狗都不待见他一样。

七年后重回这里，看着空荡荡的街，方凌波觉得一切是那么陌生，就连空气都是如此陌生，一如离开前一样。他长长地出了一口气，直奔西源半山的老屋而去。

那是方凌波曾祖父留下来的一座有些年头的石头建筑。

方家从上几代开始都是镇上的大户，名下不仅有不少良田，镇上还拥有半条街的店铺，经营着粮油店、药店、绸布店等。

当年老太爷喜欢安静，镇上虽有几处房产，却偏要在山上建一处别院。他在时山上热闹了一阵子，他走后老屋渐渐闲置下来。

那是一座狭长低矮的青色石头建筑，坐落在一片密林中的高丘上，房前有几棵高大粗壮的银杏树。深秋，金色的叶片会铺满整个院子，石屋也会被这耀眼的色彩装饰得闪闪发光。

老屋一直是方凌波的避难所。多年前他不止一次逃往那里。与父亲闹别扭时，与那孩子相依为命时，与家里决裂时他都住在那里。

从山下到老屋要经过西源岭。那是明朝时期的一条古道，路面由规整的条形桃花石铺就，路的两边生长着百余棵高大粗壮的枫香树，每一棵都有几百岁。深秋火红的枫叶让古道显得炽烈而艳丽，有风的日子，那些叶子会像梦一样在古道上摇曳。

早年方凌波喜欢坐在台阶上吹风。他很喜欢那些新飘落的枫叶，觉得那些色泽鲜艳的叶子不仅让古道显得温暖、柔和，也让他的心变得无限柔软起来。

此刻他沿着古道往上走，台阶上仍堆满了落叶，陈旧的叶子色泽深暗，变得焦脆，踩在上面发出沙沙的声音，像小声的呢喃与细语。

拐向去往老房子的路时，那条他曾走过无数次的路几乎被荒草掩埋。他在草丛中来回探索了几下才找到那条路，没走几步，身体就被埋在齐腰深的草丛里，每前进一步都很艰难。

　　到达老屋时，方凌波已汗流浃背，手臂也被划破了多道口子。他站在院中看了一会儿，尽管石屋看着还很坚固，但终因年久失修而透着衰败。房顶上有几片瓦不见了，风一吹那些风便从破损处灌进屋子，在空旷的房间里四处晃荡，呜呜咽咽的，似哭声，又似叹息声。瓦片间还有一株含苞待放的月季，像一株孤独的玫瑰花。

　　房屋比他上次在时要沧桑得多。他觉得自己也同这房子一样，年代久远，丧失朝气，由内到外透着破败与沧桑。院墙也倒了一半，墙边那株他种植的芭蕉还在，长得和房顶一样高了。此时几只鸟雀在芭蕉叶间来回穿梭啁啾，欢快地从一片叶飞往另一片叶。墙角那几株月季掩埋于荒草之中，已看不到昔日的光彩。

　　看了一圈，方凌波走到水池前，发现仍有山泉汩汩不断地流下来。他洗了把脸，顿觉凉爽起来。重回这里，他竟有种踏实与久违的宁静之感。

知道你认不出

歇息了一会儿，方凌波才朝房门走去。门锁已生锈，推了推纹丝不动。

他发现这锁还是七年前他用的那把，摆出的似乎还是当年的那个姿态，似乎七年来从未有人来过。

他沿着墙往前走，寻到墙上的一个破损处，摸了摸，发现钥匙居然还在，但也锈迹斑斑。生了锈的钥匙根本插不进锁孔，踌躇了一会儿，他从墙角拿了块石头准备将锁砸开。

这是他第二次砸锁。十二年前，他曾用石头砸过一间柴房的锁。

此时记忆又潮水般地涌上来。那孩子骨瘦如柴，在她那张尖尖的小脸上，只剩下一双湿漉漉的大眼睛扑闪扑闪地眨着。虽然他们曾相依为命了半年，他却始终不知道她叫什么。有几次他试图问她的名字："你叫什么？"

每次问她，她都一脸凝重，要么冷着脸不去看他，要么低着头紧闭嘴巴，似乎张嘴就会泄露天机似的。再问，她就用她那个年纪不该有的忧郁的眼神看着他，一脸哀愁。

有时他被她的眼神弄得悲伤起来，好像她的忧郁是他强加给她的。

锁砸开后，推开门，灰尘由门上抖落下来，弄了他一身。旧木门开启的吱呀声惊动了房间里狂欢的老鼠们，它们互相推搡着，尖叫着，四处乱窜。有几只向房梁上蹿去，梁上的灰被踩落，迎着光线在空中飞舞，光线中似乎每一粒灰尘都清晰可辨。

有几只则向墙角瓶子堆里钻去，弄得那些玻璃瓶哗哗作响，清脆的声音在空旷的房间里来回荡漾。还有几只索性从木头下钻过，它们慌乱的动作把那些木头弄得来回滚动，滚动时木头把它们的身体再次带出来，它们再次慌乱地往木头堆里钻去。房间里噼里啪啦乱作一团。

待安静下来，方凌波皱着眉，这才提着东西上楼。

那些木板像被人踩疼了似的，每在上面走一步都尖锐地叫起来。随着走动，脚下尘土飞扬，他被呛得剧烈地咳嗽起来。

推开先前他住的那个房间，里面摆设依旧，只是房间里充斥着一股刺鼻的老鼠气味。他的眉头锁得更深了一些。

简单收拾了一下房屋，方凌波安顿了下来。夜晚，他刚躺下，老鼠们又开始造起反来。它们由梁上跳到梁下，由房顶跳到床上，之后又在楼梯间、房间里不停地追逐、打闹，发出不同的声音。

听着房间里的喧嚣，他甚至感觉老鼠很快乐，它们在快乐地啮咬自己的青春，欢唱自己的年华。长久沉寂的他竟有些羡慕它们这种欢天喜地而又自由自在的生活。

两天后，方凌波出现在方凌菲面前。擦肩而过时，方凌菲并未认出他，只感觉这个高高大大的身影好像在哪儿见过，以及这张棱角分明且冷峻的面孔十分熟悉。

成人后的方凌波完全变了样，越长越像他母亲。

母亲过世时，方凌菲只有三岁，根本不记得她的长相，自然没有把昔日青春阳光、皮肤白皙、长相英俊的哥哥和这个外表深沉、皮肤黝黑、长相成熟的男子联系在一起。

那年方凌波离家时，方凌菲只有十二岁。

当时她父亲不允许她去见哥哥，并扬言："他已不是我们方家的人，你若敢与他接触，看我不打断你的腿。"

她倒不是害怕被打断腿，而是担心若都被赶了出去，他们又能上哪儿去？况且她不是方凌波，亦没有他身上那种要造反的心。

前些年，她陆陆续续听到许多有关哥哥的传闻，各种各样的闲言碎语。直到他被姑姑带去法国。

上一次听到关于他的消息，还是姑姑刚去世那会儿。那天，她坐在院子里绣一块手绢，三叔过来看她绣了一会儿花，便和她说："你姑姑的绣工也很好，没想到，还那么年轻就没了。凌波这浑小子真是个灾星，你姑姑是多么善良的一个人，千方百计把他弄到法国去，他倒好，没两年就把你姑姑也害死了。唉！我那可怜的妹妹啊，就这么死在了国外！"

方凌菲怨恨地看了一眼三叔，别人胡说也就算了，连他也这么说，可见人们对哥哥的评价有多坏！

这么多年了，哥哥没往家里写过一封信，乃至姑姑去世都没通知家人，自然是有原因的。

从被逐出家门起，他在外面遇到了这样那样的事，又有谁去问过或帮过他？发生在他身上的那一桩桩离奇的事，以及被群起而攻之的无奈，让他对这个家还能寄予什么期望？

兄妹俩在一个叫丹桂的村子里相遇。村子以种桂花出名，每到深秋，村子里到处弥漫着桂花的香气。

　　方凌波喜欢这个村子，因为这里有外婆家，没想到凌菲竟也嫁到这里，这个村子又带给他一种淡淡的忧伤。那种忧伤来自那个孩子，当初他便是从这里将她带走，又将她送回。

　　打听到方凌菲嫁到这里之后，他便寻来了。他们在一条不宽的小径遇上，彼此看着。方凌波一眼就认出了妹妹，她长得很像父亲。方凌菲却没有认出他，打他面前走了过去，觉得有些眼熟，便停下脚步回头看了一眼。

　　起初，方凌波站着没说话，只是用那双深沉的眼睛看着方凌菲。看着她的样子，他就觉得亲切，想起小时候带着她玩的场景。只是遗憾她没有遗传母亲的相貌，偏偏全部遗传了父亲。

　　他们互相打量了一会儿，待方凌菲迟疑着转身时，他才冲她轻轻地喊了声："凌菲。"

　　听到呼唤，方凌菲迅速地转过身来问道："你是？"

　　看着她诧异的眼神，他才答道："就知道你认不出我了，我是哥哥。"

回来待多久

方凌菲没想到这个似曾相识的人竟是那个已离开家十二年的哥哥，她曾以为他再也不会回来了，没想到有一天他竟这样出现了。

她又惊又喜，用颤抖的声音问："真的是你吗？"

"真的。"

她突然激动起来，上前抓着他的胳膊重复道："真的是你吗？不是做梦吧？"

看着她那又惊又喜的样子，方凌波沉声道："是我！"

说着伸出胳膊让她验证一下，小时候他常用这种方法逗她。方凌菲当真掐了他一下。

他不禁皱着眉头说："真掐啊？"

方凌菲仍惊讶地笑着说："我还以为是梦，你什么时候回来的？"

"刚回来。"他答着。

"那你现在住在哪儿？"问着，方凌菲仍抓着他的胳膊不放，生怕一放手他会飞了似的。

"山上的老房子里。"他不紧不慢地答道。

对山上的那座老房子，方凌菲已没有多大印象。只记得那是一座破旧的石头房子，小时候方凌波曾带她去那儿玩过。好些年不去，她以为那房子早就塌了："房子还在吗？"

"在，修一修还能住人。"方凌波回她。

"你怎么能住到那儿去呢？"她有些责怪地道。

"我能住哪儿呢？之前我就一直住在那儿。"说完这句，他们都哑然了，都想起了多年前那可怕的一幕。他父亲在以为他睡了姨太太之后，疯了一样用马鞭拼命抽打他，之后又将浑身是伤的他赶出家门。此后那个家，方凌波再没有回去过，这次回来，他也未打算到那个家里去。

"走，跟我回去，住我那儿去。"说着，她拉着哥哥往家里走去。

方凌波没有答她，只是跟着她一起往村里走去。

他们并排走着，方凌菲比哥哥矮了一个头，和他说话她必须仰着脑袋。

她边走边看着他，仍不敢相信的样子。多年不见，感觉他变得陌生而又生疏！

打量了好一会儿，她像没话找话地问道："哥，这些年你都怎么过来的，过得好吗？"

方凌波平静地看着她说："你觉得呢？"

"不好！"从他的眼神中，她就知道了。

在妹妹面前，方凌波本不想掩饰，但也不想说什么，只是回道："你都知道，还要我说什么？"

想着这些年他的种种遭遇，连至亲的人，都视他为陌路。当他过着非人的生活时，又有谁关注过他呢？想到此，方凌菲一阵心酸。他能回来，她很高兴，一路上都盯着他看。

虽然他话不多，但那低沉而又舒缓的语调特别耐听！或许是在国外待了多年的缘故，他说话时的那种神态与语调，是在他们这儿的人身上看不到的。

这些年她非常想念他。如果不是经历过那些奇奇怪怪的事情，他也不会一去多年。他一定成了家，有了子女。如果妈妈还活着，看到他一定会特别高兴。如果不是因为那件事，爸爸也不会将他赶出家门，他也不用受到这些苦难！

蔡成由外面进来，方凌波和方凌菲正站在院中说话。在与方凌菲成亲之前，他曾听过方凌波的种种传说，早想见见这个传奇的大舅子。

他看到一个男子站在院中和方凌菲说话，从他那不同于乡间人的衣着打扮与举止，他猜测着，莫非这就是那传奇人物？

方凌菲给他们引荐后，两个人握了握手。

看着面前这个身材修长、面色冷峻、眼神深邃如海的大舅子，蔡成竟对他一见如故。

坐下来说话时，蔡成仍不时地打量他。他的身上似乎有着一种不可抗拒的魅力，那种魅力不仅来自外表，还有他那英俊的外表之下，未被释放的光芒。尤其看人时，那双忧郁的眼睛看似深沉，但仍熠熠生辉。

方凌波也打量着这个妹夫。

蔡成个子虽然不高，但身材很匀称，眼睛则像猎犬一样，透着机警。

蔡成第一句话就是："早就听说凌波兄大名，一直很想见见。"

他看了蔡成一眼，漆黑的眼睛里并没有太多表情，只是沉静地道："关于我的内容，想来都不是什么好话。"

被他一语道破，蔡成忍不住笑道："都很传奇，有的甚至邪恶。"

方凌波当然知道，蔡成所指的邪恶是什么，却不在乎人们对他的评价，回道："是人们让我变成了传奇。"

"很想见识见识！"蔡成竟意味深长地看着方凌波那张五官深邃的脸说。方凌波没有回他，而是苦笑了一下。

因方凌波刚由法国回来，蔡成对他在国外的生活有些好奇，便和他聊起国外的一些工作与生活。

这些年，郁离镇有不少人外出谋生，最早一些人由亲属带到欧洲国家贩卖石雕，之后也有一些人去了新加坡、日本、马来西亚，走出去的人越来越多。外出谋生的人在外做些什么，很多人并不知情。

到了国外，方凌波才知道，他们这些到了国外的人，大多文化程度不高，无一技之长，只能从事一些苦力或做小商贩维生。

方凌波和那些纯粹出去谋生的人又不同，姑姑是跟随经营石雕生意的舅舅出去的，他又是由姑姑带出去的。

刚到法国时，方凌波并没有急于去工作。

起初他由姑姑照顾，等要做些什么时，发现自己同那些出来谋生的人并无多大区别，刚开始只能跟着他们干一些苦力活，后来学习石雕工艺，再将雕刻的工艺品贩卖给外国人。石雕工艺很耗时间，要花很多天才能雕出一件作品，他雕花鸟，也雕一些小兽，有时雕出来又很难卖出去。有时为生存，他一边雕刻石器，一边不得不找些零工和苦力活干干。

虽然方凌波只是简单地将国外的生活描述了一下，但看着他那布满茧子的手和深色的皮肤，蔡成能想象到他在国外的生活。

在他低头的瞬间，蔡成发现他左侧嘴角竟有一个若隐若现的酒窝。如果他笑起来，那酒窝是不是会更深一些？这给他那又冷又酷的外表增加了一些柔和。别说女人被他迷住，就连蔡成见了都会多看两眼。

之后他们的话题转到时局上了。蔡成告诉他，此时小镇时局很不稳定，以及小镇处于什么形势，并激情地谈到革命，谈到救国救民。但是革命，谈何容易，仅凭个人或几个人，无法力挽狂澜，它需要一些人投入火热的工作中去。

看着蔡成激情澎湃的样子，方凌波有点自惭形秽，因为他很少关注政治，对这些也不感兴趣。此次回来，他仅是为了一个心愿。但这种心愿，对凌菲他们又难以启齿！

听蔡成激昂地说着时局，方凌波只是听着，波澜不兴的目光不时落到蔡成脸上。

快吃饭的时候，一个六七岁的男孩像风一样跑进来，迎面撞到方凌波身上，方凌波一把扶住了他。看他眉眼酷似凌菲，方凌波将他抱了起来问道："凌菲，这是你儿子吧？长得和你真像！"

方凌菲笑着说："对，顽皮着呢，像你小时候。"然后她对男孩子说："永西，这是舅舅。"

男孩子用疑惑的眼神看着这个从未见过的舅舅。

蔡成也在儿子的头上摸了一把说："真是舅舅，那个去了国外你未见过的舅舅。"

看着眼前的外甥，方凌波想起小时候那段无忧无虑的时光。随后，他的眸子又深重起来，他又想到了那个孩子，当初将她带回来的时候，她似乎也是永西这么大。

吃饭的时候，方凌菲突然问："哥，你回来待多久？"

方凌波愣了一下，拿着筷子的手停在那里，然后一脸诧异地看着方凌菲说："一个月或两个月。"

"可我想你早点儿走，越快越好。"方凌菲一脸凝重地说。

方凌波歪着头看着方凌菲道："我刚回来！"

她的话不仅让方凌波感到诧异，就连蔡成听了都很别扭。他接口道："怎么越来越不会说话了，明明盼星星、盼月亮地盼着哥哥回来，这才刚回来，你就想赶他走似的。"

"时局太乱，我不想他留下来。"先前他们在谈话时，方凌菲在一边听着，既高兴，又忧心忡忡！高兴哥哥终于回来了，忧心此时正是革命时期，情形不比以前，各种斗争在小镇上演。她几次听到有人被秘密抓捕有去无回，这些信息常让她胆战心惊。

最近蔡成也神神秘秘的，哥哥这个时候回来，她担心他会被卷进这个紧张的形势之中。尤其他们俩初次相见，就有着一拍即合的默契。

蔡成明白她的意思，看了看兄妹二人不语。

听懂凌菲的意思后，方凌波拿着筷子的手僵了一下。沉吟了一下，才默默吃起来。方凌菲的话不仅让他心里一阵酸楚，同时还涌上一阵温暖。好多年没有人关心过他了，无论死活。

物是人非

晚上方凌波留了下来，躺在床上却辗转难眠。回想白天蔡成与他的对话，以及凌菲对他的担心。他一直觉得自己是一个没有前途的人，对未来十分迷茫。

生存磨平了他的所有激情，有时他都觉得自己是一个冷漠而没有情感的人。此次回来，仅是为了抚平不安的心，安抚他对那个多年没有半点消息的孩子的愧疚！

他甚至不能理解自己的这种行为。千山万水地只为找到她，找到又能如何呢？凌菲还是亲妹妹呢，多年未见，他们的交流也略显生疏。兄妹尚且如此，何况一个没有血缘关系的人。

天快亮时他才勉强睡了一会儿，起床后想出去走走。在门口遇到方凌菲，她问道："这么早起来了，要去哪儿？"

"我想去外公那儿转转。"

"外公的房子都倒了。"

"我随便看看。"

"我陪你去吧！"

"不用，我就随便走走。"说着他朝院外走去。

他走出去一段路后，方凌菲仍若有所思地看着他，那挺拔的背影总是显得十分落寞，却又给人一种压迫感。多年未见，他的变化让她感到陌生，有种深沉似海的感觉，忧伤的眼神又让她不敢直视。

沿着山间的小路，方凌波向山上走去。他熟练地穿过密密的林子，踩着厚厚的落叶向外婆家走去。他对早逝的外婆没什么印象。记忆里都是外公的影子。

来到外婆家，老房子已倒塌了一半，残垣断壁上长满了荒草。方凌波不禁叹了一口气，往事如烟，一切已物是人非。他倚在门口的石墙上，回想小时候在这里的情景。这时一只鸟飞来，停在那堵断墙的瓦片上歪着头打量他，似乎认得他一样，然后愉悦地唱了起来。

听着鸟鸣，方凌波似乎又回到十二年前。

那时母亲已过世，他十分讨厌二姨太对他们兄妹的百般刁难。正处叛逆期的他常常与二姨太作对，总在她的身上使坏，二姨太又喜告状，因此，他常被父亲方新元训斥、打骂。

他常常离家出走，有时住到老房子里去，有时就到外公这里来。那时，他喜欢这儿的清净，喜欢躺在窗户底下听鸟鸣。外公房后是一片竹林，一天到晚都能听到鸟儿在林中啼唱。

外公年轻时做过拳师，对他这个幼年丧母的外孙也特别疼爱。方凌波小时候，外公曾教过他一些拳脚，他也练得有模有样。后来，外公的身体因病垮了，听力也越来越差，每次和他说话都很困难。因此，那时住在这儿时，他和外公的交流并不多，只觉得在这儿安静、悠闲。

那天，他像往常一样，悠闲地躺在窗下，听鸟儿在林中欢唱。突然，一阵尖叫声传来。他迅速从床上坐了起来，竖着耳朵倾听。

此时那尖锐的声音似乎又在耳边响起。于是方凌波离开了靠着的那堵墙，沿着房前的小路向前走，一直朝当年传来哭声的地方走去。

走近发现，那间泥房子已经不见了，房子的空地上仅剩下一堵快化成渣的残墙，似乎证明这儿确实有过一间房子。

那天他循着声音赶来时，看到的是一个被悬在高空、不停尖叫着的孩子。

在离她不远的地方，一条蛇缠住了一只硕大的老鼠，正在不停地收缩着身体。它在等待着老鼠的咽气，好美美地享受一顿。可是，这该死的畜生哪儿知道，它的这种残忍把被吊在房梁上的孩子吓得半死。

方凌波被眼前的一幕惊呆了，愣了下才想着去救人。发现门被锁着后，焦急中，他找来一块石头将锁砸开。

将那孩子解下来时，她已吓得昏了过去。待她醒来，睁眼看到一张陌生的面孔时，又哇一声大哭起来。

她哭的样子让他有些心软。他站在那里，看着这个头发凌乱、满脸灰尘、瘪嘴哭个不停的孩子，很想帮助她。便问她住在哪儿，但无论问什么她都不说，眼泪却像决了堤一样流下来。只要提起送她回家，她就哭得更加尖锐、刺耳。最后他以为她害怕回家，便将她带走了。

自始至终，方凌波都不知道她叫什么，因为她始终不肯说出自己的名字。以她当时的年龄，她的沉默、坚持与顽固让他不能理解。从她的身上他似乎看到了自己的影子，所以，他喜欢她年幼的沉默与顽固，也纵容她的沉默与顽固。

曾有一段时间，他也不敢相信自己与那孩子一起生活了半年，却什么也不知道。

直到那天在法国街头看到那幅油画，他才忽然想起她来。

此时，他打量着那堵墙，在墙根处看到一株叶片同薄荷一样的草，忽然觉得这唇状的植物大概是那孩子的灵魂，是那个被人用绳子勒着腋窝，吊在房梁上的孩子大大的眼睛。

他盯着那株草看了好一会儿，找了根树枝将它挖了回去，并种在一个陶器里。

他的行为让方凌菲很迷惑，不解地问："哥，你种它做什么？"

他回她："让它活着。"

那只是一株极其普通的草，她皱着眉头看着他，不明白他为什么要种它。

潜意识里方凌波仍为没保护好那孩子感到懊丧！

想找一个人

方凌波几乎是百般呵护地把那株草带了回去，并小心翼翼地养护着。

从方凌菲那儿回来后，他开始里里外外地修理房子。他将房间里废旧的东西以及老鼠制造的垃圾清出去，把老鼠洞堵起来，将被老鼠咬坏的家具修好。又清理了房子周边的荒草，修理了房顶，并把房顶上那株月季花移到院中来，把倒塌了一半的围墙修补起来。

干完一切他坐在台阶上给自己卷了一支烟，点烟时看到有几株薄荷被当杂草扔在路边。他将薄荷捡起，摘了片叶子嗅了嗅，瞬间薄荷的气息像一股凉风吹来，便又将它种在墙角。

看着薄荷那唇形的叶片，他回头看了看窗台上那株刚移植的草，觉得它们很像，叶片的大小、外观都很像，甚至它们的花都十分相近，尽管它们都可食用和入药，一个清凉可口，一个却苦涩难咽。

想起小时候每当喉咙痛，母亲就让他吃这种草。那时觉得这种草奇苦无比，堪比黄连。每次吃都有种阴影，但每次喉咙痛，吃了都很见效。

倘在以前，他不会对这种草有丝毫的好感，只因与她联系在一起才对它动了恻隐之心。

方凌菲来西源找过方凌波一次，给他送来了一些吃的。

看着被方凌波修整一新的老房子，她说："反正也住不久，何苦要修它呢？"

他也学着她的口气说："反正有的是力气，为什么不修它呢？"

看他严肃地学着自己，方凌菲笑了笑。她像丈量土地一样在院中走来走去，又上楼看了看。尽管里里外外看上去还算整洁，但她仍觉得这里很凄凉，便说："不管怎么修，都是一副破败相，还真不如住到我那里去。"

他知道她是为了他好，还是对她说："这里已经很好了！"

"在我那儿，好歹吃得可口一些，这里要什么没什么！"方凌菲坚持道，"而且这里前后都没有人家，看着就很凄凉！"

知道凌菲是不想他一个人待在这荒凉的山上，他看了一眼凌菲说："我习惯了一个人。"

他的话倒提醒了方凌菲："你也老大不小了，个人问题也要解决了，回头托人给你介绍一个姑娘。"

他望了望凌菲，眼瞳却沉得要命，叹了口气说："算了，我还是喜欢一个人。"

方凌菲知道他从小就喜欢独来独往。还没来得及说什么，在窗台上她又看到那株草，草叶更加翠绿，新的叶片也长出来不少。

她又好奇地将视线转向他，疑惑他为何对一株草如此上心，不由问："哥，你是不是有心仪的姑娘啊？"

他摇了摇头。

"真没有？"方凌菲盯着他的眼睛仍疑惑地问。

"没有。"他答。

方凌菲又看了看院里的月季与芭蕉树问："你见过爸爸了没有？"

他又摇了摇头。

"他知道你回来了。"

"哦。"他应了声。

"走之前，你不去看看他？"

他沉默地看了她一眼，仍是没说话。

"他老了很多。"

"哦。"他又应了一下。

"近十年，我们家一天一天地败了。"

"哦。"他继续应着。

"我想爸爸还是念着你的，他曾向我问过你。"见他惜字如金的样子，方凌菲知道他不愿谈这个话题，可仍希望他与父亲的关系能有所缓和。

方凌波没继续"哦"下去，而是把头扭到了一边。

他并不想去见父亲，也不想讨论他。从记事起，他与父亲之间多是叛逆与冲突。因为敌视才有后来的姨太太事件，这件事彻底毁了他们父子之间的关系。寡妇事件只是加剧了他们之间的矛盾。

见他回避，方凌菲没有将这个话题继续下去，而是说："你知道的，我还是希望你早点走。"方凌菲觉得眼下形势不妙，他一天天不走，她就一天天地发愁。她觉得留在这儿的人都不保险，尤其最近蔡成也一天天愈加神秘起来，问他什么都不说，这让她心慌!

见他不说话,方凌菲又追问了一句:"你什么时候走?"

开始方凌波还看着别处,听方凌菲一再催着他走,便转过头来仔细地看着她。她只想着他走,可她哪儿知道他回来是干什么的。但那天看到的那堵残墙让他有种不好的预感,这种事情又怎么和凌菲说呢?他好像故意和她作对似的说:"如果不走呢?"

"为什么?"方凌菲一愣,不等他回答又坚定地说,"你得走,这儿的情形一天天地让人紧张得要死,你多待一天,我就多担心一天!"

他苦涩地说:"你知道人都会死的,我也会死,先前我并不在意什么时候死,死在哪儿,最近我忽然觉得,即便死也想要死在这块土地上!"

没想到他会说出这句话,方凌菲边瞪着他边吓吓道:"不许胡说!"

"我没有胡说,有时会想起姑姑,一想到她凄凉地躺在国外的地下,我就非常难过。在国外,有一天我可能也会孤零零地死去,也会躺在异国的地下。"

"你为什么要说这些话呢?"方凌菲被他说得快要哭起来。

虽然他很悲观,但他并不想惹她伤心,他看着方凌菲仍苦涩地说:"好吧,你若真希望我走,我会走的,走的时候告诉你。"

这话听在方凌菲的耳里又是不好受,她有些伤感地说:"不是我赶你走,也不是不希望你留下来,只是害怕你留下来受到伤害,你不知道,每次听到那些可怕的消息我都很担心。"

他扶着她的肩膀说:"好了,知道你为我好!走之前有件事还要你……"他本想让凌菲帮他找一找那姑娘,可欲言又止。这么多年都没有想过要找这个人，突然要找她怎么说呢？更加荒谬的是连她的名字都不知道。

这种请求让他有点儿难以启齿。他踌躇了一会儿还是开口道："凌菲，我想找一个人，你帮我打听打听！"

见他说话吞吞吐吐的，方凌菲有些惊讶他要找什么人，回来后他没有向她提起过任何人。他要打听的这个人不免令她好奇，会是谁呢？是她认识的人，还是那些年他欠下的某些情债呢？便说："好啊！"随后又神秘地问："谁啊？叫什么名字？"

看到方凌菲那奇怪的表情，知道她一定误解了，回道："我也不知道她叫什么。"

她瞪着眼睛问："啊？男的女的？名字都不知道怎么找？"

于是他告诉她要找的是他十二年前由柴房里救出来的那个孩子，和她住在同一个村子里，离外公住的地方不远。

方凌菲想起上次他去外公的旧宅，回来时带着那株草，大概和这件事有关，不由看了看那株草，问道："总该知道她姓什么吧？"

"不知道。"

"谁家的孩子？"

"不知道。"

"住在哪儿？"

"不知道。"

见一问三不知，方凌菲的眼珠子快要瞪出来了，然后更加惊讶地问他："这就奇了，你们不是一起生活了一段时间吗，怎么什么都不知道？"

"问过她的名字，她没告诉我。"他也为没有问出她的名字感到奇怪，好像那时他压根不是很想知道她的名字一样，问个一两次不说也就算了。

"为什么不告诉你？"这不禁让她怀疑他带回来的是否是个正常的孩子。

"我也不知道，大概是怕我将她送回去。"

"她不愿意回家吗？"凌菲仍惊讶地追问着。

"我想是。"

"那你怎么称呼她？"

"丫头。"

"就这么叫？"

"对。"

"她知道你的名字吗？"

"不知道。"

方凌菲拍了一下自己的脑门，叫了一声："天哪，还有这种事，那他叫你什么？"

"叫哥哥吧！"方凌波回忆起来，竟发现她不仅很少说话，也很少叫他，即便叫哥哥似乎也很少。

"你带着她在这里住了差不多半年，居然都不知道对方姓啥叫啥和来历，那你把她弄回来干吗？像两个傻子，是你傻，还是她傻？那小丫头是不是长得很好看，你喜欢上她了？"方凌菲终于忍不住噼里啪啦地说道。

方凌波竟然被她说得笑了起来："她不傻，我也不傻。那时候她还小，大概和永西一般的年龄，还是个孩子，我怎么会……唉！"说着他摇了摇头。

方凌菲想想也是，那时他也才十六七岁的样子，怎么会对那么小的孩子动情呢，只是好奇事隔这么多年为什么要找她："后来你再也没有见过她？"

"送她回去后，再也没见过。"

"现在怎么又突然要找她？"方凌菲仍为他事隔多年突然要寻这个孩子感到惊讶！

看出她那想要一探究竟的疑惑来，他掩饰道："忽然想起来。"

方凌菲可不这么想："什么都不知道，你让我怎么找？"

"可以问问当年谁家曾丢过半年孩子？"他提示道。

方凌菲还是问道："打听那孩子干什么？"说着看他的眼神仍很疑惑。

方凌波眼底的神色很沉，他长长地出了一口气，然后忧伤地看着妹妹说："就是忽然想起，想知道。"

望着他那忧伤的眼神及若有所思的表情，方凌菲说："鬼才信，她一定让你想起了什么，那时候她很依赖你对不对？"

面对方凌菲的追问，方凌波并不想和她解释什么，只说："你就帮我打听打听吧！"

方凌菲却笑着说："你别忘了，十多年过去了，找到了，她也不再是小孩子了，可能已嫁人生子，你确定还要找她吗？"

方凌波突然觉得，他这个妹妹话真多，只是让她帮个忙而已，她居然有这么一大堆的话。他定定地望着她："我知道你想说什么，只是想确认这个人还在不在。"于是，他和方凌菲讲了他连续多天做的那个梦。

方凌菲这才不继续说闹，回他："好吧，我帮你打听打听！"

薄荷姑娘

　　方凌菲走后，方凌波坐在一楼的那把破藤椅上闭着眼摇晃，耳边仍回荡着方凌菲说的那些话。事隔多年，再去找那个丫头，确实让人有些费解。他不是没想到她会嫁人生子，只是近来想起她，总有不好的预感，就想找找这个人确认还在不在。

　　午后房间里特别闷热，就连院中的芭蕉也一副蔫蔫的样子。方凌波坐在那儿未动一下就汗流浃背，越热心里越烦躁。他便起身往西源岭走去。

　　到了那儿，发现岭上一丝风也没有，并不比家中好过多少，他还是在一棵枫树下坐了下来。那棵树长得非常奇特，根部生有几个树瘤，远远看去像一头怪兽伏在那里，树瘤让枫树变得粗壮，充满神秘。

　　他倚在树上半闭着眼睛，享受着岭上的安静。

　　突然耳边传来轻轻的脚步声，起初他以为是幻觉，可脚步声越来越近，抬眼看去，婆娑的树影下，一个人由岭的上首走了下来。那人的面孔掩映在树荫下，看不真切，隐约觉得是个男人，他便又把眼睛闭上。虽无视来人，方凌波还是觉得很不舒服，似乎那人闯入了他的禁地。待那人走近，才睁开眼睛看了一眼。

那是一位修长、瘦削的青年。青年也正好看着他，冲他微笑着说："天太热了！"

"嗯！"他轻轻地应了声。

"特意跑到这儿来，以为这儿凉快些，也是如此。"

从他的话里，方凌波知道他常来这儿。以前岭上少有人来，他常将此岭据为己有。现在这条岭似乎已被眼前的青年据为己有。他又看了看青年应道："嗯，比在家好。"

青年附和了一声，却没走，在旁边的台阶上坐了下来，捡了一片树叶边玩边问他："你是路过，还是住在附近？"

"附近。"方凌波答完便闭上眼睛。他并不想多话，尤其是和陌生人，见青年坐在旁边没话找话，他很抵触！就像动物圈地一样，感到领地受到了侵犯，这令他非常反感！

青年并不以为意，依旧看着他好奇地问："我也住在附近，却从没见过你。"

方凌波本不想多聊，但觉得不接话又很无礼，便又睁开眼重新打量着他。

青年虽然长得瘦削，但皮肤白净，眼睛弯弯的，说话时总是笑意盈盈的，有着几分女孩子的柔媚神态。那模样竟让他狠不下心来。便说："那是我不想让你看见罢了！"说完又觉得不能理解自己，大多时候他都很冷漠，偶尔又会莫名地话多起来。

看着眼前这个神情严肃、眼神又很深邃的男子，青年又笑了，露出一口洁白的牙。

大概是因为他的笑，不让方凌波讨厌，他们便有一搭没一搭地说话。

说话间方凌波得知他叫叶海桐，住在离这儿不远的石源村，

35

有四个兄弟，两位兄长早年离家后杳无音信，父亲与三哥因病去世，现在他和母亲、姐姐一起生活。他还特意解释了一番："我姐其实是我嫂子，是我过世三哥的妻子，我习惯了叫姐！"

相反方凌波没和他说任何自己的事。交谈中，他喜欢青年的直爽与开朗，不时打量他。

方凌波发现他的手长得特别漂亮，不仅细腻白皙，手指也特别修长。他只在法国看到过一些弹钢琴男孩子的手长成这样。但眼前这青年的手似乎比他见过的还要秀气一些，方凌波认定他不常干活。如果不是方才他已介绍了自己的情况，都要怀疑他是镇上哪家富户人家的公子。只是奇怪，在这山里居然还能有着这样一双手。

方凌波盯着他的手看了好一会儿，不时地揣测这双手更适合做些什么。

之后他们又聊了一会儿，道别时，叶海桐笑着邀请他："我家离这儿不远，有空到我家坐坐。"

看着他那一副笑意盈盈的样子，方凌波倒难得地说："好。"

听他应得如此爽快，叶海桐又笑说："不如现在就去，我姐早上刚采了一种草药回来，泡了茶倒是很解渴，你喝了一定还想喝。"

看他一脸真诚，方凌波竟跟着去了。

他们爬到岭上，往方凌波住处相反的方向走去。走不多远，拐上一个小山坡，坡上一棵树也没有，杂草丛生，茅草在烈日的炙烤下有种着火一样的感觉，似乎能看到草叶热气蒸腾的样子。

沿着山坡又走上一段路，前面出现了一片小树林，林间鸟鸣不断，穿过林子，眼前出现一条溪，溪上有一弯拱桥，桥下一股清泉缓缓流过。

过桥时，方凌波站在桥上往下看了看，水里倒映着桥身与他们的身影，随着水波流动，那些影像便在水波里飘摇。眼前的一切像世外桃源一般。

绕过桥来到一片视野开阔的地方。空地上有两间两层的木头房子，房前围有半人高的石墙，中间有一道门。进去后，院中一侧用篱笆围着，门两边的篱笆上一边爬满了豆角，一边爬满了牵牛花。午后的牵牛花被晒得蔫头耷脑，豆角架上爬满了白色的小花，豆角才刚刚长出几个。

方凌波跟着叶海桐走进屋内。房间里除了靠墙处有一张八仙桌，几张条凳，桌上放着一个陶制的茶壶外，别无他物。

房间虽很简陋，但很整洁，无论桌椅还是板墙都像刚洗过一样。叶海桐上前摸了摸壶，揭开盖子看了看，回身对方凌波说："我姐将茶都泡好了，正好可以喝，我给你倒一碗来。"说着去里面厨房拿了两只碗来。

叶海桐倒了两碗茶水，倒水时一两片叶子随着水流跌落在碗里。

看着两片碧绿的叶子在水里漂浮、旋转，方凌波觉得这种多齿、心状卵圆形的叶子很熟悉，一时却想不起来叫什么。

端起碗时突然想起来，那是一种匍匐生长的带状小草本，这种草在他们郁离小城十分常见，常生于田边、路旁。生长时草叶纤细的身体平卧地表匍匐向前，每向前一步，白色气根便扎于土中，叶片也紧贴地面匍匐前进。生长的速度也非常快，不久圆形或心状卵圆形的叶片便铺满地表。平时他们习惯叫这种植物白落地，却很少有人知道它的大名铜锤玉带草。

先前他也多次吃过白落地温蛋，唯独没用它泡过茶。

想着他揭开壶盖看了看，白落地的藤蔓枝叶在水里极尽舒展，婆娑起舞，叶子虽经热水浸泡，但仍很鲜绿。方凌波第一次觉得这种植物特别美，竟舍不得喝它。

海桐已喝了一碗下去，见他没动，奇怪道："怎么不喝？尝尝味道。"

他这才低头喝了口，入口微涩，喝完又觉得神清气爽，青草的气息在唇齿间弥漫，而且那清香里还有一股清凉的味道。他觉得那水凉凉的，竟十分润喉，一口气将碗里的水喝完了。

"怎么样，再来一碗？"叶海桐问。

他没有说话，只是将碗伸了过去。他又连喝了两碗。不知是真的口渴，还是那水好喝，第一次觉得那水是他喝过的最清凉可口的水。

喝完以后，唇齿间仍留着阵阵清凉。他觉得奇怪，以往吃白落地温蛋时，没有觉得这植物有着清凉的味道，难道做汤和泡茶会有不同的口感，便问道："这叫什么茶？"

"白落地茶，今天茶里有点儿清凉，一定是我姐在里面加了薄荷。"

方凌波恍然反应过来。

"味道怎么样？"叶海桐追问了一句。

"特别好，很解渴！"然后又夸了一句，"你家姐姐倒是聪明。"

"那是，我姐不仅聪明，而且长得还特别好看。"叶海桐不无自豪地说。随后他还告诉方凌波一个秘密："我姐特别喜欢薄荷，不仅喜欢吃，还把薄荷叶晒干做枕头、香袋，随身带着它，时间久了，连她的身上都有一种薄荷的味道，只要从身边一过，你就能闻到她身上薄荷清凉的香气。"

原本方凌波只是对这清凉的茶感兴趣，听他这么说竟对他这位姐姐的行为感到好奇起来，不由问道："她为什么那么喜欢薄荷？"

"不知道，在我还小的时候，就知道她喜欢这种植物。我大哥曾给她起了个外号，叫她'薄荷姑娘'。"

方凌波觉得这个名字好。他只知道有人喜欢牡丹，有人喜欢芍药，一个如此喜欢薄荷的姑娘还是第一次听到。

他又看了看叶海桐，看着这个修长、白净、英俊的青年，似乎能想象那"薄荷姑娘"的不同。而且她擅长使用薄荷，又让他觉得十分神秘，竟渴望能见一见这个姑娘。

可他坐到很晚，也并未见到"薄荷姑娘"的身影。这让他多少有些失望。临走的时候，他甚至有一丝懊悔，这不像他一贯的作风。这种行为，显然是对一个陌生人过于好奇了！

他有些懊恼，回到家后仍念念不忘那加了薄荷的白落地茶，甚至觉得那味道还在唇齿间流连与回荡。

晚上躺在床上还在想着这个问题，不由又想起那"薄荷姑娘"来。薄荷是凉性的东西，不宜常吃，不知那姑娘为什么总吃它，又为什么那么喜欢它？

忽然又听到了老鼠上楼的声音。自从把鼠洞堵了后，它们不再像以前那么疯狂，但偶有几只仍在房子里作怪。听着老鼠踮着个小爪子跑来跑去的声音，听着它们咬木头的声音，他翻来覆去地睡不着。他被闹得实在烦恼起来，便起来捉老鼠。折腾到天亮，一只也没有捉到。

本来定给谁

　　转眼方凌波回来一个月了，来来回回去了方凌菲那儿几次，走了几次当初救那孩子的那条路，也向村里人打探过，仍一无所获。

　　不时他还是会做那个梦，只是不像在国外梦得那么频繁了。有时他也感叹：这要命的梦。有时也安慰自己，我已尽力了。觉得自己尽了力，找不到那孩子也会心安一些。不过每天仍抱着希望，仍渴望得到那孩子的信息。

　　有几次他都决定要走了，可忍不住又多住一两天。他总是孤独地来孤独地去。他既享受这种孤独，又害怕这种孤独。

　　这天方凌波在岭上竟又遇到了叶海桐。想起上次去他家喝茶的情景，那带着薄荷味的茶让他回味了很久，那个喜欢薄荷的"薄荷姑娘"也令他好奇了好久。

　　此刻望着眼前的青年，望着他那无论什么时候看都像在笑的一双眼，竟觉得十分温暖。总觉得那笑像一束光一样照过来，让他无法抵抗。他觉得自己永远无法拥有那种笑。

　　虽然叶海桐长着双总像在笑的眼睛，也聊了一会儿，但方凌波还是明显觉得他不像上次话那么多。因为话少，倒给方凌波一副心事重重的样子。末了叶海桐说："凌波兄，还去我家喝茶吗？"

这次方凌波拒绝了他。两个人又坐了一会儿，正要走，这时由岭下走上来一个人。

那是一个苗条的身影，走动时身体有着流畅的线条。那道身影在那条幽深的古道上，在光影婆娑的树荫下，竟让人觉得特别美好！待那身影越走越近，叶海桐突然转头告诉方凌波："那是我姐。"

不知为什么，方凌波竟愣了一下，觉得上次更想看她一些，几乎是为了想看她而故意在叶海桐家逗留了那么长时间。

后来想起此事时，他觉得有些不可思议，他很少会对一个女人感兴趣。甚至觉得那天之所以未能见到她，似乎是她知道有一个人想要看她，而故意躲着不见似的。方凌波觉得这种想法有些莫名其妙，可就是有着这种奇怪的心理。

尽管对那"薄荷姑娘"仍带着深深的好奇，此刻他却像患病似的，竟莫名其妙带着孩子气的赌气心态不去看她。

他不仅把头扭了过去，还在想着：乡间结了婚的女人大抵相同，并没有什么特别之处。而寡妇不是过于古板，就是过于开放，他是领教过了的。

当那身影近了时，他听到叶海桐叫了声："尔蓝姐。"

对方应了下，也叫了声："海桐。"声音竟格外轻柔。

那声音竟让方凌波怦然心动，但他仍静静地坐着没有任何表示。待尔蓝走过时，他才转头冷冷地扫了一眼。

看到有个年轻男人与海桐在一起，尔蓝也朝他看了一眼。虽然只一眼，方凌波给她的印象却是冰冷孤傲。她没停留也没有多语，从他们身边轻轻走过。

待尔蓝过去后，叶海桐竟小声地问他："你没有仔细看她吧？"

他是没仔细看，但凭着那冷冷的一眼，还是留下些印象。的确如海桐所说，他这位姐姐生得好看，脸庞清秀，眼眸清澈，浑身散发出一种清新自然的气息。走过后空气里确实飘荡着一股薄荷淡淡的清凉，那气息在空气里弥漫，沁人心脾！

她的样子也超出他对一个死了丈夫女人的想象。形象倒有点儿符合薄荷的气质：清凉、宁静。方凌波不禁又回头望了望那身影。

这时他们头顶上的树枝剧烈地抖动起来，几片树叶由枝上晃晃悠悠地飘落下来。

方凌波抬头，原来是一只猴子在枝头上快速地跳跃，它从这棵树跳到另一棵树，从一根树枝跳到下一根树枝。

叶海桐冲着猴子吹了声口哨，猴子竟迅速地从树上滑了下来，跃到他的肩上，然后像个孩子般亲昵地搂住他的脖子，并在他的头上轻轻地拍了拍。叶海桐也拍了拍猴子，说了声："去吧。"猴子便又迅速地爬到树上，向前一路跳去。

方凌波从未见过猴子和人这么亲近，一时看得呆了。

看到他的表情，叶海桐告诉他："猴子是我姐养的，叫苏。苏小时候在林子里受了伤，是我姐把它救了回来，伤好后它便一直跟着她，形影不离！"

这又勾起了方凌波的好奇，不禁又回头望了望。那猴子已追上那"薄荷姑娘"，从树上跳下来，跟在她的身后一阵乱跳，由于扭得略显夸张，显得有些滑稽。

正看着，叶海桐突然叹了口气。

方凌波转过头问道："叹什么气？"

叶海桐又回头看了一眼远去的尔蓝答："为我姐叹气！"

方凌波仍是不解地看着他。

不等方凌波问，叶海桐却自言自语道："我是叹她命苦！"说着将右手的大拇指放在嘴中，啃起指甲来。每当心里有事或内心焦虑不安的时候，他就习惯啃指甲。这是他从小就有的一个坏习惯。被教育了多次，一直没改掉。

方凌波仍疑惑地看着他，见他孩子气地啃着指甲，隐隐觉得这是一个有故事的家庭。方凌波对那远去的身影越发好奇。

方凌波想到一个女人刚嫁人不久便死了丈夫，的确很不幸，似乎为了接住叶海桐的话，只是说："她还这么年轻！"

像在为她抱不平一样，叶海桐开始向方凌波讲起了他的这位姐姐。

"我猜你一定非常好奇，明明是我嫂子，为什么我一直叫她姐。其实她是我们家的童养媳，从小与我们兄弟一起长大。"

方凌波颇为她这个身份感到惊讶，随后又恢复了平静。他们这个年代穷人家女孩的命运大多如此，不是小时候被当童养媳抱走，就是长大后被有钱有势的人家纳为妾。

他父亲的三姨太就是一个例子，最终落得一个惨死的下场。一想到她的死，他就觉得罪过，多半是因为他，尽管他对她没做有伤伦理的事，但终是他导致了她的死。有时，他觉得不能原谅自己，他只是想报复父亲，并不想让她死。他突然在心里叹了一口气，不愿再想这件事。沉默了一会儿，才又问叶海桐："她多大时到的你家？"

"两三岁的样子。"叶海桐仍啃着指甲说。

方凌波竟萌生出对她身世的好奇，探寻地问："兄弟中，她本来定给谁？"

"自然是我大哥。"叶海桐说，并想着那时大哥对她的态度，"我大哥从小就十分疼爱她，盼啊盼，终于盼到她长大。本来以为喜事将近，可我父母听信算命先生的话，偏偏要她嫁给我那从小就多病的三哥，说给他冲冲喜，病就好了。"说着眼神望向远方，想到当初这事在他家中引起的震动。

听到此，方凌波喉结滚了滚，用他那深邃的眼神望着叶海桐问："得知这个情况，你大哥是什么反应？"

"自然是反对。他认为那是把我姐往火坑里推，而且我二哥和他一起反对。"

"二哥？"方凌波漆黑如墨的眼睛盯着叶海桐，不知道他二哥在这里充当什么角色。

"我二哥对她也很好。"叶海桐看着方凌波那疑惑不解的样子解释道，"我大哥和二哥是一对双胞胎，他们长得很像，喜好也很相近，常常做着同样的决定。他们除了性格略有些差异外，几乎难分彼此。结果两人都挨了我母亲一记耳光，说他们是故意咒我三哥死。他们圆房的那天，我的两个哥哥就离家出走了。"

"薄荷姑娘"的身世越来越引起了方凌波的好奇，他又追问道："后来呢？"

"可怜的尔蓝姐，嫁了我三哥也就半年就成了寡妇！甚至没留下一儿半女！"说着叶海桐长长地叹了一口气，"一想起她的命运我就难受，不管她嫁给我大哥，还是二哥，都要比现在这个结果好，总觉得她的一辈子就这么给毁了。"

方凌波看了叶海桐一会儿，除了同情那姑娘的遭遇外，他不知道该说些什么！

叶海桐又开始啃起指甲，随后又说："我有时候真替她鸣不平，这万恶的不自由不平等的时代。如果能够选择，她决不会这么任人摆布。"说完沉默了。

方凌波沉默了一会儿，像想起什么似的，忽然回头寻那身影。路的尽头已空荡荡的，他只是对那段路望了又望。

与凌菲道别

深夜，方凌波双手抱头躺在床上，想着白天那位打身边走过，散发着淡淡清凉气息的女子，内心竟涌上一股忧伤与哀愁。

她的身份让他想到，此前为报复父亲故意与寡妇接近，并自毁声誉的事情。后来想到此事他就懊悔。虽然她开启了他对两性的认识，但他不该这样荒唐地将自己献出去。

寡妇事件之后，他也经历过一些女人，却没动过一次真心。有时他怀疑，是寡妇事件让他感觉卑微，还是他丧失了动真心的能力？倘若对某人动了心，是否更加懊悔这件事呢？竟越想越烦恼，他不得不将注意力转到其他事上去。

忽然他的思绪竟又回到白天看到的那个背影上去。那个静静的而又忧郁的身影，竟让他无比难过起来。尤其她看他一眼时那忧郁的眼神，让他想到那些柔软的有着悲伤眼神的小动物，瞬间，他竟对那姑娘生出无比悲伤的怜悯之情。想着想着不知怎么地，竟浑身燥热起来。随后他又摇摇头，似乎由幻境里苏醒过来，并为此前的燥热感觉羞耻。

近年他感觉自己对女性已失去了热情。为何突然对一个陌生人有了异样的感觉，以及那种令人羞耻的想法？这种感觉重新回来，不禁让他苦笑了一下。

想着，他的思绪从"薄荷姑娘"的身上又回到那孩子的身上，悲伤情绪再次加重，不禁长长地出了一口气！这丫头到底去了哪儿呢？此次回来是为了寻她，缓解不停的噩梦给他带来的痛苦与无比复杂的心情，也为兑现当初对她的承诺。

多方打探无果，让他烦恼不已，就像一个心结没有打开一样，这个结每天都让他的心情异常沉重。找不到那丫头，他觉得这个结今后将会像一种病一样长在他身上，得不到治疗，他会一直病下去。失望之余，他决定再次出国。

走之前，他去和方凌菲、蔡成他们告别。

得知他要走，方凌菲很矛盾，既不舍又高兴。为缓解伤感，她问道："哥，想要吃什么我给你做。"

他看了眼凌菲："什么都行。"

"要带什么？我给你准备。"

他摇了摇头说："我生活一向简单，什么都不要。"

看着他那冷峻的面孔，方凌菲为即将的离别感到伤感，也为不停地赶他走而自责。她的脸上现出了一种难言的哀伤。

见她难受的样子，方凌波安慰道："不用张罗了，我没事。回来看看你们就很高兴了！就是不知道什么时候还能再回来。"

尽管方凌波什么都不要，方凌菲还是帮他收拾了一些衣物和吃的。她一边整理东西，一边不舍地看着他。想着这一去不知什么时候能再见，看他时眼神里竟有着一丝绝望。

方凌波倚在窗内的墙上，看看窗外，又看看方凌菲。看着她那不舍与绝望的眼神，要命的是这时他又想起了那个孩子。当年送她回去时，她也是这种眼神。尤其她站在那里压抑哭泣的样子令他终生难忘！

　　近来他一直为当时没回去安慰她和及时找她而难过，也为此次回来没能找到她感到遗憾。他希望不管她在哪儿，只要在某一个地方就好。因为比起找不到她，他更怕听到比找不到更不好的消息。那次他看到那间倒塌的柴房，甚至有一瞬间失去了找她的勇气，因为他害怕听到不想听到的消息。

极力挽留

每次方凌波来，蔡成都特别高兴。虽然他们相处不多，但聊起来却很投机，蔡成对他竟有种相见恨晚的感觉。

得知他前来辞行，蔡成倚在门口若有所思地看着他，不赞成他再次离开。趁凌菲出去的工夫，蔡成将他拉到一边悄悄地说："凌波兄先别走！"

这夫妻二人的行为让方凌波有些摸不着头脑。一个让他早些走，一个让他不要走。他诧异地问："为什么？"

"我希望你留下来，我们可以联手做些事。"蔡成神秘地说。

方凌波疑惑地问："我们能做什么事？"

"现在小镇的形势越来越不好了，那些人对百姓不是敲诈就是勒索，动不动就杀人。现在百姓无论反不反抗都要遭到欺压。"蔡成神情凝重地说，"最近我参加了几次学习，受到不少启发，在引荐之下加入了共产党组织，现在正在积极发展成员，我希望你能加入。"

方凌波知道蔡成说的是什么事情，什么人，他看了眼妹夫苦笑了一下说："承蒙你看得起我，只是我能做什么呢？你知道我一向名声不好，把我这样的人弄到你们的队伍里去不太合适！"他意味深长地看了蔡成一眼说。

这些年方凌波一直是孤独地来孤独地去，过的是一种漂泊的生活，他觉得自己并没有那么深的家国情怀，也没有蔡成的那腔热血，他这样的一个人不适宜投入这样激情的工作中去。

蔡成却不这样认为，觉得方凌波在国外生活多年，有一定见识，只要他愿意加入他们，总能助他们一臂之力。为了打消他的顾虑，蔡成劝说道："凌波兄多虑了，人生总是此一时彼一时，谁的人生又是一帆风顺的呢？但有些事总要有人来做，凭一己之力是不够的，人多力量大，所以我们的队伍要发展成员，要像绳子一样拧在一起，成功率才更大一些。只要有一个目标，朝着目标方向前进，总会看到希望，不必太在意别人怎么看我们。"

为了将他留下来，蔡成不停地用民族精神与责任感说服他，并一再申明，民族要强大，不是个人的事，是整个民族的事。每个人都有责任让自己的民族强大。只有大家团结起来才能与邪恶进行抗争，人们才能脱离苦海得到自由与解放。

"虽然在这个过程中，我不知道自己的力量有多大、有多少，但我认为我个人有责任为民族兴旺付出，也愿意为民族付出。"蔡成一再地对方凌波说出自己的想法，希望能够将他留下来。

蔡成之所以极力挽留方凌波，是因为认为他留下来可助自己一臂之力。有他的帮助，接下来工作开展要得心应手得多。

蔡成还向方凌波解释，接下来他们要走的是一条艰辛的路，尤其在当前形势紧张、环境险恶的情况下，这条路不仅充满荆棘，也充满挑战。

蔡成觉得方凌波并不像他自己认为的那样缺少热血和抱负，他身上有着潜藏的爆发力。像他这样的人，更不应该在外流浪，而是要留下来和大家一起抛洒热血，拯救民族。

方凌波没有说什么。因为他喜欢沉默，从来不会像蔡成那样滔滔不绝，哪怕他说的每一句话都将作为呈堂证供，他仍愿保持沉默。让他拯救民族，他从未想过，即便想也不会想那么远，因为他觉得自己从未有过那样远大的理想。

但他并不反对蔡成与众多的人这样做，如果真的需要，他个人也不是不可以奉献，必要的时候他也愿意为自由而战，为民族而战。倘若国家、民族需要他流血，必须他流血，他也觉得这没有什么不可以的。假如他可以发挥自己的作用，他也愿意与蔡成并肩作战。

在这种情况下方凌波自然没走成。

得知他不走了，方凌菲很惊讶，于是又陷入了她的焦虑里。她觉得这件事一定是蔡成在捣鬼，她气愤地打着蔡成质问："他突然留下来，是不是你的主意？是不是你和他说了什么？"

边挨着打边看着紧紧追问的方凌菲，蔡成却瞪着眼睛和她狡辩："你怎么说出这样的话来？我是你丈夫，难道我不是一直听你指挥吗？"

蔡成是那种严肃起来比谁都严肃，皮起来又比谁都皮的人。方凌菲了解他的性格，哼了声又打了他一下说："你那么有主意，几时听过我的指挥了？"

"反正总有几回是听你指挥的。"蔡成边揉着被打的地方边说，"他可是你哥哥，你为什么总想把他往国外赶？你以为国外安全吗？你知不知道他在国外过的是怎样的生活？"

"我知不知道？我知不知道？好像你比我懂得更多一样，你以为他和你搅在一起能有什么好事啊？"方凌菲咄咄逼人地问他。

"没有什么好事，也没有什么坏事。"蔡成依然想解释，但底气明显没那么足。

他自降声调的语气，立马让方凌菲抓住把柄，她翻着白眼说："看看，你到底是不打自招，还敢说你没留他。"

"我又没有拿刀逼他，是他自己要留下的。"蔡成与她争辩道。

"鬼才信他是自愿留下来的，他若是有个三长两短，我和你没完！"方凌菲瞪着眼睛警告他。

为了让凌菲安心，他只得对她保证道："这你就放心吧，我一定会照顾好他的！"

方凌菲气极了，白了他一眼不再理他。

方凌波留下来，并不完全因为蔡成，他有自己的想法。他认为自己不适合加入组织，但他愿意帮助做一些工作，并向蔡成推荐了叶海桐。蔡成与叶海桐见了几次后，见叶海桐对革命工作满腔热血，做事积极主动，便介绍叶海桐参与了他们的一些活动。随后，叶海桐加入。他们不停地发展成员，扩大队伍和联络点。尽管人员不断扩充，但为了安全和保密，避免牺牲和损失，他们只采取上下单线联络方式，成员活动也以小组为单位进行。

叶海桐与之后发展的林甫、赵顺、朱大民、阿木是一个小组的成员。他们常常在山岙、密林、山间偏僻的老房子里秘密会合，学习，开会，传达指示，开展一些秘密工作。方凌波也经常参加他们的一些会议和活动，协助做一些工作，但大多时候，他仍保持着沉默。

方凌波与叶海桐住的地方都比较偏僻，有些活动便在他们的住处进行，每隔一段时间，他们就会相约一次，开展商讨与学习。

大多时候他们会在叶海桐家会合，因为他家更偏僻一些。有时尔蓝也担任着给他们烧水、倒茶、放哨的任务。

叶海桐家去得多了，后来再去，方凌波心中总有一种异样的感觉。

那是一种他也说不上来的感觉。在国外那些年，他习惯了一个人独来独往，并没有特别渴望与他人交往，或受到他人关注。他自身冷冷的，总觉得他人也是冷冷的。

但叶海桐不一样，每次见到他总是未语先笑，和谁在一起都很融洽的样子。相熟之后发现，他特别黏人，像个孩子一样总喜欢将手搭在别人肩上。偶尔还会像个姑娘一样撒娇。他会经常一把搂住方凌波，挂在方凌波身上。

刚开始看到叶海桐的这种行为，方凌波直皱眉。感觉他很孩子气，他的这种行为简直像个孩子一般，而且顶多三岁。习惯后觉得他的这种孩子气的性格也没什么不好的。尤其自己这种冷冰冰的人，当别人都和自己保持距离的时候，对叶海桐这种勾肩搭背的举止居然很受用。

不过他对叶海桐这种性格的欢喜并未表现出来。

不仅如此，叶海桐对那"薄荷姑娘"也很依赖，什么事情都找她，动不动对她撒娇，拉着她的衣袖或推着她，让她帮着做这做那。

似乎那"薄荷姑娘"也很宠溺他，对他的要求来者不拒，只要是能满足他的，没有拂逆的时候。宠他就像宠一个孩子一样，似乎为他做任何事都天经地义。难怪他的手保养得那么好。

方凌波常耐人寻味地看着两人。一个活泼调皮，一个安静忧郁！他们的相处竟毫无违和感。尽管叶海桐看上去很孩子气，但每次执行任务时，他又表现得非常冷静和沉着。

脑子很乱

不知从什么时候起，方凌波发现自己常渴望去叶海桐家相聚的这一天。

这天他总莫名不安。尤其见到那"薄荷姑娘"的时候，心跳就会不停地加速！倘若这一天，那姑娘看上他一眼，哪怕那一眼不是冲他而来，只是在看别人时顺带一眼，也会让他没来由地慌乱，更别说她刻意看他一眼了。尽管看他时，她的眼神非常忧郁，他仍觉得那一眼将他的脑子搞得很乱！

每次他都努力掩饰着，告诫自己要像无数次表现的那样沉着冷静，不要让任何人看到，或在任何人面前露出他心慌意乱的马脚。

有时候他也不理解这种慌乱由哪里来，唯一的解释是他看不得一个非常沉默安静的人，还有着忧郁的眼神。因为那一刻他会联想到那个孩子，以及联想到自己，联想到他那可怜的同情心！比起欢喜与冷漠、鄙夷与嘲讽来，忧郁更让他受不了。

这天去往叶海桐家的路上，在快上桥的时候，方凌波注意到在溪边洗衣服的尔蓝。她穿着蓝色的衣服，低头正在水中漂洗着衣服，阳光照在水面上，泛起的波光在她的脸上和身上闪耀，让她显得十分梦幻。

那只猴子也在离她不远的地方走来走去，像个卫士一样守护着她。她的出现总让他心跳加速！

他掩饰着内心的狂跳，伫立在桥上看了一会儿，才向叶海桐家走去。走下桥又忍不住回头看了一眼，她的安静、身份，以及在叶家的处境都让他感到好奇。

不仅对她，就连叶海桐那轻易不露面的母亲也让他感到好奇。那是个奇怪的母亲，总在房间里待着，很少出来走动，就算吃饭也不肯出来。

有几次，方凌波他们正在外面商量什么，忽然听到叶海桐的母亲在房间里大声说着什么。每一句都阴阳怪气的，有时还传来摔打东西的声音。除了她的声音外，她所发作的对象从来没有回声。

起初他们不知道她在对谁说话，当看到尔蓝从房间里走出时，他们才明白过来。为此他们面面相觑，却不敢询问什么！只是感到奇怪，多么奇怪的家庭啊！同在一个屋檐下，三个人却性格迥异！三个人的相处方式也常令方凌波费解。

每当母亲对尔蓝发作时，叶海桐也很尴尬。自从父亲去世后，母亲常常一个人在房间里枯坐着，很少出来走动，话也变得极少极少。

她不说话还好，一旦说上两句，总是莫名其妙的，尤其对着尔蓝的时候，总想在她身上找点碴儿。对尔蓝不是阴阳怪气，就是指桑骂槐。对此，尔蓝始终沉默不语。似乎尔蓝不说话更让她生气，气急了她便开始摔东西。

方凌波进到院子的时候，海桐正坐在门口等他。他也在凳子上坐了下来。没说几句话，尔蓝已端着衣服回来。看到他在，竟冲他微微一笑。

方凌波的神情恍惚了一下，因很少听到她说话，她的笑更是少见，像细语一样在耳边喃喃响起。如果说她的眼神会把他的脑子搞得很乱，那么她的笑则将他的脑子搞得更乱！

他和海桐说着话，目光则悄悄地跟着她的身影转。看着她弯腰、转身，晾晒每一件衣服，每一个动作都令他心跳加速，直到她转身进屋，他的眼神才停止追她。

当他还沉浸在她走过后留下的气息中时，就听到一声大喝："你为什么要这样对我？你这个扫把星，害得我家破人亡！"接着就听到一声什么东西被打碎的声音。

方凌波和海桐急急地回头看去，正看到尔蓝默默地由楼梯上下来。抬头看到注视她的两个人，未做任何解释。

尽管什么都不说，两人仍看出她的伤感与难过。海桐走过去拉着她的袖子说："姐，今天我想吃你上次做的那个菜。"

四兄弟中海桐最小，从小大家都宠着他，就养成了他那爱撒娇和黏人的毛病。有什么事只要他一撒娇，便什么都成了。即便不撒娇，只要他冲你一笑，看着他那笑起来弯弯的眼睛，顿时就会心软下来。

尔蓝当然知道他是借机安慰她，只是他这种莫名其妙的安慰方式很让她恼火。尽管每次她都想无视母亲的责骂，可被责骂后还是会伤感，只是每次她都选择了沉默。她觉得沉默既是她的盾牌，也是她的武器！

自从家里生了变故后，母亲变成那个样子，她和海桐也有种相依相伴的感觉，面对他的撒娇她也总是无可奈何！哪怕她不说话，海桐也会摇着她的手自作主张道："你不说话，就当你答应啦！"

方凌波则不动声色地看着她。近来他常观察她，发现不管她母亲如何对她，她总是默默的。很多次他都十分费解地看着她，疑惑面对斥责与咒骂，为什么不反抗？哪怕争辩反驳一下也好！可次次她都像小溪上的那座桥一样保持着沉默。

面对责难，她也并不是每次都能面不改色地接受，而是次次受了委屈后，都强忍着。比起争辩与反抗，她那压抑与隐忍的样子，更令人难受，也总是让方凌波的心变得很沉很沉。她的出奇的安静，有时让他无法理解。

不仅如此，每次他们开会时，她也极其安静地坐在一旁，她那安静的模样，常让他联想到山间的一株青草，淡然，与世无争。有时他会不由得多看她两眼。

由于她极好薄荷，不管走到哪儿，周围总飘浮着淡淡的清凉。每次那气息袭来，方凌波总是无法控制心跳，总想寻到她所在的方位。不仅他，他们来了，也对她身上携带这种气味感到神奇，有时他们也说："啊，薄荷的气味很好闻啊，总让人精神一振！"

阿木则说："姐，我又闻到薄荷的气味了，真好闻啊。"山间也有薄荷，但阿木就是觉得那气味由她身上散发出来格外好闻一些。

她本来话就不多，人也淡淡的。每次他们评价她，她总是淡淡一笑。对阿木她会特别一些。

阿木父母早逝，幼时跟着奶奶，十岁那年奶奶又意外去世，此后他便一个人生活。为活命，他靠给雇主打零工糊口。因力气小，雇用他的人也少，常常饥一顿饱一顿，所以人便长得又瘦又小。每次阿木来，尔蓝都会悄悄塞一些吃的到他手里。

刚开始给阿木东西时，他很激动，很少有人会关心他，刚要张嘴说话，她就"嘘"一下，让他不要说。她比较心疼这个只有十五岁的少年。

阿木虽然年龄小，但十分机灵，胆子又大，加入他们后成了一名交通员。每次任务，无论情况多危急，路途多遥远或艰险，他都不顾安危及时将信件、资料安全送达。因为年龄小，平时他们也都十分关照他。

方凌波也常常将阿木带在身边，有时也教他一些拳脚。教他时总说："你得好好练练，你太瘦了。"阿木也很崇拜方凌波。

每次他们聚在一起商讨问题的时候，尔蓝就坐在一边做她的针线活或其他事情。

他们说话时声音常忽大忽小，遇到重要的事情声音就小下去，小到像耳语一样；遇到轻松一些的话题声音就大起来。偶尔他们也开开玩笑。

她坐在那里，有时也将他们的话听到一些，有时隐隐约约的什么也听不到。大多时候，她并没有听，只是一边做着手中的活，一边沉浸在自己的世界里。有时她会在做针线活的安静中抬起头来望着他们，或望着某一处。偶尔她的眼中会闪过一阵奇异的光彩，只一瞬，那光彩又被掩藏在安静里。那个时候她像个谜一样，根本没有人知道她在想什么。

她的这些不易被察觉的变化常常会落入一个人眼中。他对她总带着莫名的好奇，常悄悄地打量她，观察她的细微的变化。她总是那么安静，无论坐着站着都静得出奇，似乎她的安静是与生俱来的，身外的一切都与她无关。偶尔他会发现她的眼神变得迷离，只一闪便不见了，随之归于安静。

方凌波认为，她的那种安静并非与生俱来，而是长期的一种自我克制与压抑，似乎她在强迫自己要保持那样的一种状态。因为他不时地从那倏一现的眼神里捕捉到光彩。

在这偏僻的深山里，一个年轻的寡妇强迫自己要保持那种状态，常令他感到惊讶！还令他惊讶的是，有时他们的眼神也会相遇，与他直视时，她没有像一般人那样，被注视时会显出慌乱的神情，相反，她很镇静。有一两次在与他注视片刻后，她才缓缓地将目光转向别处。这让方凌波觉得她的内心并不像她的外表一样柔弱，恰恰相反，她的内心有着一股力量支撑，这种支撑让她平静地面对一切。而她又轻易不让人发现她的这种力量。

与他的对视中，尔蓝似乎也嗅到他发现了她所隐藏的某种东西，这让她有种秘密泄露、领地被侵犯的感觉，于是她像猎犬一样变得警觉起来。

为了自我保护，后来在他看向她的时候，她开始回避他，并刻意控制着自己不让眼神与他相遇。

偶尔眼神还是会无法避免地遇上。后来与他相视时，她也像受到惊吓一样慌忙地逃避他的目光。可她的一切小动作与刻意的表情都逃不过方凌波那双锐利的眼睛。

没有消息吗

夜深人静的时候，方凌波经常会想起那有时坚毅有时慌乱的眼神。想得多了有时竟会在梦中遇到她。

这天他梦见她光着脚，穿着一件宽大的蓝色袍子走在岭上。她走过后，台阶上的叶片纷纷飞起来。那些色彩各异的叶子像彩蝶一样，在空中飞舞。她走到哪，那些叶子就飞到哪儿！他被那些叶子弄得眼花缭乱，根本不知该看向哪儿。他努力不去看那些叶子只看她。

他跟着她一直向前走。他们绕过一座座山，穿过一片片林，过了一条条溪。走着走着，前面出现一片迷雾。浓雾中，一座高高的石拱桥在雾里若隐若现，突然她在那雾中不见了。

看不到她，他站在桥上四处搜寻着她的身影。正焦急间，忽然在雾中隐隐约约地嗅到只有她身上才有的气息。凭着这种气息，他辨别着她所处的位置，可无论怎么寻找，那个人和他始终保持着一定距离，怎么也看不见。

想要呼唤时，他既想不起她的名字，也发不出任何声音。正当为此感到焦急时，突然由梦中醒了过来。

醒来望着由窗外洒进来的月光，想到刚刚的梦，他的心里竟然有一种无法说出的苦楚。他已多年未做过这样的梦。不禁问，她是谁？便一遍遍地回想着她的举动与神情。突然脑中闪过一丝影像，难道……他胡乱思索着。

他不知道她们之间是否有着某种关联，但说来也怪，自从他从法国回来后，他已很少再做那个蛇吃人的梦。但每次回想那个孩子仍让他感觉痛楚。

最近再想起她的时候，感觉记忆又清晰了一些。他记起了她那双无辜而又忧郁的大眼睛，她看向他时的楚楚可怜，以及她对他的依赖。甚至想起几次她做梦被吓醒，安慰她时她躺在他怀中的感觉。

前几天他在房间里，还找到了一个铁皮盒子，盒子里竟然装着那年他教她认字的那本书，里面还夹着一些她写的字。虽然书本和纸张都因受潮有些破旧，他还是盯着那些东西看了很久。她的字不算好看，但看上去还算工整。看到那些字，似乎看到她仍端坐在他面前认真学习的样子。他不知道她现在在哪儿，也不知道她还记不记得学过的字。看着那些东西，他心里有种复杂的情绪上涌。

此时又想着那孩子水一样忧郁的大眼睛，那双眼睛竟和尔蓝的重叠在一起，甚至和画上的那个姑娘也重叠在一起。真是要命，越想越离谱起来。胡思乱想中，几乎折腾了一夜。

第二天，方凌波又去了丹桂村，想要打听一下那丫头的下落。此前他已向凌菲询问了几次，一直没有消息。

他问道："还是没有消息吗？"

方凌菲回他："我问了许多人，没人知道你找的是谁。"

"一点相关联的人家都没有吗？"

"没有。"

"你有没有问过外公家附近那间柴房的主人是谁？"

"问了。有人说那里最早是村里一户有钱人家为过往行人搭建的茶棚，后来茶棚废弃，曾有几户人家在里面堆放柴火。"

这消息似乎让方凌波看到了希望，紧跟着问："谁家？"

"有时郑家，有时赵家，有时叶家。"

"这些人家有没有女儿？"

"这几家都没有女儿。只有叶家后来曾抱养了一个。"

不管是不是亲生，听到有女儿，方凌波以为有了希望，便急切地问："那孩子是叶家的孩子了？"

"谁知道呢？他们说叶家本就是从别处搬迁而来的，早在多年前就去了外地再没有回来，就连家里的房子也在多年前倒塌了。如今兵荒马乱的，这家人是死是活，或者在什么地方，都没有人知道。"

方凌波听了，不禁黯然。

晚上躺在床上，回想当年仍很伤感。尤其想到送那孩子离别的场景，竟有着说不出的绝望。那一别，她像从这个世上消失了一样。

他在床上辗转反侧，怎么也睡不着。

突然他的脑中闪过一个念头，如果她是叶家收养的孩子，那么海桐也姓叶，尔蓝是他们从小抱来的童养媳，是否尔蓝就是那个孩子呢？

一会儿，他又否定了这种判断，因为除了她的安静和那孩子有些相似外，他从她身上并未看出那孩子当初的影子。难道一个人长大后完全变了模样？如果她变了，他呢，难道也完全变了？

他们分别时，她已有七八岁。如果他变化不大，她若是那孩子，多少会认出他来。

转念一想，他和凌菲要比和她熟悉多了，他从国外刚回来时，凌菲不也是没认出他吗？胡思乱想后又几乎失眠，天亮前才勉强睡着。

有了这层想法后，方凌波更加仔细地观察尔蓝。在海桐家，他的目光总是追着她看，追着她的每一道身影及举止。

如果不是刻意去观察她，她都引不起别人的注意。她似乎总把自己隐藏起来，像一阵不起眼的风一样，吹与不吹，你都感觉不到她的存在。

他们聚在一起谈事情的时候，尔蓝不忙其他事情时，总是坐在门口做针线活。

每当此时，那只叫苏的猴子一点儿也不安分，一会儿扯扯她的衣服，一会儿在她的针线盒里挑挑拣拣，累了也会躺在窗外的晾衣竿上，半眯着眼，一副恍恍惚惚的样子，稍有风吹草动便警惕地立起来，发现没有情况时，又懒洋洋地躺下。

有时它也沉思地打量着尔蓝；有时它也像尔蓝一样向大家投来好奇的一瞥，若有人看向它，它也冷冷地与人注视。待和大家熟悉起来后，也会跳到他们身上，有时会由一个人身上跳到另一个人身上，会搂着脖子不放。

每当这个时候，方凌波总会不由自主地看向尔蓝。好像知道他向她看来，她并不看他。她的出奇冷静，总让他觉得她身上有着一种神秘的力量。对他来说，那种力量似乎带着一种无法察觉的破坏性。无论她看与不看他，都令他没来由地心慌！这是近三十年来，在他身上很少发生的事情。有时他觉得越来越无法让自己沉静下来。

每次他盯着她看的时候，她都知道。从第一次见到他时，尔蓝就有种奇怪的感觉，方凌波那种孤傲的神情，似乎在什么地方见过。但她遍寻记忆，找不到有着那么冷冽眼神的一个人。

起先她以为，大概不熟悉他的神情才会觉得他冷漠。见得多了，知道他就是一副冷冽的样子，便也习惯了，只是那眼神冷得让人不敢靠近。

她从未见过他笑，甚至嘴角都没上扬过，就像他的脸僵掉了一样，她甚至怀疑他天生不会笑。

每次只要方凌波那高大挺拔的身影走进房间，她就有一种压迫感。还有他那种凛冽的气势，总让她不敢直视。

他们谈话的时候，尔蓝从不靠近，只是坐在门口，做着该做的事情。偶尔，也会被他投来的眼神看得无措起来。自从叶木槿与叶凌霄赌气离家之后，便很少有人那么仔细地打量她，或盯着她看了。

多年前，她就不想被人关注或被注视，近几年更是不想。如果可以，她宁愿去一个无人的地方，安安静静地待着。

她最怕的是待在家里。家中没发生变故时，她在这个家中尚且能过。冬青和父亲过世后，她便成了母亲王春的眼中钉。王春不仅将冬青的病逝怪罪于她，将父亲的过世怪罪于她，就连叶木槿与叶凌霄的出走也怪罪于她。

每次王春见了她总是阴阳怪气、指桑骂槐。

对于王春的埋怨与辱骂，尔蓝从不争辩。多年前她就不再争辩了。

王春对她的态度，不仅她知道，就连海桐和常来她家的那些人都知道。有时，尔蓝能从他们看她的眼神里，看出那种不解来。每当遇到他们的眼神，她总是在心底重重地叹上一口气。

方凌波的眼神更是让她感到疑惑和不安。这个于某一天突然冒出来的男人带着种神秘走进他们家，并将海桐带到一个神神秘秘的组织里去。起初她不知道他们在忙些什么，时间久了，便明白他们那份神秘工作的意义。有时她也想做些什么，不知能做什么的时候，便做了一个神秘的守护者。

雨幕下的身影

多次来过叶家之后，方凌波知道，尽管海桐比较同情"薄荷姑娘"的遭遇，但她在叶家的地位十分尴尬，婆媳关系也非常糟糕。

那位母亲几乎不下楼。偶尔出现，见了他们虽不热情，说两句话也还得体。见到尔蓝时立马就变了，每次尔蓝和她说话，她不是阴沉着脸，就是不回答。

当她面无表情地斜睨着尔蓝时，方凌波很不自在。他能明显地感到这位母亲对儿媳的不满。

别说方凌波不理解海桐母亲对尔蓝的不满，就连海桐也不是很理解。

他只知道近年来母亲对尔蓝姐是怀着恨的。

王春的确对尔蓝怀着怨愤。

她将家庭的变故都怪罪于尔蓝，因为她觉得这一切都因尔蓝而起。想着一切的不顺多是源于尔蓝，她很苦恼，苦恼这悲惨的人生，甚至将人生的不快、怨恨都撒在尔蓝身上。她经常莫名其妙地质问尔蓝："你为什么要这么对我？你是不是希望我也早一点儿死啊？"

每次听到王春的质问，尔蓝都很无奈，这种无端的罪名扣在她头上，解不解释都是罪！一个童养媳能有什么自主权呢？嫁谁是她能决定的吗？况且她从未想过嫁给冬青。冬青多年一副朝不保夕的样子。她嫁时他就已多日不能起床。他的病和他的死又怎能怪她呢？

木槿和凌霄正是知道让她嫁给冬青不是好事，又无法改变母亲的决定，才赌气离家出走的。父亲的过世更是突然。谁都知道，他得的是急症。

当王春将所有的罪责都推到尔蓝身上的时候，她只能忍气吞声。多年前王春就不再喜欢她了，若和王春争辩，只会增加王春的愤怒！

每当王春指责尔蓝的时候，尔蓝要么什么也不说，要么无奈地叫一声："妈。"

听到尔蓝叫她，她就皱紧眉头，恶狠狠地说："我可不是你妈！"

有时候几个人正在那儿说话，听到婆媳的对话声，顿时停了下来。海桐的眉毛常会皱成一团。父亲过世后，他总是夹在母亲与尔蓝的中间。他看不惯母亲这样对待尔蓝，曾有几次帮着她说话。

对此王春很生气，觉得他吃里爬外，狠狠地大骂他一顿，骂完他又狠狠地骂尔蓝。

但也不能向着母亲，因此在她们之间，他就无比沉默。每次听到母亲阴阳怪气地说话，他都很烦恼。既同情这一个，又同情那一个。每当这时，他就习惯性将手指放在嘴中，拼命地啃着指甲。

尽管尔蓝也不愿王春这样待她，但又有什么办法呢！自从被叶家抱来当童养媳之后，她的一切命运都是身不由己的，无论反抗与否都得被迫忍受。在长久的忍受中，她只能让自己变得坚韧，并将自己置身于与世隔绝的安静里。

十月下旬，天渐渐凉了起来。山野也随着季节变化变得多彩。就连岭上的枫叶也开始绚烂起来。一夜间叶子会由绿变黄，之后变橙、变红，似乎要将整条岭点燃起来。

这天午后，方凌波走在去往海桐家的路上，突然下起了大雨。因找不到避雨的地方，便飞快地往海桐家跑去。

由于跑得急，在门口他和尔蓝撞了个满怀，惯性使她的身体向后倒去。他迅速地将她拉了起来，因用力过猛，又将她带进了怀里。看着怀中的人，他的心跳得比任何时候都快，呼吸也不畅起来。

四目相对时，两人都很不自然，一会儿他才用低沉的声音说道："对不起，差点把你撞倒！"说话时尔蓝还倒在他怀里。虽然他来过多次，彼此观察过对方，眼神也多次相遇，但很少说话。此刻倒在他怀中，并感到他那线条分明而又冷峻的脸离她很近，说话时气息吹在她脸上，甚至还带着雨水的清凉，她急忙站稳了，红着脸说："没事儿。"

这一撞两人的衣服都湿了，本就湿淋淋的方凌波看到她也一身水，顿时尴尬起来，抱歉地说："把你的衣服也弄湿了！"

尔蓝也有些尴尬，可还是替他解围道："没事，我去换一件。"说着转身往楼上走去，上楼时她还心慌得不行。

方凌波的眼神也紧紧地跟着她的身影。

在楼梯口尔蓝遇到正要下楼的海桐，低声和他说了几句。海桐和方凌波打了声招呼，又转身回去了。一会儿拿了套衣服递给方凌波说："衣服都湿了，将就着穿我的吧。"

"不用了，一会儿就干了。"方凌波拒绝道。

"换上吧！不然我姐会怪我不拿衣服给你。"海桐笑着说，"她说天气有些冷了，别着凉了！"

方凌波这才默默地将衣服换了。那是一条蓝裤子和一件白色的长衫，他曾看到她坐在门前缝那件长衫。换衣服时心中又生出那种难以言说的感觉。

随后赵顺和林甫他们来了。林甫看了看方凌波，还拉了拉他的衣服说："这是海桐的衣服吗？穿在你身上还挺好看。"

"嗯，刚才衣服淋湿了！"他应着，想着刚才的那一撞，心中还有些异样。

说话间方凌波回头看了一眼，看到尔蓝也换了件蓝色长衫坐在门口，一边听雨，一边不声不响地做着针线活。那只猴子则坐在她旁边的门槛上看着主人。外面雨不停地下着，雨幕将她的身影映得更加清冷。在那雨幕里，他感觉脑子都变得混沌起来。

之后，尔蓝也会起来给他们倒些茶水，只要她动，苏就会嗖一下跳到楼梯上去。有时，它也会跳到海桐的肩膀上去，在他的头上扒来扒去，想要寻找什么似的。

每次尔蓝给他们倒水的时候，方凌波总是不自禁抬头看她。尽管他们极少说话，仅有的交流也多来自互不声张的眼神，但她那温婉的模样，以及她身上散发出来的气息，常令他怦然心动。

或许因为相撞，以及她那柔软的身体曾在怀中待过一瞬，再看她时，那种感觉又不同于以往，他的眼神也变得柔软起来。

海桐在转头的瞬间，恰巧看到方凌波用一种他很少看到的眼神看着尔蓝。他愣了一下，觉得这眼神十分熟悉，想起木槿以前也常用这种眼神看着她。他的思绪飞快地转着，想着木槿对尔蓝的种种心思与细节。此时从方凌波那儿看到同样的眼神，竟有些不安起来。不由得，他又将指甲放在嘴中啃了起来。

沉默寡言的人

随着不停地接触，方凌波的脑海里盘桓着尔蓝的影子。无论走到哪儿，影子都挥之不去。她沉静的眼神，无比安静的神态，吸引着他。虽然他也是一个沉默寡言的人，有时却有种找她说话的冲动。

每次在海桐家聚会时，他不再像先前那样，和林甫、赵顺他们一起离开，他总是留到最后才走。有时海桐会留他吃饭，他也不拒绝。

留下吃饭时她也话不多，始终静静的。吃过几次饭后，方凌波发现无论做什么食物，她都擅长就地取材，天还热的那会儿，他喝过她泡的白落地薄荷茶，或者麦冬薄荷茶、金银花薄荷茶，还吃过一两次她用腐婢做的绿豆腐，上面也配以薄荷，她很擅长使用薄荷，似乎做什么吃食，都喜欢放一些薄荷上去。放了薄荷的食物吃起来清凉可口，食后总是令人难忘。那些食物吃多了，身上似乎也散发出她身上散发出来的气息一样。回去后，他常常想起那些食物，有时，他都在疑惑是想念食物，还是想念她。

秋季之后，她不再频繁地使用薄荷，开始喜食各种花。木槿花、芙蓉花、月季花、胡枝子花、菊花、兰花、桂花，似乎她能够摘到的花都拿来吃。

她烧那些花并没有太多的花样，只是烧成汤或粥，有时是鲜花蛋汤，有时是鲜花汤或鲜花粥，无论烧汤或粥，都有着那些花特有的清香。

他比较喜欢木槿和芙蓉花做的汤，入口绵滑，味道也特别鲜美，总是令他回味！有时他甚至觉得吃的不是花，而是一种感觉，或是一种他也说不上来的东西。他甚至觉得那些花经过她的手，都变得美好起来。

在未吃那些花之前，他只知道有些花可以吃，却不知道那么多的花都可以用来吃。吃过众多的花之后，他对她更加好奇，他常在想，夏天吃薄荷，秋天吃花，待到冬春，她又要吃什么？他常用探寻的目光看着她。

为能了解她，或更多地接触她，方凌波会找更多的机会去海桐家，无论他们要不要聚会或讨论，有没有事，他总是习惯往海桐家跑。有时早上去，有时下午去，有时不分时间地去。他常常和海桐一同在门前待着，有时到院外小石桥上坐着，下雨时则窝在家里。他来了话也不多，大多时候听海桐说，他喜欢做一个倾听者。只要尔蓝在他的视线里出现，他的目光总会转移过去。只要他们留他吃饭，他就会毫不客气地留下来。到了后来，连他自己都觉得自己变得脸皮越来越厚了。

为了不显得自己白吃白喝，方凌波常常会带些食物和一些生活用品过来。一次吃饭时，他因看着尔蓝发呆被海桐发现，慌乱中打碎了一个盘子和碗，这让他尴尬不已。在这儿混吃混喝不算，还要打碎人家的东西。像请罪一样，第二天他带了一套餐具来。

看到他提着一大堆东西过来，海桐惊讶地问："凌波兄，你这是干什么？"

一向难得笑的他，竟笑着说："赔的餐具。"

想到昨天他偷看尔蓝被发现的情景，海桐也笑道："这么认真，盘子和碗多的是。"

"损坏东西就要赔，不然下次怎好意思留下吃饭。"说着他看了一眼尔蓝。

尔蓝正在廊下清理木槿花上的花蒂，抬头看了他一眼，正好与他的目光相遇。像撞见火一样，她立刻将视线移开说："太客气了，又没什么好东西吃！"

四目相对时，方凌波喉结滚了滚，没再说什么。很多时候，他说话是为了引起她的注意，引起她投来的目光，以及与她眼神的交会，那一刻他的心也像被狠狠地撞击了一下，还是感到了幸福。好像他去海桐家，就是为了寻找与她眼神交会的时刻。

留下次数多了，他关注着她的一举一动，也关注着她与她母亲的关系，并感觉到尔蓝和她母亲的关系比他看到的还要不堪。她母亲责骂她的次数越来越多，言语也越来越苛刻。她母亲甚至不止一次地诅咒她为什么不死！他听得都难过起来！可她从不回话！

这天，当尔蓝再次被王春骂了后，下楼时看到站在楼下往上看的方凌波。他的眼神依然凌厉，神情依然沉静。待她下来时，他沉声道："为什么要这么沉默？为什么不反驳回去？"

尔蓝看了他一眼，知道他听到了母亲咒骂她的话，她回道："在这个家，无论我沉不沉默、反不反驳，我都输了，因为我一直在输！"

她的话不禁让他心疼，疼她，也疼自己。因为很多时候，他也觉得自己输掉了很多东西，输掉了家庭，输掉了亲情，输掉了青春，输掉了原本他向往的种种东西，甚至输掉了人生。他觉得自己的人生简直一败涂地，因为他看不到未来！哪怕此刻一腔热血在做的这件事，都不能给他带来多少希望。他只是被他们的激情所感染，飞蛾扑火般地扑过去，当置身其中后，也只是尽己之力去做一件事！

不知是为了安慰她，还是安慰自己，他有着想拥她入怀的冲动。他想，两个内心寒凉的人相偎在一起，是不是可以互相安慰、互相取暖？

尽管见了她心跳就会不知不觉地加速，内心也渴望她，但又不想一下对她有过于亲密的举动。他更喜欢这种不动声色的相处。他觉得年龄稍大一点的好处，就是不再像十八九岁那般冲动，不计后果地去做任何事。至今他仍为年少时某些荒唐的决定而懊悔！

克制住冲动后，他又看了她一眼，看着一再隐忍与寡言的她，恍惚地觉得，他已认识了她千年，她不是别人，就是他要找的那个孩子。除了无法将她们的长相完全对号入座之外，她们太像了，一样的相处模式，一样的冷静沉默，就连那忧郁、忧伤的眼神也如出一辙，如果不是她，还有谁更像那个孩子呢！

有了这样的想法，此后的每一次相见，他总把她往那孩子身上靠，甚至已把她当成她，有几次都想向她证实一下，话到嘴边又咽了回去。他又担心确认之后的失望，倘若不是，难堪的同时会让彼此难以相处！

尔蓝知道，他一直在观察她。每次发现他那探寻的目光，她都急忙将视线转开。她捉摸不透这位模样永远深沉，有着复杂而又忧郁眼神的人。

尽管很少交谈，但从他的沉默与神态里，似乎也能感受到他内心有着不能向人诉说的苦恼。可谁又没有苦恼呢，她的苦恼也掩藏在内心深处无处诉说。

近来，他的行为更让她捉摸不透了。先前，他只在有事时才来，后来不请自来，逐渐演变成随时而来，或来得更早、走得更迟。每次来，似乎有目的，又似乎毫无目的。

他总是和海桐静静地做一些事，或有一搭没一搭地说着话。即便留下来吃饭，言语也不多，无论她做的饭菜好吃与否，他从来不置一词。饭桌上偶尔他会抬头看她一下，然后又继续吃饭。她常被他看得莫名紧张，以为他要说什么，结果他像块石头一样沉默着。

有时饭后他也会帮她收拾一下碗筷，但也是默默的。好像他更擅长观察，他像一个旁观者，冷冷地看着她家发生的一切，观察着她以及她在这个家的尴尬局面，他主动找她说话的内容，就是在母亲责难她之后的："为什么不反驳回去！"被问的那一刻，她五味杂陈，很少有人关注过她的处境。

家庭没发生变故之前，母亲责难她的时候，偶尔还会有人替她说两句，如今家中仅有三个人，海桐夹在两个女人之间很难发表意见。无论谁对谁错，他都不能帮另一个。尤其不能帮尔蓝说话，这只会让母亲更加难堪，更加恼怒不已，更加将怨气撒在她身上。

在母亲面前，尔蓝始终沉默，宁愿海桐也像块石头一样沉默！她觉得在这个家里，输赢对她来说，没有任何意义！她早就输了，她的人生早在多年前就在无望里了！

面对方凌波那句为什么不反驳，她只能说：我输了！一直在输！能得到这个像冰坨一样的人的关切，她感到有些意外！她也在有意无意中留意他。

每当他们说话的时候，尔蓝便安静地听着，虽然他们的声音很低，有时像在耳语，但她依然能从那些声音里分辨出他的声音。鬼使神差地，她竟然喜欢听他的声音。

方凌波的声音低沉、浑厚，却又带着柔软的韧性与主导一切的力度。当他的声音在耳边响起时，尔蓝有时会抬头看他。有时看到的是正脸，有时是侧脸。他的侧脸立体感很强。他那狭长而又精致的高额头，阳刚而又挺直的鼻子，恰到好处的唇线，都有着不同别样的英俊。无论正面、侧面，他脸部的线条都给人一种深沉的忧郁和一种不可捉摸的坚硬。

有时她看得专注，正要把目光收回，恰好他抬头也看到了她。四目相对后，既看不到他的惊讶，也看不清他的表情。

互视后，彼此又会将视线转开。尔蓝会继续做她的针线活，方凌波会继续他们之间的交谈。于是她又听到他们低低的说话声。

隐约中，有时尔蓝会听到又有人被捕、受伤，或被害。每当这时，她都十分难过，为生命的无奈，为乱世的沉重！有时听着听着她会惊觉地抬头看着他们，她不希望他们其中任何一个人出事。

偶尔海桐也会到方凌波家中坐坐。

每次海桐去，都会一遍遍地打量方凌波所住的房子，看着房中的摆设常说："你这地方甚好，只是冷清了些，你的家人呢？"

方凌波缓缓地说："我喜欢安静！"停顿了一下又说："你若喜欢，搬来好了！"

海桐又露出他那迷人的笑说："我倒想呢，可家中有两个相处不太和睦的婆媳。"

听他提到这个话题，方凌波用那深邃的目光看着他，探问道："你母亲似乎不太喜欢你姐姐？"

"何止不喜欢！"海桐无奈地叹气道，他知道母亲甚至在诅咒她！

"为什么？"这是方凌波很早就想问的一个问题。

海桐叹口气："说来话长了！"边说边将指甲放在嘴中啃起来。

方凌波和他坐在窗边的桌旁，探寻地说："说来听听！"

坐下来后海桐没有急于说，却盯着桌上的那幅画看，边看边指着画上的人说："哎，你觉不觉得画上的人像我姐？"

方凌波望着他，觉得连海桐都发现了画上的人像她，如果说画上的人的确和尔蓝很像，是不是他一直要找的人看着远在天边，实际近在眼前呢。想着想着竟又激动起来，可在海桐面前，又强装镇定地说："是有些像，那就说说你姐。"

又啃了一会儿指甲，海桐才缓缓地向方凌波诉说尔蓝来到叶家后的一些情况。

未被驯服的野性

叶海桐父亲叫叶剑华，母亲叫王春，夫妻俩以卖草药为生。两人共生育了四个儿子，总觉得缺个女儿有些遗憾。他们曾动过用海桐换一个女孩回来的心思，决定后又舍不得将儿子送出。后来他们想到一个折中的办法。一半为想女儿，一半为养媳妇，抱了一个童养媳回来。

尔蓝三岁的时候，被抱来抚养，与四兄弟一起长大。初到叶家时，她老是哭哭啼啼吵着要自己的哥哥。四兄弟出于好奇都围着这么一个哭哭啼啼的孩子看。

四兄弟中老大叶木槿与老二叶凌霄是一对双胞胎，两人长得一模一样，活像两个难分彼此的桃子。

尽管兄弟俩长得相像，性格却迥异，一个沉稳，一个活泼。虽然性格不同，灵魂却又互相呼应，总是一个想什么，另一个也想什么，一个要什么，另一个也要什么，两人总有着同样的心思。

老三叶冬青是四兄弟中体质最弱的一个，总是生病，各种各样的毛病。疾病不仅折磨着他的身体，也折磨着他的心理。他孤僻乖张，整天阴郁着，总也不说话，倘若说话也阴阳怪气的。

上面三兄弟都比尔蓝大，唯有老四叶海桐和尔蓝同年，比她还小了几个月。

那时看她哭，叶木槿和叶凌霄就拿东西逗她玩儿。逗了半天不顶用，然后又想别的办法。一个说带她去买糖，一个做鬼脸逗她。

叶凌霄淘气一些，哄她的时候，将两手食指放在嘴角往两边拉，然后用力张嘴，两只眼睛再拼命地翻上去，露出可怕的眼白来，然后用颤抖的声音叫着："啊！鬼来啦！鬼来啦！"

小丫头正哭着，看着凌霄的这副鬼样子，先是一愣，停下来不哭了，眼睛眨了眨，泪水便顺着脸蛋掉了下来。看着看着忽然又觉得他的表情恐怖死了，又哇一声哭起来！

她的哭声十分嘹亮，像冲锋号似的。凌霄急忙往后退了一步，并嚷嚷道："吓我一跳！"

看她哭个不停，王春也是左哄右哄。

兄弟四个当中，叶木槿一向有大哥风范。这会儿他挠了挠头，走过去抱着小丫头说："你看，我们这么多人，你有三个哥哥呢，我们都对你好。"

叶凌霄也接着说："对，你还多一弟弟呢。"然后转头看了王春一眼说："对吧，妈，海桐比她小吧？"

"对，以后尔蓝是咱们家的一分子，你们兄弟都要对她好，更不许欺负她。"

家里突然来了个小丫头，害得叶海桐很不开心。看着哥哥们都围着她转，连母亲也向着她说话，他噘着嘴，扭着身体走到一边去了。平时因为他最小，大家都宠着他，这会儿他觉得自己的东西被人抢了去，便一脸忧伤。

看到他那小模样，王春一把拉住他说："海桐，你说说，你喜欢这个小姐姐吗？”

他继续噘着嘴，眼睛一斜看了看尔蓝不说话，低头扭着衣服上的扣子。越扭越紧，由于较着劲儿，他的身体都跟着弯曲起来。

“说话呀？”

王春在他胳膊下挠了一下，他怕痒却忍着笑，身体都扭到一边去了。王春又挠了他一下，这下他忍不住大笑起来。

他一笑，尔蓝也不哭了，看着他们闹。

一直观察着她的叶凌霄悄悄地转到她身后，也挠了她一下。

尔蓝也怕痒，这一挠，她痒得受不了，也跟着笑起来。因为刚哭过，笑的时候脸上还挂着泪，她一笑泪珠就顺着脸颊滑了下来。

她的笑声清脆动听，像是风里吹来的一阵银铃声，叮叮当当的。此后，叶凌霄总是变着花样地逗她笑。那些日子，大家对尔蓝都很疼爱，慢慢她也适应了，便很少吵着要自己的哥哥。

不久，为生计叶家举家到了泰安。

刚到泰安时，一家人都不习惯，尤其不适应北方干燥的气候。每到下雨，大家就特别兴奋，尔蓝更是特别一些。她母亲去世早，在到叶家之前，她像个野孩子一样常常跟在哥哥的屁股后面四处乱转。

在家野惯了，换了个环境仍不改她的野性子，得着空就四处乱跑。尤其下雨的时候，她的野性子就暴露无遗。大雨中别人往家里跑，她总要往雨里跑，每每在雨里，她总是兴奋得手舞足蹈。

这天，几个孩子在院子里玩耍，突然下起了大雨，他们纷纷跑到屋里躲雨。一会儿院子里积水横流，他们都围在窗户边看着滂沱的大雨。

尔蓝开始也是安静地坐在窗内，看着雨水落下的样子。她觉得雨水落在水坑里，溅起小小的水花特别漂亮！雨点儿落在瓷器上，发出乒乒乓乓的声音也特别悦耳！听着，看着，像有只小雀儿在她的胸腔里乱窜。

突然她的眼睛放出异彩，噌一下从凳子上站了起来，像只刚孵出不久的小鸡崽，踮着它的小爪子冲到了雨里去。

大雨如注，下得分不清点儿。冲到雨中的尔蓝，被凉飕飕的雨水击打得睁不开眼睛，她却闭上眼尖叫着，在雨水里跳了起来，越跳越开心。雨水噼噼啪啪地打在她的头上、脸上、身上，她那及肩的头发被雨水打湿后，一绺一绺地贴在头上，雨水顺着她的尖下巴不停地往下流，衣服则像油纸一样紧紧地缠在身上。

因为不停地在一个地方跳跃，地上被她跳出一个坑，泥巴与雨水被跳得四处溅开，弄得她满身都是。然而她却开心极了，并觉得自己越跳越高，就像拥有一对翅膀一样，有种想要飞翔的感觉，于是，她展开了双臂，还没等她飞起来，胳膊被人紧紧地拧住。

木槿硬拖着把她拖到屋里。

尔蓝往雨里冲的那会儿，叶木槿就在后面喊了起来："尔蓝，回来！快点回来！"

喊了半天，她像聋了一样，丝毫不理他，木槿一边跺着脚，一边让凌霄去喊母亲。

在王春没赶来之前，他就跑到雨里把这丫头扯了回去。进了屋，尔蓝身上没有一块干的地方，脸上、头发上都淌着水，嘴唇被雨水泡得惨白，衣服和鞋子上到处沾满了泥巴。每往前走一步，鞋子便发出"扑扑哧哧"的声音，走过后地上便留下一摊泥水。

由于在烂泥里蹦得太久，那双鞋已面目全非，右脚的五根脚指头全露在外面，鞋子里则灌满了泥浆，整个人就像一条刚从田里捞出来的泥鳅。

看到这一幕，王春的火气立马就来了。到了泰安后，生意一直没什么起色，每天她都为一家人的吃穿着急，看到尔蓝这副样子，气就不打一处来，觉得老宠着不行，也要适当地修理修理，让她长长记性。

她四下里找寻工具，没找到合适的，便让尔蓝把鞋子脱下来。

这是不久前，她拆了件旧衣服给这丫头做的一双鞋子。旧布做的鞋本就不牢固，被她在泥水里一折腾，鞋帮与鞋底彻底分了家。王春越看越气，拿起鞋照着她的屁股就抽打起来。边打还边说："叫你去淋雨，叫你去淋雨，好好的鞋子给弄成这样，看你还敢不敢？看你还敢不敢？"

尔蓝被打疼了，尖叫着用手去捂屁股。可是哪儿捂得住，越捂越挨揍。

打人的是越打越来气，越气越打。结果她的屁股与双手都被打得乌青。

尔蓝被狠狠地揍了一顿后，整整哭了一个下午，哭累了就睡着了，睡醒了想起挨揍的事儿，又哭了一回，看没人理她这才又睡了。

她哭的时候，四兄弟都看着她。

叶凌霄边看边和叶木槿说："她可真能哭！如果参加哭鼻子大赛，她准赢！"

结果，叶木槿瞪了他一眼。

头天，她还哭得停都停不下来，第二天，她又跟没事人一样。

其实在她睡着的时候，叶木槿很难过。他懊悔将母亲叫来，觉得是他害得尔蓝挨了打，看着她被打得乌青的手，他十分心疼。

人总是好了伤疤忘了疼，尔蓝也一样。没过几天又赶上下雨，这次她耍了一次小聪明，没有穿鞋子，光着脚丫子跑到雨里又淋了一回。结果还是没逃掉挨了一顿揍。

这次王春揍她不是为了鞋，小小年纪就敢不听话，她要治治她的野性子。

自从揍了她一回后，王春就想着得揍她第二回。打人是个上瘾的活，不打便罢，一打就罢不了。此后，尔蓝因淘气不断地挨打。

王春总觉得"尔蓝"的名字有些怪，总想给她改个名字。她按着四兄弟以植物取名的方法，给她起了一个"紫薇"的新名字。

尔蓝并不喜欢新名字，不管谁用这个名字叫她，她都不答应。

一次，王春生气地问她："我叫你，为什么不应？"

她歪着头说："那不是我的名字。"

"你改名字了，以后紫薇就是你，你就是紫薇！"王春大声告诉她。

可是没用，她一点也不买这个新名字的账，无论怎么叫她都像聋了一样，就像她的耳朵有一种屏蔽功能一样，她可以做到完全听不见。

几件事之后，叶家夫妻看出这丫头身上有着一副天生的倔脾气，犯起倔来无比固执，谁也奈何不了她。

改名不成功，王春也无比生气。渐渐地她开始不喜欢尔蓝身上的这份固执，不喜欢她身上那种未被驯服的野性，越是无法驯服越是生气。

越是如此尔蓝越是隔三岔五地惹王春生一顿气。一旦尔蓝把王春惹火了，王春总想着修理修理她。

开始王春总是大动干戈地揍她。后来王春换了方式，会不声不响地在她的身上掐一把，拧一把。因此尔蓝的身上常常青一块，紫一块，但孩子天性里的顽皮不时地让她继续犯错。

由于这种倔强的脾气，某样东西越是告诉她不能去碰，她偏要碰一下给你看看；硬是让她去碰的东西，她却毫无兴趣。她总是这样唱反调，所以她的挨打多数和她的犟有关。

专业知识由哪儿来

海桐看着方凌波感叹道:"我想,那个时候我妈可能就不喜欢她了。"

如果不是听了海桐的介绍,方凌波不能想象平时看着默默不语的尔蓝,小时候竟是如此的淘气。起初他的身体靠在椅子上漫不经心地听着,听着听着,后背挺直了一些,眼睛也开始发亮。

海桐问道:"是不是难以想象?"

方凌波嘴角扬了扬,确实想象不出的样子。

"记忆里,我妈对她的态度一直不好!她和我三哥成婚之后,她们的关系就更差了。原本她应该是和我大哥或二哥成婚的,我妈要为三哥冲喜,逼着她嫁给了三哥。为此我两个哥哥离家出走,可我妈偏将这个罪扣在尔蓝姐头上。"海桐望着远方叹了口气说,"她跟了我三哥也没救下他。那时三哥已经病得很厉害了,半年左右就过世了。我妈竟又将三哥的死怪罪于她。之后我爸突然过世,让我妈更受打击,坚称尔蓝姐是个扫把星,害得我家家破人亡!从此我妈就再没好好地和她说过话,而且不停地诅咒她!"

方凌波望了望海桐,明白了她为什么总是那么安静与沉默,沉吟了一会儿他才缓缓地问道:"你是怎么想的她?"

"谁？我妈还是我姐？"海桐问。

"你姐。"方凌波低声道。

"当然是觉得她可怜了！"海桐沉声道，"可我又帮不上她。一个是我妈，一个是我姐，虽没有血缘关系，却是一起长大的。我能怎么办呢？看着她们两个那样，我有时感到很苦恼！有时我特别希望大哥、二哥能够回来，来应付她们之间这种令人难受的局面。"

"他们没有和家里联系过吗？"方凌波问。

"没有！"叶海桐摇头说，"他们走后一直没有消息，兵荒马乱的，都不知道他们还在不在世上。"说着他歪着头，眉头也紧紧地锁起来。

方凌波脑海中却在转着，假若他的两个哥哥回来，面对这种局面也难以抉择。原本他们其中一个是可以娶她的，如今她成了寡妇，他们兄弟如何面对这件事呢？又如何面对他们的母亲？

再去海桐家时，方凌波看向尔蓝除了探寻之外又多了层心疼，心疼她的人生。

很多时候看着她那默默的、忧郁的眼神，似乎看到了他自己。她的那种状态不是和他很多时候的状态很像吗？他对她竟有种惺惺相惜之感。

他总会在不经意间多看她几眼，总想她能出现在他的视线之内。每次她靠近时，闻着她身上散发出来的薄荷清凉的气息，他就心旌摇荡。她那紧锁的眉头有时也让他跟着难受，甚至想上去帮她抚平。看不到她时，他又会很焦虑，四处搜寻着，这种奇怪的状态有时也让他无所适从。

夜晚躺在床上，想起那忧郁的身影总会特别难过！有时他会突然坐起，实在睡不着时也会到楼下在门口坐一会儿。

此后的一段日子，执行任务时，经常有人意外受伤。怕暴露身份，伤病员轻易不敢去治疗。蔡成让方凌波他们想办法弄一些药来。

这天他们聚在叶海桐家，谈到缺医少药时，尔蓝就站在桌旁给他们倒水。

林甫说："医生很难找。凡会看点病的都被他们监视着，谁也不敢给我们的伤员看病，不然他们会用这样的方法对付医生。"说着，用手比画着杀人的手势。

方凌波看着他，沉思了一会儿才说："我们可以先备些药来，需要的时候可以救急。"

"现在不仅医生难找，药也难买，药铺都被他们监视着，只要我们的人进去就会有麻烦。"赵顺开口说。

方凌波想了一下说："要不这样，针剂我去想办法？许多草药都有止血、止痛、消炎作用，看看能不能找人上山采些备用，存些有备无患。"

原本站在一旁的赵大民像是想到了什么，突然拍了一下叶海桐的肩膀说："海桐，你家之前不是开草药铺的吗？家里还有没有存货？"

赵大民个子不高，但力气很大，能将一块三百余斤的练功石抱起来。掰手腕，一般人也不是他对手。由于手劲大，他拍别人的时候，感觉没用力，但一掌下去往往让对方疼得够呛！

海桐本来长得就单薄，被他拍一下，一侧的肩就低了下去，被拍的地方也隐隐作痛。

他皱着眉，感觉被拍的地方一定乌青了，抱怨了下赵大民的手重之后才说："之前我们家倒是做过十几年草药生意，我父亲过世后，我母亲的身体也不好了，后来那些草药就被处理了。"

海桐思忖，尽管他们家做了多年草药生意，但他是被宠着长大的，很少主动认识那些药，即便去寻药，他也派不上用场。他们家除了母亲以外，只有尔蓝认识的草药多一些了。母亲陷进家庭变故的悲伤里轻易不出屋，只有尔蓝偶尔会到山里采一些以备不时之需。想着不禁回头看了她一眼。

海桐望着她，并不是想征求她的意见，而是下意识的一个动作。

尔蓝一直在听他们说话，听到他们谈到了草药，也抬头朝他们望去。大家看海桐看向尔蓝，也都朝她看过来。

见众人盯着自己，尔蓝紧张了一下。虽然不太明白海桐眼神的意思，但觉得他们看着自己，似乎是在征求她的意见，便说："草药我认识一些，我可以去采。"

见尔蓝主动请缨，大家都很高兴。唯有方凌波不露声色，他望了望尔蓝，沉吟了一下才说："好是好，不过得小心！"说着仍看着她，眼神里不免有几分担忧。现在小镇上到处是眼线，他担心被发现或被他们盯上，不仅她有危险，大家也会有危险。

"我们可以派个人陪尔蓝去，这样万一遇上什么，也好有个照应。"赵顺看出了方凌波的担忧说道。

"我倒觉得还是不要有人陪好，否则目标就大了。一个人反倒不太引人注意。"林甫说，"但是一个人要格外小心，这和平时上山拔拔草采采药还不一样。"

赵大民也说："那帮流氓可是什么事都干得出来的。"

方凌波话不多，只是目光沉沉地看着尔蓝，漆黑如墨的眼眸一片沉静。

此前尔蓝也经常上山采药，见大家为她担忧，笑说："我会小心的！"

之后，他们又按着分工商量了一会儿才散了。走的时候，方凌波落了后面，走出去几步又折回来对尔蓝说："上山时把苏带上，它十分警惕，或许能帮你一点儿忙。"

听出话里的关心，她仰头看了看他。在窗内微弱的光里，那张一向冷峻的脸竟有了一点儿色彩。她轻轻地回道："好！"

他似乎还想说什么，嘴唇动了下却没有说出来，只是静静地看了她一会儿，这才转身离开。

接了采药的活之后，尔蓝没有担心且有种说不上来的高兴，像被分派到任务一样，终于可以有件事情做了。

很长一段时间，她都觉得活得很苦楚，不是活在家庭变故的自责中，就是活在王春的埋怨与找碴中。家庭变故虽不是她促成的，但多少和她有些关系，尤其木槿和凌霄的出走。甚至有时她都不能表态或分辩，不说话还好，一说起来，母亲就骂得更凶。

她不记得这样的日子究竟过了多久，从记事起她就生活在叶家。从王春那儿她似乎未得到多少关爱，记忆里全是她的打骂。她的种种态度，让尔蓝理解她只是抱来的。于是她就接受了这样的态度。无论王春怎么责骂她，无论对或错，她从不争辩！

尔蓝觉得唯一可做的事，就是不在她的眼前，或尽量不在她眼前出现。

家中的气氛总是让她感到压抑。她喜欢奔走在山中。林中的鸟声，草丛里的虫鸣，以及山间吹过的风，都让她觉得自在。而且她喜欢山间的那些植物，高大的或矮小的，开花的或不开花的。

她也能分辨出那些植物的用处，并将有用的采摘回来。

那段时间，尔蓝和那只猴子的身影常常活跃在附近一带山上。

为采药，有时她要穿过一片密林，有时要翻过一座高山。采药时，那只猴子总形影不离地跟着她。

有苏的陪伴，尔蓝也不觉得采药的过程有多辛苦。采药的途中，山间潺潺的水流，林间的鸟语与虫鸣，都让她觉得愉悦。

每次方凌波他们看到尔蓝采回来的药都觉得惊奇，那些药各式各样、五花八门。

有抗菌镇痛的石斛、降气止呕的旋覆花、解郁止痒的白蒺藜、行血止泻的金漆渣、消肿止痛的山栀子、治疗跌打损伤的南岭荛花、治疗毒蛇咬伤的四方草，还有用于烧伤、溃疡、肺炎的一些草药。

许多草药大家都没见过，即便见过也没在意或不认识。看到尔蓝采回那么多的药，有时他们也觉得神奇。

阿木更是好奇。那天他提着一株植物问："尔蓝姐，这个叫什么啊？"

尔蓝看了一眼那株植物告诉他："黑面神，也有人叫它钟馗草、鬼画符。"

阿木吐了下舌头："看着好看，名字有点儿吓人！"

"名字是不好听，作用却很大，它的根和叶可是有很多功能的呢，能治疗肠胃炎、咽喉炎、皮炎、烫伤。"尔蓝笑着告诉他。

"就它，能治这么多病？"阿木惊讶地说。

"是啊，很多东西看长相是看不出来的。"

阿木摇摇头说："那就是凡事凡物凡人皆不可貌相了。"

大家觉得他突然文绉绉的，不禁笑了起来。

尔蓝与阿木的对话，方凌波听在耳中，并没有接话，只是将目光转过来看了看她。少年时他常到自家经营的药铺去，出于好奇，那时也认识了不少药，他自认对草药知道得不少，没想到尔蓝比他对草药了解得更多。

如果说她对草药了解得多和叶家开过药铺有关，并不稀奇。让他奇怪的是，海桐曾和他说："我姐没读过书，不怎么识字。"而她所了解的却是草药的专业知识。

他静静地看了她几秒，不禁疑惑：她的专业知识由哪儿来？恰巧尔蓝也看向他，他们静静地对视片刻。

尽管他们什么也没说，偶尔看着她，方凌波还是很想探寻她那安静的背后。尤其她那可怜而又复杂的身份！有时他竟不知如何靠近她，近了却又不知对她该有一个怎样的态度。

他很矛盾，对她怀着一种想要了解的渴望，却又带着某种抵触。有时莫名其妙地竟对她寡妇的身份存有忌惮。因为当年的寡妇事件让他有所忌讳，他曾发誓此后不再和任何一个寡妇走得太近。

每当看到尔蓝因在山上攀爬采药而弄得伤痕累累的手时，他又有着说不出来的烦躁。

每次他都静静地看着，想要说些什么，可又不知怎么说，总是一副欲言又止的样子。偶尔她望向他，他也不让她看出他的表情。

之后，他也发现了她细微的变化。以前看到她时，她的脸色总是惨白惨白的，现在竟有些红润起来了，甚至有点儿人间烟火的味道。

你也不小了

转眼到了第二年春天。方凌波由法国回来已半年多了。他去叶海桐家的渴望越来越强烈了。

每次去都怀着一种他也说不上来的情绪，那是一种极其复杂的心情，不是喜悦，而是一种浓浓的伤感。原本他就是一个忧郁的人，现在又多了层伤感，他的眉头比先前锁得更紧了。

这天他比往日去得要早一些，匆匆赶路的途中，他被路边一簇簇蓝色的鸢尾花吸引。在法国就经常看到这种花，此前在山间也多次看到这种蓝色的花，但从未认真看过它。此刻都打花的边上过去了，又倒了回去仔细地看它。

盛开的鸢尾花如羽毛般轻盈，像一只只展翅欲飞的蝶立在苍翠的叶片间。看着那开得淡淡的蓝紫色的花，忽然觉得这花如她一般安静、清雅，却又有着不动声色的美丽。于是他摘了一束放在手里，到了海桐家，悄悄地将那束花放在门口的针线筐里。

刚放下花，赵大民、林甫、赵顺他们都来了。

听着楼下的动静，尔蓝也轻轻地下了楼。每次他们开会她都悄无声息地坐在那儿，承担着放哨的任务。

坐下后看到了那束花，尔蓝有些诧异，不知花从哪儿来，便将目光投向他们，每个人都专心地讨论着什么，没有一个人注视她。

她很好奇，猜测谁将这束花放在这儿。阿木，海桐，还是他们其中的一位？她也想到了方凌波。阿木送花她能理解，海桐送花她也能理解，若是方凌波，便颇让人费解。她猜不出他送花的理由。

此后只要他们聚会，她的针线筐里总会多上些东西。有时是一枝花，有时是一枝其他的绿色植物。

她常为这些东西感到奇怪，也猜不出是哪个心思细密的人在做这件事。似乎又能从此行为中猜测出那人的心思。为那可能的心思，有时她也会脸红心跳，并细心留意着。

直到一天，看到方凌波轻轻地将花放下时，她竟被他的这种小心思触动了。发现是他之前，她无法将这个看上去冷冰冰的人和送花的人对号入座。她曾一度以为他已成家，如果不是某天赵顺要给他介绍一个对象，他拒绝后望向她，她还不知道他是单身。只是觉得奇怪，既已拒绝，为什么又望向她？

这个发现让她久久不能平息。她开始回忆他的出现，他的不同于其他人的冷漠神情，以及无数次不动声色看她的眼神，并猜测：他为什么要这么做？

方凌波不苟言笑，冷若冰霜，尽管他与海桐走得很近，但他身上总有一种拒人于千里之外的气息压迫着她。她不能想象他送花的更多含义。

之后她理解他的举动大概是为了表示对她采药工作的一种尊重。

知道是谁后，对这种行为尔蓝没有挑明，一个安安静静地送，一个不动声色地收。

时间久了，此事在彼此的心里都漾起了柔波，但他们仍很少说话。尤其在这乱世里，在彼此人生与过往的阴影里，他们都宁愿选择沉默，选择隐忍！

很多时候，方凌波的心里也极不平静。他的目光常常跟着她的身影转，跟着她的眼神转。

她那瞬间的落寞与恍惚神情，常让他跟着落寞与恍惚。他总想听听她内心的声音，哪怕小小的一个声音，一个想法，一个愿望。可是她总是默默的。有时候，沉默比喧嚣更令人焦灼！

一个人的时候，方凌波更是陷在沉思里。多年来，他觉得自己过得浑浑噩噩，甚至都不知道自己是否爱过。虽经历过一些女人，但没有一个人能够深入他的骨髓。

在法国的七年里，除了姑姑以外，他几乎没和别的女人打过交道。

唯一一次和其他女人的接触是在一个雨天。那次他受雇在郊外伐木，天上突然下起了大雨，为避雨他就近跑到一处别墅的房檐下。当时他倚在墙上看着大雨施虐，无意间回头往窗内看了一眼，才注意到窗内有个女人在看着他。目光相遇时他有些尴尬，刚要离开，窗户突然打开。她隔着窗户向他打招呼，看着面前这位浑身湿透的东方人，盛情邀请他进屋。他进屋避了会儿雨，喝了杯咖啡。两个小时后，雨仍没有停的意思，他们却躺在了一起。

方凌波不记得当时是怎么开始的，又是怎么结束的，至今想起都觉得那是很荒唐的一件事。那是他在法国唯一一次没有拒绝的艳遇。大概当时太过孤单了！

多年孤单后，现在他发现死去的心好像死灰复燃，他竟然陷进一种无法排解的情绪里去，内心里深深地渴望着一个人。那种渴望常让他有种无所适从的感觉。可在这乱世里，她的身份，让他不知如何表达。

五月的一天，方凌波去丹桂村看凌菲他们。刚进院子，小外甥永西便扑了上来："舅舅，给我学一下鸟叫吧！"

方凌波很好奇他提这个要求，很少有人知道他会口技那种玩意儿，便问道："你怎么知道我会学鸟叫？"

"妈妈告诉我的。"他之前听妈妈说舅舅会学各种鸟叫声，十分好奇，很想见识见识。

年少时因贪玩，方凌波才学这些玩意儿。学会时总想展示一下，那时他喜欢给凌菲学鸟鸣。后来在山上也经常学给那丫头听，每次她听了，都用一种惊奇的眼神看着他。年龄大起来，再没有这种心情。此刻看着小外甥，他说："哎呀，舅舅都忘记了！"

"我不信，我要听，求您学一段给我听吧。"永西抱着他的胳膊请求道。

方凌菲在一旁也说："你就学给他听吧，天天念都快着魔了。"

方凌波无奈只好学给永西听。他学了一段画眉鸟的叫声，尽管学得有些生疏，但永西觉得他已学得像极了，那种忽远忽近、忽左忽右的鸟叫声，让永西觉得真有一只画眉鸟在耳边鸣叫。在他表演时，永西崇拜地看着他，并观察着他的嘴型变化，疑惑声音是怎么发出来的。

方凌菲只在小时候听他表演过，那时候他在她眼里总是无所不能，她是那么崇拜他，此时也听得入了迷。

表演完永西就央求道："我也想学，舅舅教我吧！"

于是他就教了永西一会儿。他们练习的时候，方凌菲站在一旁看着。看着他们和谐相处的样子，觉得他要成个家就好了。便又旧话重提："你真不打算去法国了吗？"

方凌波看了她一眼，知道她又为自己担心，回道："这话都听你说了几十遍了，耳朵都起茧子了！"

"外面那么乱，我不是担心你嘛！"方凌菲提高声音强调着。

他当然知道凌菲为他好，只是苦笑着说："知道了，大姐，只是不想再去了。"

他这句大姐把方凌菲逗笑了，感觉他今天心情不错。她边笑边说："如果不去，你也老大不小了，总得成个家嘛！"这才是方凌菲要说的重点。

尤其觉得论相貌、气度，他都不输于其他人。他常一个人独来独往，他那孤独的样子总让她觉得凄凉。

他无奈地望了妹妹一眼，略有点儿自嘲地说："说得倒是好听，只要人家一打听我的过去，谁家肯将姑娘嫁给我！"

方凌菲当然知道当年的那些传言，多年前的那些事也在他的心里造成了阴影。她想固然他有罪，也不该他一个人来承担，便说："人的命运总有坎坷的时候，这么多年过去了，人总是往前看的，不要让过去像枷锁一样将你锁住。"

不幸被她言中了，这么多年来，他觉得的确有一个枷锁将他死死套住。那是一段总也回避不了的事实。因此在蔡成提议推荐他入党时，他拒绝了蔡成，觉得这是个严肃的问题，他觉得自己只适合做一些辅助工作，他愿意在适当的时候做一些事。与他们在一起时，他常被大家的热血感染，不时将自己置身其中。此刻便回她："到时你便知道人人把我当怪物一般！"

"什么怪物？那只不过是一些别有用心的人攻击你的话，事隔多年谁还总记着那些事。"方凌菲说，"我托人给你介绍一个，成了家有人关心你，总归不是什么坏事。"

"你别操心了。"他仍坚决地拒绝她。

"为什么？"方凌菲问。

"君因我而死，总于心不忍。"方凌波缓缓地答着。

方凌菲看着他，突然想起人们传他是妖孽的事，不禁大笑起来，笑完说："你不是个迷信的人，这不是你的性格。"

别的姑且不信，唯这一件事无法释怀！方凌菲提起这件事时，他的心里竟一阵慌乱！上次赵顺要给他介绍对象时，他也是这么慌乱！提起这话题，他心中闪现的却是那个让他时时记起，不时又要回避的人。他对她的态度始终模棱两可。他又想见她，想要引起她的注意，又怕见她，怕陷进自己无法控制的一种情境里去。同时他还有些顾虑，顾虑她的身份，顾虑他身上那像被施了魔咒一样的东西给她带去某种不祥！他不得不承认他在意这个人的存在，不想给她带去任何不好的东西。

无论方凌菲怎么说，方凌波一直坚持着自己的想法。

他这样决定自己的人生，也让方凌菲不甘。当然，方凌菲并不知道他的心事，觉得有必要让蔡成做一做他的工作，便说："好吧，我会想办法说动你的，总要成个家嘛！好歹给我生个侄子侄女，不然白长这么好看了！"

面对方凌菲的锲而不舍，方凌波叹了口气什么也没说。他能说什么呢？尽管他心里时时想着一个人，但他仍悲观地认为他的人生早毁了。只在辅助蔡成工作，与叶海桐他们一起为革命做一些工作时，他才觉得人生似乎变得有所不同起来。

午后方凌波和蔡成倚在窗户那儿低声说话，阳光透过树叶从窗户透进来，照在他们的身上，斑驳的光线把他们照得梦幻起来。

蔡成让他转告大家："小心些，最近队伍里出了叛徒，被他们抓去的人都被施以酷刑——坐老虎凳，灌辣椒水，什么刑罚都用上了，还将人吊到房梁上，不招供便将人从高空抛下摔成重伤，人未死用冷水泼醒，然后继续施刑，把人折磨得死去活来不说，昨天晚上还活埋了他们。"

听了这话，方凌波皱紧眉头，并开始担心一个人，心里又莫名地烦躁起来。

又聊了一会儿，蔡成盯着这个皱着眉头仍很俊朗的大舅子突然说："凌波兄，有没有意中人？"

方凌波正烦躁着，不知道蔡成为什么突然提起这个话题，便皱着眉头看着他。还未开口，便知是方凌菲的主意，于是就更加烦躁！摇摇头不想再继续这个话题。

本来就该死

　　傍晚时方凌波赶了回去，将有叛徒的消息告诉大家，让他们都提防着。

　　那天他在海桐家待到很晚，因没看到尔蓝，焦虑地问海桐："你姐呢？"

　　"上山去了。"海桐觉得他明知故问。最近海桐已察觉到他对尔蓝的特别关注，就连看她的眼神也不一样。原本冷冽而又深沉的眼神里，有时也带着一种不易察觉的温柔。

　　而且方凌波多次留下来并不是为了和他闲聊，也不是消磨时光，从方凌波不动声色看她的眼神就知道了他的心思。海桐也看到过他悄悄放下的那些花，以及为了引起尔蓝注意而说的一些话。

　　他对尔蓝的这种关注，既让海桐欣慰，又有着说不出来的苦恼！海桐希望有人来关心她，可真有那么一个人，又不安起来，怕他将她带走。海桐觉得这个家不能再少一个了，那会让他不舍和无所适从，他更希望她留下。因此海桐特别渴望两个兄长能快点回来。甚至希望，随便她跟两个兄弟中的哪一个，反正他不希望她被带走。

　　尔蓝还是经常一个人上山采药。这天出门前又没看到苏，最近那只猴子常常不见踪影。她站在门口唤了几声，仍没见到苏便一个人上山去了。

她像往日一样沿着溪边的那条小路走，随后拐上了那条上山的路。走着走着身后传来窸窸窣窣的声音。她以为是苏跟了过来，回头寻那猴子，可身后什么也没有。没走几步窸窣声音又起，她又回头看了看，还是什么都没有，心里隐隐有些不安起来。

又向前走了几步，那声音再次响起，感觉是有个人在跟着她似的。这次她警觉起来，猛回头身后仍空无一人。她疑惑地站在那儿停了几十秒，除了风吹草动以外，并没有什么可疑的东西。证实没有声音后便又继续向前，边走边想这是怎么了，是苏没跟出来就疑神疑鬼的，还是听到有人被活埋的消息吓到了。一定是风吹草叶发出的声音让她产生了幻觉。

走着走着，倒真有股风吹来。那风细细地在林间穿梭，吹动竹叶发出沙沙的声响，像雨声一样，随后有两片竹叶旋转着扑在她的脚下。尔蓝低头看了看，两片叶子一模一样，倒像一对双胞胎。

看着看着忍不住笑了，觉得越大越是胆小，自己在这里吓自己，山上怎么会没有声音呢？就连树叶飘落都有细微的声音，何况有风了，山间又有那么多的生命。笑着笑着忽又把笑收了起来。那两片一模一样的叶子让她想起了木槿和凌霄。

随后她叹了一口气，这么多年了，谁都不知道两兄弟在哪儿，不知道他们有没有回去，发现他们不在那里会不会着急？会不会四处打听？会不会知道他们回了老家？她在一个个会不会中意乱起来！

想着这乱世，想着自己的身世，尔蓝的心里又乱七八糟起来。

如今她面对的是一个绝望的家，陷进母亲的绝望中，隐进自己的绝望中。她看不到希望与未来，也看不到生命的光彩。

正想着差点被脚下的一根树藤绊倒，惊魂未定，一个人影向她移来。

此前在山间也常会遇到一些上山干活的人，此人的出现却让尔蓝胆战心惊。这是一个圆头肥颈、四肢显短的人。此人一出现便扫了她一眼，骨碌碌乱转的眼睛不怀好意。

尔蓝装着若无其事的样子，继续向前走。

那人并不言语，只紧紧地跟在她的身后。

为了摆脱他，尔蓝故意绕到一棵树后，那人也跟着绕了过来，并伸手去抓她。她心里一惊，知道来者不善，一边躲避着对方的追赶，一边质问他："你想干什么？"

那人看着她笑，并不说话，笑里却带着一种阴鸷。一种恐惧感向尔蓝袭来，在平地她可以向前飞奔而去，可在这种既不能奔跑，也无法向人求助的地方，她该怎么办呢？那人虽然个子不高，但要比她壮得多。

尔蓝边思索着，边迅速地绕过一棵树，想以灵活的身体快速躲过对方的追赶。她快对方也快，那人始终对她紧追不舍，边追边伸手去抓她。

眼看就要被抓住，尔蓝举起竹篮朝那人头上打去。篮子还未落下，对方却顺手抓住篮子边沿，一下将她的身体拽了过去。

还没反应过来，尔蓝就被对方拦腰抱住。她极力反抗着，一边尖叫，一边用手去推那人要贴上来的嘴脸。尽管她用力往后仰着身体，还是差一点被那人碰到。

那人突然将尔蓝的上臂牢牢扣住。被钳制住，尔蓝仍一面挣扎一面大叫。上身无法动弹，她便抬起一只脚，狠狠地向后踩去。因吃痛，那人放开了她。

脱开钳制后，尔蓝迅速向前跑去。还没等跑起来，又被绊倒，然后被饿虎扑食般地扑倒在地，那人突然开口道："性格还挺辣，陪大爷玩玩吧！"

此时尔蓝知道面对的是什么，她像发怒的野兽一般，拼命与对方厮打。她一边喊着一边拼命挣扎，唯一的想法就是不能让他得逞。

然而她毫无畏惧的气势并没有打消对方的念头。一个进攻，一个抵死反抗。两个人像互相撕咬的野兽，厮打在一起。

尔蓝渐渐体力不支。绝望中，她摸到一块石头，毫不客气地向那人头上打去。只一下，那人便闷哼一声倒了下来，并将她压在身下。

沉重的身体压下来像座大山一样。尔蓝手脚并用地将他推开，爬起来还不解恨，又狠狠地朝那人踢了几下。踢完才发现，那人竟一动不动。她看了眼手中的石头，手上和石头上竟然都是血。她急忙将石头扔了，手却不争气地抖了起来，她用一只手压住另一只手，还是不顶用。平时她自诩胆大，看着那人一动不动，以为他死了，竟紧张得挪不动脚步。一想到杀了人，浑身也变得绵软起来。

惊魂未定中又一个人影闪了出来，她惊恐地叫起来。

那人抓住了她的胳膊，摇着她急促地叫道："是我，别怕！"

她这才认出面前的人，因惊恐哆嗦着还是说不出话来。

方凌波看着因害怕而颤抖不已的尔蓝，又看了看倒在地上的人，对她说："不用怕，我去看看。"

他将那个人翻了过来，发现是郁离街上的孙台。孙台平日游手好闲，不仅好赌，还很好色。他叔叔是村里的一个保长，虽然连个芝麻大的官都算不上，孙台却能倚仗叔叔无恶不作。

平日里孙台游手好闲惯了，这天闲得无聊去山上访友，途经西源看到尔蓝一个人往山上走，便心生歹意，悄悄尾随她上了山。原本他想到山里好动手一些，结果偷鸡不成蚀把米，竟被一个女人打败了。

此时孙台的额头上有一个大大的伤口，血正顺着伤口往外流。方凌波上前探了探，发现他已没了气息。心想这无赖真不禁打，一下就死了，死了活该，为小镇除了一个祸害。倒是尔蓝被他吓得不轻。想着回头看了她一眼，她仍哆嗦个不停。

方凌波有些心疼她，走过来说："他死了！"

听说人死了，尔蓝都快要站不住了。她一边发抖，一边无助地看着方凌波。见她被吓着了，方凌波又轻轻地说："别怕，他是个坏人，本来就该死！"

安抚了她一下，方凌波觉得得快点把孙台处理掉，不然被发现很麻烦，等尸体僵硬了也很难搬动。

他在附近转了一圈儿，在一块大岩石下寻到一个山洞，然后将尸体拖过去塞了进去。为了不让人发现，他又往石洞里塞进一些树枝、杂草和泥土，并用石头将洞口封住。然后回身清理了沿途的血迹。

等他忙完回来，尔蓝坐在地上仍在发抖。他上前拉了拉她的手，她往回缩了缩，然后用惊恐的眼睛看着他。平时她过于安静，不轻易表露自己的神情，见她如此，方凌波也怔了怔。他很心疼，有种想把她拥进怀中的冲动。

为了安抚她，他在她面前蹲了下来，拉着她的手轻轻地说：
"没事了，走，我们离开这里。"说着将她从地上拉了起来。

尔蓝的身体一直在抖，腿也软绵绵的，站起来还没有迈出脚
步，又软了下去。下到一半的时候，被方凌波拦腰抱住，然后搂
在怀里。

此前他曾无数次想象将她搂在怀中的情景，只是这一次才是
真实的。

他庆幸自己跟了过来。虽然此前他将有叛徒的消息告诉了海
桐他们，但其实他更担心她，尤其最近她经常一个人在山上走来
走去，别说遇到坏人，就是遇到毒蛇、野兽也难对付。今天她遇
到的，又在他的思虑之外。

鱼形饰品

当初尔蓝决定去采药时，方凌波就让她带着苏，觉得关键时刻那猴子能帮上她的忙。

大概春天的原因，万物复苏，人也变得更多愁善感起来。最近他总想着方凌菲对他说的那些话，有时竟也渴望有个家，渴望有个妻子。尤其在接触尔蓝之后，内心里某些沉睡的东西似乎苏醒了过来。

认识她就像冥冥之中的安排：一张画让他不顾一切地回国，此后的接触就像预定的程序一样。矛盾的是：尽管对她怀着蠢蠢欲动的心，却又不敢走得太近，他仍害怕多年前那些经历，害怕人们传说中的一种附在他身上的魔咒。

有时他甚至在想，如果走得太近，会不会也将一些不幸带给她。有时越是在意一个人，就越害怕失去，或者给对方带去厄运。虽然那种魔咒生效的概率很低，但他绝不愿这件事发生在她身上。

今天早上起床，他便在院外的银杏树上看到了苏。它与另一只猴子正在树上追逐打闹。正要唤它，意识到它正在发情，便打消了唤它的主意。

他站在那儿看着两只猴子在树枝上荡来荡去，不由得就想到了它的主人。苏没有跟去，他竟有隐隐的不安，越想越惶恐，于是他由家中出来也往山上走。

方凌波直奔西源山，他知道尔蓝经常去那座山。比起别的山，西源山植被茂盛草药也多，比别处更容易采到。

去往西源山要沿着一条小溪走，走不多远拐个弯就进了山里。起初山路并不陡，等进了山间林带，越走越艰难，脚下野草丛生，荆棘遍布，一不小心衣服就会被刺钩住。看着这样的路，觉得她常一个人在山上采药竟有些心酸！可她来来去去从不抱怨！

她似乎比较抗拒有人接近，一旦有人要走近她，她便武装起来，将人拒于千里之外。她的拒绝似乎在自己与他人之间竖了一堵墙，任谁也难以走近！一个人拒绝与他人交往，不是内心孤傲，就是内心苦楚。她如此，他何尝不是如此呢！两个都是喜欢将自己武装起来的人，却又带着磁性，被另一个像自己的人吸引！

方凌波一边胡乱地想着，一边前行着。他不知道会不会在路上遇到尔蓝，或者在某条分岔路上与她错过，但他还是想要找到她，并寻思见了她如何解释自己的出现。最近他常常陷进某种无法自拔的情绪里。尤其在想起她的时候，他就会变得特别忧愁，总将她与那孩子、与那幅画联系在一起。虽然有时他觉得这种联系毫无根据，可就是将她们联系在一起。

正想着突然林中传来了尖叫声，他不免一惊。他循着声音快速地跑去，越急越慢，中间还误入一丛荆棘中，衣服被死死地钩住，由于太想摆脱那些刺，手和腿都被划伤，但他顾不上这些仍是拼命往前冲。

在一处山坡上，远远地就看到两个人在斯打，尔蓝举起石头打人的那一刻正好被他看到。等他好不容易赶到时，她已从地上爬了起来。

尽管此刻她仍瑟瑟发抖，但她先前的表现，比他想象中要勇敢得多。尤其这会儿，他一低头就看到她，闻着她身上淡淡的薄荷香气，内心竟无比欢欣。

不知过了多久，尔蓝在他怀中挣扎了一下，他这才放开她。两人互望了一下都没有说什么。又缓了一会儿他才沉声说："走吧！"开始带着她默默地往回走。

由于先前的惊吓，前行时尔蓝双腿仍软绵绵的，几次险些摔倒。每当快要摔倒时，都被方凌波扶起。望着她恍恍惚惚的样子，他索性将手递给她，她没有拒绝，就这样两个人牵着手往回走。

出了山，穿过一片林子便是那条小溪。溪边的那条路不仅弯弯曲曲，而且很窄，沿途杂草纵横，如果没有方凌波牵着，尔蓝会不止一次地被那些交错的杂草绊倒。

路上很安静，除了偶尔的几声鸟鸣和脚下窸窸窣窣的声音外，没有别的声音。方凌波边走边不时地歪着头看着尔蓝，她的脸色仍很苍白。见她像个孩子一样任自己牵着，他的心里竟涌上一阵温柔。

她的手很软，或许是受到惊吓，即便握在他手中也一片冰凉。突然方凌波在她手腕上触到一个东西，低头看了看，那是一个用桃核雕刻的鱼形饰品，饰品用红线串着，表面光洁圆润。

乍看那饰品，方凌波觉得有些眼熟，便停下将那只手拉高看了下，瞬间热血上涌，在那桃核上他看到了一个深刻的印记。

那时他与那丫头住在山上，常带着她满山跑，摘些野花野果，竟觉得特别开心。不出去的时候，他会用草编一些小玩意儿给她。有时他也会用刀刻一些东西。那天他把一粒桃核雕成一尾小鱼，还在不起眼的地方写上一个"丫"字，用红线串上给她戴在了手上。

"好看吗？"戴好后，他问她。

那孩子难掩喜悦，抿着嘴笑着，高兴地点头。那是他第一次看到她那么高兴。

"喜欢吗？"他又问。

她再点头，似乎为了表示对他的感谢，她还轻轻地在他的脸上亲了一下。当时他愣了一下，就连凌菲都没有和他这么亲密过，她的一个小小的举动让他感到特别温柔。

方凌波做梦都没想到的是，找了那么久，找到都要绝望的时候，却发现要找的那个人早在眼前。

此刻他的内心波涛汹涌！尽管一直觉得她身上有着许多似曾相识的感觉，可这么久以来，他们竟然谁都没认出对方。如果不是看到她手上戴着的这个饰品，似乎还不能认出她来。也难怪，十几年过去了，彼此都变了模样，当年的小丫头已长成大人，而他也不是当初的那个他了。

于恍恍惚惚中，他们已到了山下。尔蓝似乎意识到什么，挣脱了他的手。看着她急于挣脱的样子，方凌波想要告诉她真相，话到嘴边，望着她仍惊魂未定的样子又咽了回去。

不要那样看我

有好长一段时间，尔蓝没有再上山，对杀人事件仍心有余悸。她常常梦见被一个黑衣人追着满山跑，梦中她拼命向前逃，穿树林，过山岗，实在跑不动了就爬到悬崖边的一棵歪脖子树上。每次梦中都会出现那棵树，她也每次都会上树。

为了不让黑衣人看到她，她将身体挂在悬崖的一侧，等黑衣人走了，她仍悬在那里，既上不来也下不去。她恐惧得要命，感觉随时会掉下去。

她希望有人能拉她一把，或自己爬上去。直到双手无力从树上坠落下来，她像根羽毛一样，往深不可测的山谷里飘。下降的时候，她能感到风呼呼地在耳边吹，想叫却发不出声音，只感到身体在不停地下降。下面是无底的深渊，像世界尽头！她不知要下降多久，才会到达尽头，似乎永远也不会到达。

每次她都在不停下降的过程中，在一身冷汗中被吓醒，醒来再也睡不着。

日子一天天过去。方凌波来得似乎比以前还要勤了。尔蓝发现，他看她的眼神和以前大不一样。以前只是偶尔看一看她，看的时候经常不让她发现。

现在他常用一种探寻的眼神站在离她咫尺的地方看她，楼梯口、窗前、走廊、院子、她做针线活或其他任何事的地方。有时他也刻意找她说话。

尔蓝认为他的这种变化，是因为知道她杀了人，所以才会对她特别关注。

有时她也为杀了人而心惊胆战，为他帮助掩藏杀人的事件而心存感激，可还是被他的眼神看得发慌，甚至用一种乞求的目光拜托他：求求你，请不要再用那种眼神看我了。

杀人的事，除了他知道外，她不能和任何人说，包括海桐。尔蓝倒觉得他总这么看着她，迟早会被人发现，会害死她。

那天尔蓝坐在窗户前做她的针线活，不知什么时候方凌波竟站在她身边，她吓了一跳。看到他时，他正用那深邃的目光看着她。最近她一直在为杀人的事心神不宁，他的目光也令她手足无措。想说什么却不知如何开口，只是紧张地看着他。

还是他先开口了："你的脸色十分不好！"

她不得不告诉他，每天都梦见有人在追她。

他们说话的时候，那只猴子一会儿走来走去，一会儿坐在不远处，不时地拿眼睛斜睨着他们。方凌波一会儿看看尔蓝，一会儿也看看苏。自从他发现苏和另一只猴子的来往，便觉得它再也不像以前那么忠诚，早晚有一天它会离她而去。

说话的时候，那个鱼形饰品从她的衣袖里滑了出来。他静静地看了那饰品几秒，心跳又加速起来。看着它似乎又回到了过去，回到他给她戴上它的那个瞬间，回到她因高兴眼睛闪闪发光的样子，回到她轻轻在他脸上吻了一下的时刻，也为多年她仍戴着它感动。

他由那饰品上转过视线来，探寻地问道："你还记得小时候的事吗？"

尔蓝怔怔地看着他："小时候？为什么要问这个？"

"好奇你的过去。"那张俊逸的脸耐人寻味地盯着她，似乎想在她的脸上寻找答案。

尔蓝有着瞬间的迷惑，不知道这个一向沉默的人，为什么突然想要知道她的过去，疑惑地回他："大多不记得了！"

"记得的呢？"他依旧探寻地问道。

"哪个时间？哪种记忆？"觉得他意有所指，对着他那深邃的眸子尔蓝问道。

"能记得的特别深刻的记忆。"

尔蓝再次诧异地看着他，然后缓缓地说："我能记住的都不想说。我记不住的更是不能随便乱说。"

方凌波意识到，她记得小时候的事情，问题是不愿说。就像那时，从头到尾她都不愿告诉自己她的名字一样。他那时总是想不通小小年纪怎么可以那么固执，如今固执仍旧。看着那仍倔强与固执的一张脸，他没再追问下去。他甚至怀疑她已知道他是谁，只是不愿说而已。

从知道尔蓝的身份之后，方凌波陷进一种难以言说的心境之中。先前对她知之甚少，现在只要他想，就可以打探到她的消息，他频繁地将海桐带到家里，旁敲侧击地向他探问他的姐姐。

这天他们坐在院中又聊到了尔蓝，他突然问道："上次听你说你姐小时候很顽皮，现在却很安静，后来发生了什么？"

海桐非常好奇地看着他，因为之前自己向他说起家事和尔蓝，他只是听却很少问。但最近他总有意打探她。

虽很疑惑，海桐还是说道："后来确实发生了比较严重的事情，从那之后，她的性格变得不太一样了。"

"什么事情？"他仍不动声色地问道。

房梁上的孩子

那时叶家几个孩子都到了读书的年龄。为了节省家用，叶剑华夫妇只让叶木槿和叶凌霄去读书，回来再教弟弟妹妹。

一天木槿在教海桐和尔蓝识字，海桐一边读一边用手揪尔蓝的头发，因为疼，尔蓝回手就给了他一下，海桐则追着尔蓝想要还回来，于是两个人揪着一块帘子追来追去。

他们一个这边转，一个那边拦。忽然海桐脚下一滑踢倒了一个玻璃瓶，随后尖叫声在房间里响起。

王春正在外面洗衣服，听到叫声急忙跑了进来，发现海桐的脚后跟被碎玻璃割得鲜血直流，便用手去捂，可伤口太大怎么也捂不住，刚捂上，血便顺着她的手指往外流。

被吓傻的尔蓝僵硬在那里一动不动。

还是木槿比较冷静，他跑到房间找来布和一条带子，先把海桐的伤口包住，但刚包上瞬间布又被浸湿了。

王春心疼儿子，抓过尔蓝就是一阵乱拧。尔蓝被拧得尖叫起来。

看到这情景，木槿心里特别不是滋味，便说："妈，您还是先看着海桐吧，先把他的血止住要紧。"

王春这才放下尔蓝，并发下狠话："等回头再收拾你！"事后，王春果然没饶她，用一根荆条狠狠地抽了她一顿，边打还边用手拧她。

每当这时，木槿总要上前替尔蓝挡一下。有时他越挡母亲越生气，一边瞪着他，一边抓住尔蓝还要多打几下。

尔蓝受到最严厉的惩罚是在她七岁那年。那年叶家从泰安回来。那时的尔蓝还十分淘气，不仅她淘气，凌霄也是一个十分淘气的主儿，干什么都想和人一争高低。

一天尔蓝突然对凌霄说："二哥，我们比爬树吧，看谁爬得快，爬得高！"

凌霄眼睛一瞪说："凭你也敢挑战我？爬哪棵？"

尔蓝用手指了一下门前的两棵树说："这两棵。"那是两棵不算很大的树，一棵梨树，一棵银杏树。

于是两个人像猴子一样，分别往两棵树上爬。凌霄那棵梨树有些单薄，看到尔蓝爬得比他高时，他上面的树枝已细得不能再爬。可他觉得自己是男孩子，不该被女孩子比下去，自然不甘心落在尔蓝后面，仍往上爬了一截。突然树枝断了，他便从几米高的树上摔了下来。树下是一堆乱石，凌霄掉在乱石上顿时昏了过去。

王春看到摔得不省人事的凌霄后，又是捏又是掐，折腾了一番才把凌霄弄醒。得知是和尔蓝比爬树，自然又要收拾她。

海桐停下来望了望方凌波，不知是否还要讲下去："反正那时候她就是很淘气，似乎比我二哥还有过之而无不及。"

方凌波仍不动声色地看着他问："后来呢？"

海桐说："那天，尔蓝被我母亲狠狠地揍了一顿还不算，之后将她关进一间废弃的柴房里。为了惩罚她，还将她吊在房梁上。"

方凌波这才明白，原来他和尔蓝的交集是从这里开始的。

那年将她由房梁上解下来时，她已吓得昏了过去。他折腾了一会儿才把她弄醒，睁开眼看到一个陌生人，她又惊叫起来。他急忙捂住她的嘴说："好了，别叫了，都把你从上面救下来了。"说完并没有松手。由于在柴房里挣扎太久，当时，她满头满脸都是灰，一流泪整张脸都花了。

等她安静下来，方凌波才把手拿开，问道："谁把你挂到房梁上去的？"

她望着他不说话，只是哭个不停。之后不管他问什么，她就是什么也不说。若提送她回家，她就大哭起来。她一哭他就不知所措。折腾了好一会儿，方凌波似乎明白了她是不愿回家。想到能将她吊到房梁上的人，对她肯定好不到哪儿去。

看她哭个不停，他忽然很想帮帮她，便对她说："你若是不想回家，哥哥带你走好不好？"

那时尔蓝对那个家已生出恐惧，她害怕回家，害怕回去母亲又要打她。只要不回去，去哪儿都行。

方凌波先是领着她往外公家走去。走了一段路，觉得柴房离外公家太近，若是被人找到，势必会给外公惹来麻烦，便决定带她离开这儿。

他让她等在路边，去和外公道别。他跑进屋，趴在外公的耳边大声说："外公，我来几天了，得回去了。"

知道他惹了麻烦出来的，外公对他说："你老子的气恐怕还没消，你这样回去，他又要对你不客气，等他气消了再回去。"

"没事的外公，我回去了。"他又大声地说。

老人叹了口气说："回去也好，回去就要好好的，别再惹你老子生气了，对你没好处。"

虽然方凌波心里仍不服气父亲，还是答应道："知道了。"

临走时外公拿了几个煮好的鸡蛋往他口袋里边装边说："带上路上吃。"

刚要拒绝，想到那孩子不知道饿了多久，便把话咽了回去，和外公道了别匆匆就走了。

你会说话啊

　　方凌波回来时，那孩子仍在原地等他，一副可怜兮兮的样子。看着她瘦弱的样子以及那张花脸与那双仍噙着泪水的眼睛，他的心软得不行！

　　他弯下腰轻轻地问她："饿吗？"她点点头。

　　方凌波将鸡蛋从口袋里拿出来递给她："吃吧！"

　　那孩子仰头看了看他没有立即接过去。他又示意她拿去，她这才接过去。已饿了一天半的尔蓝正饥肠辘辘，她将两个蛋用力一敲，剥了壳便大口吃起来。见她狼吞虎咽的样子，他便提醒道："慢点儿吃，小心噎到。"

　　可还是晚了，她被噎得伸长了脖子，瞪着眼睛看着他。见她痛苦的样子方凌波也着急起来，拍了几下没任何效果。她依旧伸长了脖子，眼睛瞪得更大起来。

　　方凌波慌起来，原本被吊在那里还不至于死，万一噎死了岂不罪过。他慌乱地转着，急忙去找水。不远处的岩壁上就有水。他用手从岩缝里接了水给她喝下，因水太少，喝下去没有一点儿反应。看着她的脸都憋得红起来，他急得团团转。

　　忽然看到路边的芭蕉树，他急忙从上面揪下一片叶子，接了水过来给她灌下。缓了半天才好了，等她缓过来，他才小心翼翼地问道："好一点儿了吗？"

她点了点头。他才拍着胸脯说："吓死我了！"

见她也一副惊魂未定的样子，方凌波领着她到水前去洗脸。洗过后才发现，尽管她的肤色有点儿黑，却是一个长相漂亮的小姑娘。标致的小脸上长着一双大眼睛，黑黑的眼眸像溢满的水，鼻子长得也很高挺，先前苍白的嘴唇，此刻沾了水也红润起来。抬头看他时，眼神里透着一股楚楚可怜。

让他百思不得其解的是，这么漂亮的一个孩子，为什么会被吊在房梁上？

带她回去的路上，他走在前面，她紧紧地跟在后面。起初还能听到她的脚步声，走着走着脚步声没了。回头看到她落在了后面，他便站在那里等她。等她走近，他便将一只手递给她，牵着她继续往前走。

走了一段路，牵着的手越来越沉。见她一脸的疲惫，他便停下来歇了一会儿。接下来的路她走得依然很慢，他便不时地停下来看她，她也静静地看他，但谁也不说话。

后来为了赶路，方凌波只好蹲下来指着后背对她说："上来吧。"后面的路他一直背着她走。

中途他们要过一条叫郁离的江，江水静静地流着。水面看着很平静，水底却暗潮汹涌。他们在郁离渡口等了半天，始终没看到船的影子。方凌波等得很不耐烦，焦灼地走来走去。最后他决定游过去。他担心拖着她游不到对岸，便在江边不停地徘徊。

之后他在路边找了块木板，打算推她过江。当将她放在那块木板上时，她紧张地看着他拼命摇头，眼神里满是惊恐，他安慰道："有我呢不用怕，我会推你过去。"

起初，他推着她前行，游到江中的时候，她的一条腿由木板上滑了下来，水流冲击着她的腿，越冲越急，因担心掉到水里，她一把抱住他的脖子。

方凌波越是担心游不过去，她越是将他拼命地搂紧。他被搂得动弹不得，差点儿溺了水。

好不容易过了江，方凌波坐在岸上边喘气边冲她大声嚷嚷："差点儿被你害死！搂住脖子干什么，这样我游得动吗，啊？"

被呵斥时，她瞪着眼睛看他，依旧不说话。起初还以为她怕他，不敢说话，这会儿她越是不说话他越是生气。

"为什么不说话，你哑巴啊？"说完这一句，忽然意识到她或许就是哑巴，从救下她开始她就一句话没说过。

看着她咬着唇瘪着嘴，眼泪快要流出来的样子，他又为对她发火感到内疚，她自然是因为怕掉到水里去才搂住他的脖子。为了不让她哭出来，他在她头上轻抚了一下，语气也缓和了下来说："好了，没事啦！"在他的安慰下，眼泪只是在她的眼眶里打转而没有掉下来。

方凌波带着她去了山上的老房子。房子虽然有些陈旧，但里面的设施一应俱全。将她安顿下来后他偷偷回了一趟家，带了些生活用品与食物回来，便和她在山上住了下来。

此后，他又接二连三地从家里运出了一些东西，更心安理得地在山上住着了。

起初，带着一个和自己相差十来岁的孩子在山上生活时，方凌波觉得颇为新奇。除了她不会说话外，觉得有个人和他在山上做伴挺好，并觉得如果她会说话就好了。不过有什么关系呢，只要她不那么招人讨厌，也并非一定要让她说话不可。

那些日子，他经常带着她满山跑。她总是特别听话，无论他干什么，她都安静地跟着。不在山上转时，她也会安安静静地待在房间里，一点儿也不会让他厌烦！每次看向她，她都安安静静的，如果看到方凌波看她，便对他报以微笑！小姑娘笑起来很甜，他看了也满心欢喜！

有时他甚至想象着，她不是一个凡人，而是上天派来的小天使，来抚慰及陪伴他度过这叛逆而又难堪的青春岁月。所以她不会对他这个凡人说话，这样想时他会有瞬间的恍惚，甚至觉得下一刻她就会长出一对翅膀，然后从他的身边飞走。

这天，方凌波坐在二楼的窗户前用刀削一个树根。没事的时候，他喜欢动手做一些小玩意儿。

他削树根的时候，她就安安静静地坐在旁边，像空气一样。如果不刻意注意她，似乎感觉不到她的存在。她坐在那儿并不闲着，一会儿看看他，一会儿看看窗外。那双眼睛特别清澈透明，看人的时候，眼睛里像储着一汪水一样。

方凌波正用力地削着树根，突然听到："看，刺猬！"

原来她从窗户往下看时，看到一只小刺猬在院子里爬来爬去，竟忍不住叫了起来。

方凌波被她的叫声吓了一跳，回身看了一眼，她用手指着楼下的一只刺猬让他看。他没有看刺猬，而是惊讶地看着她。好一会儿才发火道："原来你会说话啊，还以为你是哑巴呢，为什么一直不说话？"他为她骗他那么久而生气，冲她吼了起来。

她也惊讶地看着他，那时她已好些天没有说过一句话。

不管此前她为什么不说话，得知她会说话，方凌波还是很高兴的。既然她会说话，他便想知道她的名字："说吧，你叫什么？"

他的问话让她随即又陷入了哑巴状态中。

此后，虽然她会和他说话，但从不告诉他自己的名字。他若是问得多了，她甚至连看都不看他。

起初方凌波很生气，不喜欢她的这种犟脾气，也赌气不理她。之后发现那孩子的脾气很是像他，一样的固执，一样的沉默，一样的对一切都无所谓。后来便不再强迫她，她不愿意说，为什么一定要知道她的名字呢，甚至也不告诉她自己的名字。为了便于称呼，每次喊她时，只好称她丫头。

晴天时，他会带着她上山挖野菜、摘果子、采蘑菇。雨天时，他会教她认"四书五经"里的一些字。虽然不主动说话，教她识字时，她却学得非常快，几天工夫便学了不少字。

有时看着她，方凌波觉得奇怪，他竟然会和这么一个半大的孩子躲在山上过日子，并想着，将她带走后她的家人或将她吊到柴房梁上的人会不会找她？会不会着急？更让他感到惊奇的是，本是天真烂漫的年纪，她却少年老成，总是沉默着，从不提家与家人，更不提回去。

你去哪儿了

海桐告诉他，当消失了半年的尔蓝再次踏进叶家的门时，第一个看到她的是大哥叶木槿。

看到她，木槿一下子愣在了那里。这个孩子一到叶家，他就最疼她。母亲对她总是不太友善。起初母亲或许也想对她好来着，不知从哪天起，母亲喜欢指挥她干东干西，事情稍有做不好就狠狠地教训她一顿。

母亲对尔蓝最大的撒手锏就是在她不听指挥的时候，出其不意地拧她身上的一小块肉，让她变得身上乌青并疼上几天。有时他会偷偷地看她身上的伤，那些伤痕总让他特别心疼！

木槿不喜欢母亲这么对待她，既然把她当叶家的孩子来养，为什么还要两样对待呢？甚至狠心地将她吊在柴房梁上。

那天他外出给父亲送东西，一整天没看到尔蓝，晚上睡觉时也没有见到，便悄悄地问冬青和海桐，但谁也不知道她去了哪里。直到第二天，他才看到母亲慌慌张张的样子。

他刚问了声"尔蓝呢"，母亲却没好气地回他：不知道。

木槿很不喜欢母亲这种口气，尤其有关尔蓝时，话语中那种狠狠的不耐烦的口气，可他又无可奈何。

那天晚上，他听到父亲与母亲在房间里争吵："自己的孩子都疼得跟什么似的，为什么不能疼她一疼？虽然不是你生的，但来到了这个家，就是这个家的人，你就不能对她好一点吗？孩子之间无意的玩闹伤到也正常，你居然把那么小的一个孩子吊在那么僻静的一个地方，亏你想得出，心怎么这么狠！"这是他父亲叶剑华的声音。

"我只是教育教育她，谁知道她会不见了！"母亲回道。

"谁知道，谁知道，才多大的孩子，就是不丢了也早被吓坏了。"父亲越说越生气。

从父母的争吵中，木槿才知道，为惩罚尔蓝，母亲将她吊在柴房梁上，现在人不见了。

听到丈夫的责备，王春的心里一点儿也不好受，对他说："我也想对她好，可她总是那么偏，我不知道一个孩子怎么可以那么偏。你也知道我的脾气，她越偏我就越生气，本来只是想吓唬吓唬她，好好地锁在里面谁知道就不见了。"

"你把一个孩子吊在那里也叫好好地锁着？女人若是硬起心肠来真是可怕，当初若是不喜欢，就不要把她弄到家里来，你对付她的日子不是一天两天了，这样传出去我们如何做人？有时真不知你是怎么想的！"叶剑华平时看着妻子对尔蓝不好，也没多加过问，现在看到好端端的一个孩子弄没了也急了起来，便大数落小数落起来。

王春越想越后悔，觉得尔蓝到了他们家之后，除了脾气偏点儿，偶尔淘气点儿外，别的都还好。

之所以对她狠，就是因为她不是自己生的。若论淘气，凌霄是下河抓蛇，上树掏鸟，断人家的树头，点人家的柴草，有过之而无不及，她却没将他怎样，唯独看不惯尔蓝的淘气。此刻她完全没了主意："现在怎么办呢？"

"能怎么办呢？找吧，找回来最好，不然心里怎么踏实？"

他们一连找了很多天，始终没有尔蓝的一点儿消息。谁也不知道她去了哪儿。找人时也不敢声张尔蓝是被吊在柴房梁上丢的。

尔蓝丢失的日子里，晚上木槿都辗转反侧，怎么也睡不着。他不知道尔蓝去了哪儿。他曾跑到离家很远的那个柴房，看到柴房的门是被砸开的，房梁上还悬着一根绳子。他无法想象尔蓝被吊在上面的情景。

站在那间柴房里他很不好受，环视了一下，里面并没有堆放多少柴，只放了一些乱七八糟的东西。倘在平时他不会在这种地方多做停留，因为尔蓝由这儿丢失，那天他倚着墙在那儿站了老半天。从那时起他开始对他的母亲怀着敌意，不再敬重她。

尔蓝丢了后，叶家人苦苦找寻了几个月，始终没有消息。

在大家都觉得没有希望的时候，突然看到尔蓝归来，木槿确实吃了一惊。他丢下手里的东西，一把拉住了她问："你去哪儿了？你去哪儿了？急死我们了！"

听到尔蓝回来了，一家人都围了上来问东问西，但是不管怎么问，尔蓝像在方凌波面前一样，对发生在她身上的事什么也不说。

但她能回来，大家都有种失而复得的感觉！尤其是叶木槿。

只能委屈他们了

尔蓝丢失后，王春感觉心中一直被一块巨石压着，有时压得她都喘不过气来。她觉得自己并不是一个坏女人，她对这个孩子所有的恶就像一个魔鬼在驱使着她。有时她也在问自己，怎么能干出这种事来？怎么能把一个孩子吊在那里？她为此惴惴不安，期盼着尔蓝能够回来，只要尔蓝回来，她发誓再也不那么对她了。看到尔蓝回来，她心中的那块巨石终于落了地。

此后不久叶家再次举家北上，来到泰安继续着药材生意。

一晃十年过去了，尔蓝在叶家已由一个小女孩长成一个亭亭玉立的大姑娘。长大后越发漂亮了，尤其那双眼睛像瓷器般闪闪发亮，笑起来时笑容干净柔和，那两排像贝壳一样的牙齿显得尤其可爱。

而且这十年中，她特别喜欢薄荷这种植物，着了魔一样的喜欢。再大一些时她开始种植薄荷，先是种一株，后来是几株，再后来薄荷自己蔓延，房前屋后到处是它的身影。

她不仅种它，还总是变着花样地吃它、喝它，随身携带它。夏天她带的是鲜叶，冬天她带的是干草。久而久之，薄荷的气味似乎入了她的骨髓，所到之处，四周总散发着淡淡的薄荷的清香。

十年间四兄弟对她都很好，尤其是双胞胎，都很呵护她。特别是在长大后知道楚楚动人的尔蓝要嫁给他们兄弟其中一个，两个人更是有着同样的朝思暮想。

最有希望得到她的是叶木槿，毕竟他是叶家长子，长子先成亲，也显得顺理成章一些。

木槿一向比较沉稳，不大爱言语，看着尔蓝在他的呵护下长大，看她由一个小丫头长成一个漂亮的大姑娘，看那姣美的容颜在眼前一天天地晃着，心里一天比一天慌，就像长满了野草，即便内心被草淹没而荒芜，也不见得有见到她时这么慌！

直觉告诉他，他最有可能成为她的丈夫，对她的关怀也有别于其他兄弟。他常常帮她干一些重活，分担一些家务，有时也帮她添置一些东西。甚至在唤她名字的时候，也格外温柔些。

对比起来，双胞胎中的叶凌霄比叶木槿活跃得多。

但每次看着尔蓝或听着她的声音，他的内心都很复杂，有时他暗暗生气。他觉得她一点儿都不知晓她在自己心中的分量有多大，更要命的是，他觉得她一点儿也不属于他。

为了引起她的关注，他总是找一些事情做。常常和她过不去，故意把她的东西弄坏让她生气，洗好的衣服故意弄脏让她再洗一次。一次他把尔蓝刚做好的薄荷香包丢到外面去，并噘着嘴说："臭死了，整天做这些东西干什么？"

要么把她的东西藏起来让她找，等她非常着急的时候他才拿出来。要么装病，让尔蓝多照顾他一些。要么她喜欢什么，他就可着劲儿地满足她的要求，只要尔蓝高兴。

有时他看到木槿对尔蓝的那份默默的关注，他那英俊的脸上总提不起什么精神来。他也想对她好，关注她，甚至把心掏给她，可是他觉得到头来她还是属于另一个人，虽然那个人是他的兄弟。

他不能跟爸妈或者木槿谈这件事，总是一个人放在心里，不想都不行。原本挺开朗的一个人，因为尔蓝也常陷进莫名的忧愁里去，常常伤感地看着她。有时他又会故意凑到她的跟前，在离她很近的地方专心地打量她。有时也会一本正经地问她："你说，我和木槿谁好？"

尔蓝不理他，他就追着问："快说！我和木槿谁好？"

问急了尔蓝也狠狠地回他："你病了吗？"

"对啊，你会治吗？"说着紧紧地盯着她的眼睛，渴望得到回答。当发现尔蓝对他爱理不理时，他就非常苦恼！

当两兄弟都怀着一样的心思时，他们的母亲粉碎了他们美好的梦。

眼看着尔蓝长成一个大姑娘，双胞胎也时时围着她转。两兄弟看她的眼神与对她的心思，王春一眼就知道，甚至担心两兄弟为了尔蓝闹矛盾。之后她冒出一个大胆的想法，为给从小体质就差的老三冲喜，要尔蓝嫁给冬青。

当与丈夫商量的时候，叶剑华惊了一下，反驳道："原本是定给木槿的，即便不是木槿也得是凌霄。他们都到了成亲的年龄，现在你却让她跟冬青，你又不是不知道冬青的身体一直病着！"

"就是因为冬青身体一直不好，听人说冲冲喜就好了。"她希望得到丈夫的肯定，并做着他的工作。

"我可不赞成这主意，你知道木槿对她的心思，他一直期待着，现在和孩子们怎么说？"

"我自然会说，为了冬青只能委屈他们了。"

"就怕你把事情弄巧成拙！"

"不试怎么知道？"

见她主意已定，叶剑华重重地叹了一口气说："你自己去说，我可说不出口。"

要叶冬青和尔蓝成婚的消息传到木槿耳朵里时，他愣了足有一分钟之久，用不敢相信的眼神看着王春问："妈，这是为什么啊？"

王春不敢看木槿的眼睛，只对他说："冬青从小底子薄，冲冲喜就好了。"

木槿觉得这种说法很荒谬，不想母亲做出这样的决定，因为对他们都不公，便急急地争辩道："这是迷信，他生来就是那个体质，要好也要靠其他方法，怎么会因为这个好！"

他的话虽然也有道理，但这些话听在母亲的耳朵里显得特别刺耳，一向强势的王春给了木槿一记耳光："他可是你弟弟！"

木槿忧伤地看了母亲一眼，本想和她争辩一番，但以他对母亲的了解，争辩只是徒劳，便什么也没说，转身就走了，给了他母亲一个沉重的背影。

看着那伤心的背影，王春心疼了半天。四个儿子中木槿一直是她的骄傲，最懂事，最沉稳，也最体贴人。从懂事起家里大大小小的事他都帮着做，与弟弟们相处，他能照顾好每一个，对尔蓝更是无话可说。她这个做母亲的何尝不知道他的心思。他心里一直想着尔蓝，想着她是他未来的妻子。冲喜的这个决定瞬间粉碎了他的梦。

可是四个儿子哪个不是自己身上掉下来的肉。她总想着他是健健康康的孩子，找个妻子相对要容易一些。可是冬青不一样，他一直病着，总像一张纸在风里沙沙地抖，四个孩子中她最愁这一个。

上个月她请算命先生给冬青算了一卦，算命先生说如果能在年内给冬青成亲冲冲喜，身上的病就去了。她想不管真假都得豁出去一试，兴许好了呢。一时让她上哪儿找一个愿意嫁个病秧子的姑娘呢，思来想去，只能委屈老大委屈尔蓝了。

当把尔蓝许给冬青的消息传到凌霄的耳朵里时，以凌霄那个动不动就挑起事端的脾气，王春以为他会叫起来或跳起来。

但他也是半天没有说话，然后低沉地叫了王春三声："妈，妈，妈！"而且一声比一声高，叫完了就没了声音，然后长叹了一口气。

好久之后才又说了下一句："您和爸不把木槿放在心上，也可以不把我放在心上，可是你们这是要把她往火坑里推，这迟早是个悲剧！"

"悲剧"两字听在王春的耳朵里，比木槿的话还要刺耳，她二话不说也给了他一记响亮的耳光。就是因为他同木槿一样咒冬青没有好结果，觉得他们都不能理解做父母的心，做父母的不希望任何一个孩子遭受不幸。

两兄弟觉得尔蓝跟了兄弟三个中哪个都要比跟冬青强，跟冬青不仅葬送她的幸福，也糟蹋她的生命。两兄弟都气母亲，觉得她会毁了尔蓝。也气父亲，觉得他做了母亲的帮凶，他们合伙将尔蓝往火坑里推。为了这件事，他们又联合起来和父母大吵一架，但谁也没能改变母亲的决定。

冬青和尔蓝成亲的那天，木槿和凌霄同时失踪了，谁也不知道两兄弟去了哪里。

王春被两兄弟的出走伤透了心，遍寻他们不着便把怨气撒在尔蓝的身上，时常不带好气地拿眼睛白她。虽然怨恨尔蓝，但她也有些庆幸，自从和尔蓝成亲后，冬青的精神似乎好了许多。

头两个月冬青看上去的确好了不少，脸上的气色也好了。虽然他一直病着，什么也不能做，但是看着温婉漂亮的尔蓝每天在他身边，他打心眼里高兴。

虽然他也一直喜欢着这个姑娘，可从来都不敢多想。现在每天晚上看着她躺在身边，他有种做梦的感觉，心里也无比甜蜜！

两个月后，他的身体就不大乐观了。他想将她搂进怀里履行一个丈夫的权利。可他的身体一直很差，平时走几步都觉得很累，躺着也气若游丝。他甚至觉得他无法完成那项艰巨的任务，而且她似乎有些抵触他。

一次他悄悄地伸手去搂她，本来他打算从最简单的入手，先亲一亲她的脑门得了。可尔蓝始终背对他。

最后他只得退而求其次，亲了亲她的头发表示对她的亲近，亲完却发现尔蓝在瑟瑟发抖，顿时他将手缩了回来。

知道她并不愿意躺到他的身边，木槿与凌霄的出走也让他很内疚，如果不是因为他，他们怎么会离家出走呢？似乎谁也没有去问一问她愿意嫁给他们中的哪一个。如果让她选择，四个兄弟中她最不想嫁的是他这个病人吧！可偏偏是他。

冬青本就底子薄，整天想着两个哥哥的出走，想着尔蓝的不情愿，心中充满了愧疚。之后他又几次尝试着将她搂在怀中，他觉得哪怕那件事做不成，只要她能在他的怀里也就知足了。可是每次她都在他的怀中瑟瑟发抖，这让他很伤心。几次之后越发没了信心，并打消了去碰她的想法。有时他想像先前一样和她说上两句话，发现也不能。

自从嫁给他后，她的话越来越少。她常常坐在那里一言不发，眼神里满是忧伤。于是他将想要说的话也收回去了。两个人常常默默的。

整天胡思乱想着，他的身体又禁不住折腾，一段时间之后，冬青又开始病了。前面的病刚好两天，后面的病竟又跟着来，这些病在他的身上都张牙舞爪、气势汹汹。他的身体越来越单薄了，病到后来，好像只要有人对他吹口气儿就能把他吹上天。

叶剑华看着冬青病得愈加严重，添了更多的新愁。当初他也信了"冲喜"这种鬼话，现在觉得这就是个馊主意。

因为强行冲喜，木槿与凌霄离家出走。老三没被这喜事冲缓过来，却是越发地糟了，而且糟的不是他一个，尔蓝的神情也不大好了，她像也病了一样，一整天一整天不说话。常常一个人站在那儿发呆，一待就是好长时间。

半年不到冬青病得厉害起来，整个人就像一片纸在风里飘，风一吹就沙沙地响。

到了最后，最后悔的还是冬青。他不该同意父母的这个决定，也不该把尔蓝拖进来，这下好了，他若是死了，她还没有成为一个完整的女人就成了寡妇，真是害人害己！

他整天胡思乱想。到了这个时候越是不让他想事情他就越想，他一天天地躺在床上，除了病着外就是胡思乱想。

他甚至有些气他的父母，气他们逼着尔蓝同他成亲，无论她和兄弟中的哪个都比和他强，他死了倒没关系，可她呢？

他越想越气，越气越想，他那身子骨薄得就剩一张纸了，怎能气？一气身体就更沙沙地响。

冬青就在这沙沙声中，慢慢地慢慢地越睡越深，直到有一天再也没有醒过来。

病来得太急

叶冬青的早逝让叶剑华夫妇十分痛心!

尔蓝也黯然神伤。很早时候起,她就将自己掩藏起来,不再向任何人诉说自己的内心。让她和冬青成亲时,她就不知所措,现在更是如此。

海桐的状态和她差不多。自从木槿和凌霄不辞而别后,他也变了许多,冬青的过世,让一向不知愁滋味的他也跟着忧伤起来。

一家人都为突然的变故郁郁寡欢。祸不单行,更大的打击接踵而来。一天,叶剑华从药铺回来,他给自己装了一斗烟坐在椅子上抽着,他的内心非常苦恼,两个儿子的出走,一个儿子的早逝,整天沉默不语、不断发呆的尔蓝,都让他难过。他感觉一个错误的决定毁了一个家。他为当时没有坚持自己的想法而懊悔,可事已至此,又不能埋怨任何人,只是心里特别苦恼,想着想着,突然头一仰从椅子上翻了下去。

王春正在那儿抖草药,看他倒下去还说了句:"那么大一个人坐都坐不好,从椅子上也能掉下去!"

见丈夫倒下不动,便叫了他一声,可是没人应,她又叫了声还是没人应。她过去想看看怎么回事儿,却看到叶剑华躺在那里像睡着了一样。她摇了他一下，仍是一点反应都没有，顿时她惊恐地叫起来！

她的叫声十分瘆人！当尔蓝和海桐跑来时，叶剑华已没了呼吸。他们都被眼前的一幕吓傻了。随后海桐趴在叶剑华身上大声地喊着："爸爸，爸爸，爸爸，你怎么了？"

病来得太急，大家都没明白是怎么一回事儿，叶剑华就这么走了。

王春被这突如其来的打击弄得没了方向，她只是一遍遍地哭，再一遍遍地念："这都怎么了？这都怎么了？"

之后，她再也没有精力去药铺打理生意，整天魂不附体地坐在那儿，要不就是一遍遍地念叨："木槿，木槿，你去哪儿了？妈没有真想打你。"

"凌霄，我的儿子，你为什么就不能理解理解我这当妈的心。"

再是冬青，然后是丈夫，每个人都被她念过来。念着念着她就像被鬼附身一样恶狠狠地盯着尔蓝。

尔蓝常常被她的眼神吓得颤抖。冬青和父亲去世后，母亲对她的态度再次转折。她将家庭所有的不顺与悲哀都转移到她身上，好像是她让这个家庭遭受厄运。

渐渐地，王春对她越来越横眉竖眼，越来越冷言冷语，越来越阴阳怪气。

尔蓝和她说话她可以长久地不理，不管有人没人，她总是要给尔蓝难看，让尔蓝下不了台。

尔蓝同情母亲所遭受的打击，可是又有谁来同情她呢？

她从来都没有想过要嫁给冬青。从得知要她和冬青成婚时，她就像受到惊吓一样。她以为他们会坚决反对这件事儿，没想到，父亲是默许了的。木槿与凌霄刚说了反对的意见，却被母亲打了。看到这种情况，她又能如何选择呢？从七岁那年被吊上房梁起，再被送回叶家，她就觉得她已没有任何选择，她就像一个木偶任人摆布！从那个时候起，她就变得沉默起来！

和冬青相处的日子令她无比痛苦。兄弟中他的性格最古怪，当他一个人静静地待着的时候，谁也不知道他在想什么，尔蓝与他的交流也是少之又少。突然和他成了夫妻，她无比慌张。尽管他对她小心翼翼的，但每晚躺在他身边，她痛苦无比！

当他病了时，她也想安慰他，却不知该说些什么，她有的只是沉默。而且，冬青比她还要沉默。越是不交流，他们越是陷进沉默里，他们的交流，是目光偶然的相遇，似说了什么，又似什么也没说，互看一眼后，就又急忙将视线移开。在这种沉默里，最终冬青走了！

叶剑华的去世更是突然。尽管尔蓝什么也没做，但在王春眼中一切都是因为她。王春常常怪她把叶家人都杀了，一个一个地杀了。

在王春的阴阳怪气里，尔蓝也一天天地沉默着。在她无法改变现状与命运时，沉默是她最后的武器。她总是默默地来，默默地去，默默地做着一切。

了解多了，方凌波渐渐理解了她的性格之所以如此，和她的种种经历有关。再看向她时，眼神里便多了份心疼！甚至觉得发生在她身上的那些事件，比发生在他身上的事还让他难以接受！

有时他希望她能将苦痛说出来，可她却像茧一样，将自己包裹得严严实实的。

尽管如此，他仍寻找一切机会接近她，因为在这个乱世里，

134

她竟是他生命中最想保护的那一个。就像多年前那样，她是众多
人中，令他生起同情的那一个。

记忆涌了上来

一九三七年春天之后，郁离小镇的形势更加严峻。红军在小镇一带开展游击战争，创建新的革命根据地。蔡成、方凌波、叶海桐、赵顺他们也参加了游击战争。

初夏的一次伏击战中，赵顺的腿不幸被击中，他倒下后便隐藏到草丛中，方凌波和海桐找到他时，发现他的腿骨被打断了，便将他抬到山脚下的林甫家中。由于疼痛难忍，夜间他不停地呻吟。怕被人发现，半夜又将他往郁离小镇的后山转移，刚到半路，黑暗中突然响起枪声，几个人便躲到旁边的草丛中。

眼看搜索的人越来越近，赵顺知道大家在一起目标更大，便对方凌波说："你们先走，不要管我！"

方凌波当然知道人员集中在一起更容易被发现，但也不能丢下赵顺，他们一走等于将他往虎口送。

见他们不走赵顺急起来："再不走，我们谁也走不了。"

在赵顺的一再催促下，几个人只得分头隐藏。临走时方凌波叮嘱他："隐蔽好，千万不要动，等他们走了，我们就来接你。"

赵顺却没有听他的，为了引开搜捕者的注意力，竟从草丛里爬了出来，刚到路上就被子弹击中。

赵顺遇难后，那些人没有放过他，砍下他的头悬首示众。

为此方凌波自责不已，赵顺是为了救他们而死，自责当时不该丢下他不管。为了让他死后有个体面，夜间方凌波和海桐去镇上将他的头偷了回来交给他的家人。

陆陆续续有红军游击队员受伤，伤员不敢留在镇上或村民家里，都被送到西源山对面的狮子岩。因为在那块像狮子一样的岩石后面有一个可容纳二十多人的山洞，里面铺上稻草，伤员们便在那里养伤。洞里常常东一个西一个地躺着伤病员。

从春天到夏天，除了采药外，尔蓝还有一个任务是给伤员煎药。因她对草药的了解，医生不能去的时候，由她为伤员换药。尽管如此，那些伤情较重的伤员，还是因缺医少药，医着医着就死了，人死了也不敢抬到山下去，便就近埋了。不太严重的伤员，尔蓝就尽量采一些消炎止痛的草药为他们敷上，以减轻他们的病痛。

那段时间，尔蓝上山采药时，方凌波也常常陪着去。接二连三的事情让他担心她的安危。孙台对她的袭击，赵顺的死，接连被捕的同志，都让他变得谨慎。对那次袭击尔蓝也心有余悸。有人陪伴，她也觉得安全了许多。

他们常常在山上一前一后地走着，话很少。只在看到奇特景象，或找到一种新奇草药的时候，他们才会交流，那种交流也都浅尝辄止，有时似乎仅是为了分享一下发现，他们才会彼此多看上对方一眼。

那天，在爬到西源山海拔一千多米的林带里后，方凌波看到有几根几十米长的古藤缠绕在一起，上首两根藤交错着挂在一棵高大的松树上，下首则像人鱼的尾巴一样长长地拖曳在地上，形状很像一位挽着高高发髻、身着长裙的女子在林间随风舞动。看到这景象，他叫了她一声，用手指着那姿态婀娜的藤蔓让她看。

尔蓝也觉得神奇，不禁走到藤前，摸了摸那缠绕在一起的藤。然后又看向他。

四目相对的时候，眼神里流露的也常是不动声色的情绪。

采药时，尔蓝发现他比她更懂草药的形状、习性及使用。每次方凌波告诉她一些草药知识时，望着他深邃、沉静的目光，尔蓝都觉得他更适合做医生。她总觉得他擅长医术。跟着他，她也学到不少。

尔蓝并不知道，方凌波所教给她的东西，是他专为她而学，并把所学的东西间接传给她。此刻她并不能领会他为她所做的一切。

在山上，他们的交流也仅限于草药的形态、功能与使用。多数时候还是默默的，偶尔两人也互相注视一下，但并不言语，随后又将视线移开。

很多次方凌波静静地看着她，渴望她能认出自己，可她的目光从来不过多和他对视。

他仍不时怀念小时候的她。那时他不清楚小小年纪的她到底经历了什么，总之她的沉静与她的年龄不符。一次她坐在门口发呆，他坐在她旁边问："在想什么？"

她望望他不说话，只是摇摇头。尽管对她的来历好奇，但从她的嘴里始终没问出过什么，甚至她的名字。

"你还没告诉我你叫什么？"这是他最后一次问她的名字，她依旧没有回答。

方凌波不是一个爱刨根问底的人，见她不愿说便也不再问。

他发现她有着惊人的记忆力，那时教她识字，只要教一遍她就能认得。因为记性好，她识字的速度非常快，快得超出他的预期。

然而从海桐的叙述里，却得知她回去后从未向家人透露她那段生活，以及识字的事。而她的许多对草药的知识不完全来自叶家，而是很专业。最近他正在看《本草纲目》，发现她曾讲过的几种草药名称和功能与书里的记录相差无几。他断定她看过类似的书，不然她不可能有那些专业知识。

似乎她并不想让人知道她识字的事，甚至连海桐都不曾发觉。他不知道她为何要隐瞒识字的事实。

后来发现，他才觉得她甘于认命，以致她母亲将她指给冬青时也不反抗。当她的牺牲没有得到认可，家庭连遭不幸，母亲将所有罪名都冠到她头上时，她依然甘于认命，听之任之。甚至后来她母亲对她的苛刻变本加厉，无论如何对她，她都默默承受。

她的这种冷静似乎从他认识她那会儿就已呈现。她从不辩解从不反抗，以致让她绝对冷静地不想向任何人证明什么。但这种性格中又带着不易察觉的刚性，在甘于认命里她又倔强地不向自己低头。

她的沉默常让方凌波有种疼痛的感觉，越到后来这种疼感越与日俱增，好像那疼痛是他身体的一部分一样。有时也为她没有认出他而烦恼。可要命的是，他又不想直接告诉她。

这天他们从山上下来后，方凌波悄悄地将尔蓝带到石屋。

远远地看到那座房子，尔蓝惊诧起来，她的记忆里似乎有一处这样的房子。可还是疑惑地问他："这是什么地方？"

"我家。"他不动声色地说。

她没有继续问他，但眼神一再向他发出了疑问。

　　他就是想试探她对这座房子有没有记忆，只告诉她："刚好路过，想让你看看我家，海桐也经常过来。"

　　方凌波领着她进入院子，推开门一条通身漆黑的狗迎了出来。这是不久前他由路边捡回的一条狗，捡回时已奄奄一息，养了一段时间居然活了过来。由于它全身乌黑，便给它起了小黑的名字。

　　看到他，小黑兴奋地扑了上来，摇头晃脑跳个没完。迎接完主人，它又在尔蓝的身上嗅来嗅去。尔蓝不知道它要干吗，不禁往方凌波身后躲去。

　　方凌波在小黑的身上拍了一下道："你吓到她了。"又歪过头对她说："不用怕，它很友善。"然后领着她上楼。每走一步尔蓝都很疑惑，然而又一步一步地跟着他往前走。

　　他带她每个房间都转了转，边转边观察她。当看到尔蓝盯着那张他从法国带回来的画时，他站在离她咫尺的地方告诉她，是这幅画带他回来的，画上的姑娘让他想起了一个人。

　　尔蓝抬头望了他一眼，正对着方凌波那深邃的眼眸。此时他的眼神不像往日那般凌厉，倒有着几分不易察觉的光彩。她飞快地收回视线，又看了看那幅画，以及画上的人。

　　见她盯着画看，方凌波并没说什么。最后他带她来到当年她曾住过的房间。尔蓝走进去从窗口往外看时，一眼就看到院中的芭蕉树，以及院外高大挺拔的银杏树。瞬间一些记忆涌了上来，她在窗前呆呆地站了半天，好一会儿才收回视线，回首又在房间里巡视。

　　于是她看到了印象里的一本书。她走过去拿起那本书用手轻轻地抚了抚，接着望向方凌波。望向他时眼中有谜一样的雾气在弥漫，甚至连呼吸都急促起来。

此时站在阴影里的方凌波，神情十分严肃，眼睛也一眨不眨地看着她，观察着她细微的变化。

在她转身之际

从走向这座石屋的那一刻，尔蓝的记忆便一点点地回放。她的记忆中似乎有一座这样的房子，有一个瘦瘦高高对她很好的哥哥。那时似乎也住在类似这样的一座房子里。

她记得房间里的格局、窗外的景色，以及房间内的一些物品。当她站在窗前看着院中的芭蕉树和院外的银杏树时，记忆突然清晰起来。当年她曾无数次坐在这样的窗户前，默默地看着窗外的景色。窗内坐着那位哥哥，他虽然言语不多，但总会做一些小玩意给她，还经常教她识字。

她不坐在窗前时也会盯着他。看他看书，雕一些小玩意，或者听他吹口哨、笛子。她回想着他教她认字，和她轻轻说话的样子。此时她紧紧地抓着手上那个鱼形饰品呆呆地看着他。

她的记忆再次闪到多年前。那天她因和凌霄比赛爬树，凌霄摔晕后，她被母亲狠狠揍了一顿。挨打时她没哭，当被吊在房梁上，听到房门落锁的声音时，因恐惧她才忍不住哭了起来。

当时柴房里光线很暗，唯一的光亮是门缝里折射进来的。那光折射在墙上，她觉得光束背后的阴影里似乎有鬼魂出没，那些影子在黑暗里看着她，并冲她招手，她感觉头发和汗毛根根都竖了起来。

平时她虽然比较淘气，但非常怕黑，也怕一些虫蚁之类的，觉得即便挨打都没有此刻让她害怕。随着天越来越暗，她越来越恐惧，便不停地哭泣起来。开始还只是小声哭，然后声音逐渐大起来。哭得昏天黑地，可是没有人理她。哭到最后嗓子都哑了，哭累了便睡着了。

直到第二天天亮也没有人来看她，她又冷又饿，恐惧让她不敢往黑暗处看，只盯着门口的光亮处。当她目不转睛地盯着门缝时，由那缝隙里挤进一个小小的身影，那身影先是在房间里慢慢蠕动，忽而仰着脑袋，忽而东张西望。突然身影快速地跑动起来。

原来是一只老鼠。老鼠在房间里上蹿下跳，不时发出"吱吱"的叫声，空旷的房间里老鼠的叫声特别响亮。她被那声音叫得毛骨悚然。正紧张着，门缝里又探进来一个脑袋。

她以为是另一只老鼠，结果这个脑袋越探越长，直到进来一小半的身体时，她才看清那是一条蛇。看着蛇游动的身体，她一动不动，感觉身体都僵硬起来，可是眼睛仍一眨不眨地盯着蛇移动的方向。

蛇蜿蜒着前行，在快靠近老鼠时迅速地扑了过去，然后紧紧地将它缠住。在蛇扑向老鼠的瞬间，她就开始尖叫。她一边叫，身体一边在房梁上拼命地挣扎着。

直到她被一个哥哥救下并带离那儿。记忆中他对她一直特别好，带她一起玩，带她采野果，给她做一些之前没有见过的小玩意儿。如果可以，她愿永远和他在一起。

由于担心被送回去，她甚至不敢告诉他自己的名字，不敢和他透露家里的一切，不管他问什么她都不打算告诉他。

为了不惹他讨厌，她比之前任何时候都更乖巧、安静。她会安安静静地跟着他挖野菜、采野果、烧火做饭，无论他让她干什么，她都无比听话。

那时，她常常安安静静地坐着一动不动。有时为看窗外树枝上的鸟，她能坐上老半天，有时一个小东西她也能安安静静地玩上半天。

因为不告诉他自己的名字，便也不问他叫什么。万万没想到，一直以来这个让她疑惑不已的人，却是一直活在心中的那个人。因激动，她感觉呼吸都不畅起来，更是一句话也说不上来。

望着他，她又想起了过往的一些事。

一次方凌波带尔蓝在山上采野菜。他们在草丛里穿行，她的身上被蚊子叮了许多包，她边走边不停地用手挠着，包却越挠越大。

见她一直挠个不停，他警告她："不要再挠了，一会儿血都要抓出来了。"

她答应着，因为痒一会儿又忍不住抓起来。

往前走了一段路后，他再次提醒她。没一会儿，她又继续挠起来。后来他不再理她，开始四处寻找起来。当寻到那种草时竟愉快地吹起了口哨。

他从那株植物上摘了几片叶子，放在手心里轻轻地揉了揉，揉出里面的水分，再把揉得皱巴巴的叶片贴在了她被蚊子叮咬过的地方。植物的叶片散发着一股清凉的气息，一会儿被蚊子叮咬的地方就轻松了许多。

尔蓝一边闻着那清凉的味道，一边感受着叶片贴在皮肤上凉凉的感觉，好奇地问："这是什么？"

"薄荷。"

144

"薄荷是什么？"她又问。

见她瞪着眼睛好奇地问道，他回她："一种能止痒的草药，贴一会儿你就不觉得痒了。"

尽管她在叶家也听到过一些草药的名字，但薄荷还是第一次听到，便问："能种吗？"

"当然。"

"那我们能种一棵吗？"她边走边问。

"为什么要种它？"他走了两步回头问她。

"下次用的时候，就不用到处找了。"她眨着眼睛说，"我喜欢这种草，叶子长得像眼睛。"

他看了她一眼笑了，觉得这小丫头的沉静里有着几许机灵，他喜欢这种沉静与机灵。回去的时候他们从草丛里挖了几株薄荷回去，种在院中的一小块空地上。

那时，方凌波的口哨吹得特别好，且花样繁多，尤其是学鸟叫，学得惟妙惟肖。

尔蓝常常被他的口哨声迷住，偶尔也央求他学一段鸟鸣。他总能满足她，变着花样地吹给她听，难得笑的她偶尔也被口哨声逗得笑起来。尔蓝的笑声很悦耳，像一串小铃铛在风里被吹得叮叮当当地响。

每次听到尔蓝的笑声，方凌波都忍不住跟着一起笑，觉得那笑声很动听，也很治愈，那笑也让他忧伤而又苦涩的心感到甜蜜与温馨。不过她笑的时候并不多。

那时他们相依为命，无忧无虑地在这座石头房子里生活了差不多半年。

方凌波带着尔蓝生活在山上的事情还是让他父亲知道了。方新元得知这个长子几个月来不停地从家里拿吃拿喝，又不知从哪儿弄了一个孩子住在老房子里时，气得肺都快炸了，他要立马去教训这个逆子。

方新元带着几个人到达老房子时，方凌波正在楼上教尔蓝认字。

当他在窗内看到气势汹汹而来的父亲时，本想从后窗跳下逃走，跑了一半，因担心尔蓝放弃了逃跑，并乖乖地来到父亲面前。

见他下楼，方新元一声不响，扬起手狠狠地给他一鞭。尽管那一鞭疼到骨头里，方凌波仍站着不动任父亲抽打。

方新元边打边不忘教训："你要成精了，在家里闹得不够还要出来闹。以为你离家出走了，居然敢在家里偷鸡摸狗，还敢拐骗人家的孩子，谁给你的胆子？你做的这混账事让外人知道，不知又怎样骂我养出你这样的混账东西！"

无论父亲怎么打怎么质问，方凌波一声不吭。他从小就熟悉父亲对他的教育方式，叛逆的他觉得沉默就是最好的反击。

果然方新元越打越气，越气越打，打到最后他只想听到方凌波的求饶声就放了他。

可方凌波生来倔强，无论父亲怎么打从不求饶。他觉得求饶是一种耻辱，既然他愿意打随他打好了，要么打死，打不死累了自然也就不打了。

每次都这样，每次都把方新元气得要命，气极了他就拼命地打，直把方凌波打得皮开肉绽。

方新元打得都累了，方凌波依旧咬着牙挺着。

尔蓝刚开始躲在楼上不敢下来，当听到有人不停地鞭打方凌波时，不顾一切地由楼上冲下来，挡着皮鞭说："不许打他，不许打他。"

本来就在气头上的方新元看到有个孩子挡在方凌波面前，更来气了，大吼一声："走开，不然老子连你一块儿打！"

尔蓝继续挡在方凌波面前叫道："就不，不许打他，不许打他！"

看她护着方凌波，方新元便不管不顾一鞭子抽在了尔蓝的身上。听到尔蓝的尖叫声，原本不打算向父亲求饶的方凌波，担心父亲继续打她，这才低头认错："爸，我错了我错了！"听到认错，方新元又抽了他几下，这才罢了手。尔蓝因不肯躲开，也跟着挨了几鞭。

打人也是一份辛苦的活，方新元因鞭打儿子，累得气喘吁吁，停下了手后仍厉声问他："你到底知道错了，这孩子哪儿来的，给我说个清楚。"

方凌波这才把事情向他父亲说了。

听了事情的原委，方新元更是暴跳如雷，大声喝道："混账东西，连谁家的孩子都不清楚也敢领走，胆子倒不小。不管她是什么来路，赶紧给我送回去。"

"我不。"他抬头看了眼父亲反驳道。

方新元没想到他竟敢反抗他，更是生气："好啊，你不送我送！"

方凌波惊了一下道："送哪儿？"

"把她给卖了！"方新元瞪了他一眼恶狠狠地说。

听到要卖掉尔蓝，方凌波吓坏了，以他对父亲的了解，觉得他什么都干得出来，急忙说："我送我送，我送她回家。"

挨打的时候尔蓝没哭，听到要将自己送回去，眼泪唰地一下掉下来。她害怕再回那个家，可是若不回，可能会更惨，而且救她的哥哥也要跟着遭殃。

她委屈地看了看这个拿着鞭子的凶狠男人，又看了看伤痕累累的方凌波，虽有千万个不愿，但仍不希望他不好。

挨了打后，方凌波感觉每一块肌肉都在疼痛。更疼痛的不是外伤，而是父亲要他将那孩子送回去。虽然没详细问过她的身世，她出奇的安静和那冷眼观察一切的眼神让他感到，她一定是在承受着某种苦痛。由此联想到自己，他与家庭的格格不入和与父亲及姨太太的对立。

可是他不敢强留她，因叛逆他在家中不受待见，若将她留下，到时不但帮不了她反倒害了她。

在父亲的监督下，方凌波将尔蓝送到丹桂村。父亲要求他不许进村，将人送到村口即刻返回。一路上他们一句话也没说，途中他只是用力握了握她的手。将她送到村口时才轻轻地问道："知道家吗？"

她点点头。

"回去吧，有机会我再来看你！"

尔蓝没说话，只是直挺挺地站着，过了好一会儿才转身离去。在她转身之际，方凌波看到她瘪了瘪嘴又努力克制着。但他没办法改变这个事实，也转身离去，走出去一段路突然回头看了一眼。却看到尔蓝转过身来，站在那里一动不动，抽着身子正在哭。她那模样让他很难受，他忍住了没回去，转身走了。

想要说什么吗

离别后，他们再没有交集。

刚开始尔蓝还期待着方凌波来看她，可不久叶家再次举家北上。尽管年龄尚小，但她知道无论他来与不来，她的期待都要落空了。

多年之后，尔蓝唯一能记住方凌波的，便是他雕刻的那个桃核小鱼。她一直戴着它，也常常将那条小鱼捏在手中把玩，天长日久那条鱼在她的手中变得十分光洁。

除此之外，她还喜欢上了薄荷，每次看到这种植物，便想起方凌波用薄荷为她治蚊虫叮咬的过程。之后便习惯性地带着那种植物，依赖性地吃它用它。好像那种气味是他带给她的一样，闻到那种气味便不会忘记那段记忆。

或许时间太过久远，之后尔蓝觉得自己还是忘记了他的模样，记忆中他只是朦朦胧胧的一个影像：高高瘦瘦的样子，时常静默不语，就连看人的眼神也是静静的，偶尔笑起来时也仅是嘴角上扬。印象里他笑起来时，嘴边似乎有个酒窝。到了后来她又不确定他是不是有酒窝了，以及他笑的模样。再到后来，只剩下瘦瘦高高及静默不语的印象了。再之后，似乎完全忘记了他的模样，无论怎么想都想不起来。

哪怕多年后再次见到他，面对他的多次出现，他的静默，以及后来他盯着她看的眼神，盯着她手上的那条鱼的眼神，她曾有过隐隐的不安，也有过瞬间的恍惚，但都未曾将他与记忆中那个人完全重叠。在他把她带到这座石屋之前，她仍未将方凌波和记忆中的那个人联系起来。

此刻看着似曾相识的一切，看到那本书，那本印象里他教她识字的书，才忽然想起来他是谁。那个她不能忘，却又因为不能忘而无法想起长相，一直在她的记忆中纠结的一个人。

尔蓝拿着那本书沉默了好一会儿，却什么都没说，然后又轻轻地将书放回原处。此刻她心潮起伏久久地看着他，这个她期待了很久的人。她的手都已向他伸了出去，像忽然想到什么一样，又迅速地收了回来。

尔蓝没有和方凌波相认，因为她已意识到，既然他将她带到这里，便说明已知道她是谁，只是不说而已。

似乎他在等待，等待着她来承认她是谁。似乎他仍遵循着多年前的一个习惯，她不愿意说的话他绝对不追问。此刻她仍愿保持这种状态，一如她当年不告诉他自己是谁一样。之前不告诉他名字是因为怕离开，现在不告诉是因为怕某些她不能确定的东西。

方凌波倚着墙站在那儿，原本以为她会告诉他认出了自己是谁，当见她欲言又止目光游移的样子时，便知道期盼又落空了，只是目光更加深沉起来。

自此他们都知道了对方的身份，却始终没有相认。

虽然没挑明，彼此之间却有着不言而喻的默契。大多时候他们都不说话，只是静静地看着对方。似乎都明白彼此是那种不善表达又有所顾忌的人，于是他们更愿意保持沉默。

自从得知尔蓝的身份之后，方凌波一直处于患得患失的忧伤之中。能够找到她觉得不枉回来一趟。可是看着她的沉默与孤单，比他自己孤单还令他难受。她的不愿与他相认更让他忧伤，有时他也会为此烦躁不堪！

这天方凌波和尔蓝又一起上山。因刚下过雨，路上有些湿滑，不小心就会摔倒，他给她砍了一根竹子当拐杖，遇到实在不好走的地方也会把手伸给她拉她一把。每次四目相对的时候都怦然心动，但都仍将那种感觉默默地放在心里，谁也不将对方的身份挑明。

虽然没有相认，但方凌波觉得能与她一起走在山中，内心仍很喜悦。他们一前一后地走着。雨后山上的空气特别清新，空气里弥漫着草木的味道。除了能闻到青草与树木散发出来的气味外，方凌波还能闻到尔蓝身上清凉的薄荷气息。

他喜欢这种味道，闻到它时就觉得她在身边。从越来越喜欢这种味道以来，他就知道自己已陷入对她的向往之中。他渴望每天都能看到她，每天她都在身边。只要能与她这样一起走着，他便觉得很好，哪怕一句话也不说，安安静静地待着，他便很知足。

走着走着，突然空气中弥漫着幽幽的香味，那是栀子花的味道。他像没话找话地说："你闻到了吗？"

"啊？"尔蓝还没有反应过来。他已将那枝白色的栀子花递到她手上。这画面有些熟悉，小时候，他也曾摘过一次栀子花给她，戴在她头上。当时她高兴地跑起来，边跑边说："好香啊！"

此刻拿着花，尔蓝也想起曾经的画面，不禁心潮起伏，看着他想要说些什么，可还是忍住了，只是低头闻了闻花说：

"真香！"

方凌波期待地看着她，还是没等来他想听的话。

随后，他们又沉默在栀子花的香味里，沉默地行走在山上，沉默地寻找着草药。他们采了不少，多是一些治跌打损伤的消肿止疼药。

回程的路上，尔蓝一边走，一边仍四处看着，突然感觉踩到了什么，低头便看到一条蛇朝她袭来，几乎来不及反应就被蛇咬了一口。

听到叫声，方凌波回头时便看到那条正准备逃走的蛇，迅速将手中的刀甩了出去，将那条足有一米长的蛇斩为两截。蛇身断了后，头尾仍在草丛里不停地扭动着。

方凌波顾不得看蛇，回身察看尔蓝的伤情。

在那伤口处，有两排深深的牙痕，尽管出血不多，但周围的皮肤已开始泛红。他迅速脱下衬衫撕开，将她的膝关节扎住，随后跪下来为她清毒。

因为没有水，他先是用手挤压，再俯下身准备为她吸毒。

尔蓝急忙阻止："不要！"

他按住她的手说："这玩意儿很毒，不把毒吸出来你会没命的。"说完便俯下身去。

将毒液清除后，方凌波从篮子里找到刚采来的半边莲，用石头捣碎敷在尔蓝的伤口处，包扎好后才舒了一口气。

看着仍跪在地上为自己施救的方凌波，尔蓝不知道说什么好。想着他一再在她危难时出现，却又什么都不说。每次面对他，她都有种不知所措的感觉。

他刚刚所做的事更让她不安："你不该用嘴去吸，这很容易中毒！"

他抬头用那漆黑的眸子看着她说："我从来不怕死！"说着又俯身下去帮她解开膝关节处的带子。

尔蓝的脸上露出忧伤，觉得一个人什么都不惧，或者心如死灰时，才会说出这种话。十几年过去了，她不知道他到底经历了什么，他那深邃而又忧伤的眼神常令她难过。

为什么不敢和他相认呢？因为她害怕说出实情后不能隐瞒心事，可又不敢有所期望，寡妇的身份又有什么好期待的呢？

可每每看着他，想着小时候的情景，她就有种想哭的感觉！甚至希望能像小时候一样，午夜由噩梦中醒来时有他陪在身边，并告诉她：别怕，我在呢！可那都是一些久远的记忆，他们再也回不去了，甚至她都没有与他相认的勇气！

尽管如此，有时她也会在他不注意时偷偷地多看他两眼。他那挺拔的身影、英俊的面孔、极具立体感的侧影，以及大多时候紧皱的双眉，都让她陷进无法自拔的沉思之中，她不知道这些该属于谁。

他低头时，她很想将手放上去。忍不住举手，可又停在半空中久久没敢放下去。她很少主动去亲近一个人，因此紧张得要命。之后她深深地吸了一口气，极力地控制自己，待他快要抬起头时，她才急急地将手缩了回来。

似乎察觉了她刚才的举动，方凌波看着她藏在身后的手，轻轻地问："怎么啦？想要说什么吗？"

她摇了摇头。

方凌波仍盯着她的眼睛，苦涩地笑了笑说："你还不知道吗？我一直在等你开口！"

在他的注视下，她垂下眼帘，良久才说："我想，我知道你是谁！"

听她终于说出来，方凌波心跳骤然加剧，他闭了一下眼，咬了下嘴唇，再抬头时眼神有着几丝探寻。静静地看了她几秒后才问道："我是谁？"

"那个将我从房梁上救下来的人。"尔蓝终于将这句话说出了口。

将她领到石屋时，方凌波就知道她已知道了他是谁。可是她不说，他也绝不问，就像当初他从不苛求她说不愿说的话一样，他更希望有一天她主动告诉他。

终于等到她说出来，惊喜之余，那种患得患失的感觉再次重重地向他袭来，在她面前，他总有这种感觉。他深吸了一口气才答道："没错，是我。"

"你早就认出我了吗？"问完就看到一双眼睛一眨不眨地望着她，然后听到他轻轻地说："看到你手上戴着的那个小鱼就知道了，上面有我做的标记。"

尔蓝知道是那个"丫"字。"我以为，此生不会再见到你了！"原本她想表现得高兴一些，可说出的仍是一句伤感的话。

想到当初的承诺，方凌波有些抱歉地说："我没有兑现对你的承诺。"

"那之后发生了什么？"

他凝视她良久才道："很多，多到有时候不愿去想！"说着竟伸手将她藏在身后的手拉了过来。此时那个桃核也从她的袖子里滑了出来。

方凌波用另一只手捏着那个桃核说："很高兴你还戴着它，如果不是它，我还认不出你来，你和小时候长得不一样了。"说着又看了她一眼。

尔蓝没说话，这个雕有小鱼的桃核是她从那段日子里带出的唯一的东西，怀着对他及那段日子的思念，一直将它戴在身上，难受的时候便将它捏在手中，时间久了那小饰品被她捏得异常光洁。

相认后，他们互望着，感觉对方都是既熟悉又陌生。

下山时，受伤的尔蓝是由方凌波背下去的。当他蹲在她面前让她趴到背上的时候，方凌波心里有着一份温暖，但隐隐地又有着一丝刺痛。他一共背过她两次。第一次是从房梁上把她救下，因走不动而背她。那时她还小，大概不记得他背她时的情景。第二次却是在这样的情景下。

一路上，两人都心事重重的。觉得有很多的话要说，却又不知从何而说，或是不敢说。只是默默地前行着。

快些好起来

尔蓝回去后重新审视自己。

她的变化发生在方凌波闯入生活之后。起初她不知道这个人由哪里来，他总是不时地出现在她的生活中，但又给以沉默。直到那天他把她领到石屋，看到曾经生活过的地方、认字的书，以及当时他看她的眼神，便什么都明白了。

之后对他的出现，她又持着无比复杂的心情。见他认出自己却不挑明，她在思忖，谁愿意和一个寡妇牵扯太多呢？既然他保持着沉默，她也沉默就好了。

当那句"我从来不怕死"从他的嘴里出来时，她突然觉得他同她一样，是一个极度悲观的人。两个悲观的人，哪怕挑明了身份，也无法改变彼此的心境！

如她所想，此后相见，彼此交流仍不多，但内心已暗潮涌动。他看向她的眼神似乎也有了些变化，少了份哀愁，多了份期待。

此时方凌波记起的多是她小时候的样子，她的安静与对他的依赖。如今她依然安静，却不再对他依赖。

尔蓝想的却是，她再也不能像小时候那样依恋他，那不过是将死之人死前的挣扎。况且今非昔比，挣扎完了又能如何呢，不过徒增烦恼而已！

他们总是远远地相望着，好像相望的时候，彼此能渗透到对方的生命里去，但距离又让他们像两粒悬浮的尘埃，互相浮着交叉着错过。

有时，方凌波看着她，就又陷进了愁绪与沉默里去。

七月的一个周末，尔蓝带着苏去山上。出去的时候天还是好的，午后天暗了下来，瞬间黑暗笼罩了山野，一会儿山上刮起了大风，树木被吹得哗哗作响，树叶也被风裹挟着雨点般地飞舞，疾风过后下起了大雨。

天黑下来的时候，苏急得乱蹦乱跳，吱吱地叫着，似乎在呼唤着尔蓝快点下山。看着变天尔蓝也意识到不能在山上久留，急忙带着苏下山。还没有从山里出来，大雨就浇了下来，一会儿就被淋得湿透，冰冷的水渗进衣服，她被冻得瑟瑟发抖。

苏也冷得发抖，它边跳边看着尔蓝，发出"吱吱"的叫声。越走脚下的水越深，怕被山洪挡在山上，尔蓝拼命地往回走。

当她和苏一步一滑地回到家时，海桐和方凌波他们正围着桌子在商量着什么。见她浑身湿透，大家都停了下来。海桐将她背上的篮子取下来说："下这么大雨，正担心着呢，还好回来了。"说着放下篮子后又嘱咐了一句："衣服全湿了，赶紧去换了，不然要感冒了。"

尔蓝往桌子那边看了看，方凌波也正看着她，一脸焦急与关切，但他并没有说什么。她转身上楼的时候，回头又看了一眼，他们又围在那里商量起来。

晚上尔蓝才得知，又有同志被捕，被关在镇上折磨得死去活来。他们接到指示与镇上的同志一起联手，想办法把他们营救出来。

接下来的几天，方凌波他们四处托人，花了钱只保出了希多、希旺两兄弟。从希旺的嘴里得知，被抓后他们经受多种酷刑，先被吊到房梁上逼供，背上还放上木头，不招就从房梁上抛下来，昏死后再用冷水泼醒继续折腾。短短的几天，他们坐过老虎凳，喝过辣椒水，吃过烙铁，各种各样的苦都受了。

被保出来时，希多身上多处骨折，人也奄奄一息，没几天就不行了。希旺的命是保住了，但腿被打断了，从此落下残疾。

为了给受苦的兄弟报仇，方凌波买通了一个保长查到了叛徒，当晚与海桐、阿木埋伏在江边，用绳子勒死了出卖他们的叛徒，并将他抛入江中。

处理好这件事后，方凌波才得知尔蓝病了！

那天被大雨淋了后，她就病倒了。当天晚上她就开始头昏脑涨，晚上煎了点草药喝下，以为睡一觉就好了，第二天刚起床就又倒了下去。

病中，王春还不时在房间里叫她，她想起床却怎么也爬不起来。然后便听到王春一边生气一边骂她。由于在病中，那骂声听起来也忽远忽近、缥缥缈缈的，像在梦中一样。

尔蓝昏昏沉沉地在床上躺了几天之后，觉得自己好像要死了一样。有几次她感觉自己又回到过去，被打骂，被吊在房梁上。在那昏暗的光线中又看到那条吞吃老鼠的蛇，吓得尖叫着，可是没有一个人理她，直到昏了过去！

朦胧中感到有人将她从梁上解了下来，那人不停地叫着她，她想睁开眼睛，可怎么也睁不开。接着她又掉进了水里，因不会游泳便拼命挣扎，越是挣扎越是往下沉，在她感觉快要沉到水底的时候，一个人将她从水中拖了上来。她想看清拖她上岸的人是谁，可总是模模糊糊的，看不太真切。

忽然感觉有人在摸她的脸，轻轻地，那手甚至有点儿凉。虽是半睡半醒之间，仍很真实。尔蓝以为自己不是病糊涂了，就是出现了幻觉。努力睁开眼睛后，看到床边真的俯着一个人。以为是海桐，待看清时才发现是谁。

见她醒来，方凌波轻轻地说："你醒了？"

"嗯！"她应了下，"你怎么在这儿？"

"你病了几天了，我以为你从不会生病，还病得这么厉害！"

看着他憔悴而又疲惫的样子，似乎他也病了一样，尔蓝仍虚弱地说："我没事！"

他却苦笑了一下什么也没说，只是将她的手抬起放在胸口。

尔蓝微微一怔，她一边感受着他的胸腔在她手下怦怦跳动的节奏，一边抬眸看他。他的眼睛里似乎有一层雾气在弥漫。

她的那种哀伤又涌了上来，想要说话却又不知说什么，觉得命运将她摧残了。就连内心的想法也不敢轻易表达，只是苦涩地看着他。

突然他将身体靠近她喃喃地道："快些好起来！"说着将她的手紧紧地握住拉近贴在自己的唇边。

她难以置信地看着他。

尔蓝病好后，人似乎也瘦了一圈儿，尽管看上去仍是一副安静的模样，其实并不。她醒来时方凌波的表现让她难以平静。他是在意她的吗？所以才说那些话，有那些亲密的举止。可她该对他什么态度，或拿什么回应他呢？她觉得自己什么都没有。

她总是压抑着自己，强行让自己安静下来，因为内心总有一种东西想要她挣脱这份安静。

只要有机会，方凌波的目光总围着她转，哪怕人多时，他也掠过人群看她一眼。

除了尔蓝关注着方凌波外，就连海桐也在关注他。尔蓝病的那几天，一向沉稳而又不动声色的方凌波表现得极不正常。他总是魂不守舍地望着楼上尔蓝的房间，一有空就问："你姐怎样了？"

海桐告诉他："这次她病得有些奇怪，一直昏睡着，她从未像这次一样病过。"

听完他更焦躁不安。他总找借口留在海桐家，很晚了也不愿离开。海桐忙碌时，他借机看了尔蓝几次。

见她一直昏睡不醒，他既担心又很烦躁。

他曾跑到镇上找到周医生。周医生是一位老中医，擅长针灸。方凌波小时候他常上门给家人看病。他记得，看病时周医生很少用药，无论什么病几针下去就见效。那时他觉得针灸十分神奇，曾向医生要过一根针，在自己的身上一通乱扎。

见他调皮、胆子又大，周医生很喜欢他，曾问他愿不愿意和他学针灸。那时他只觉得好玩，并未想过学它。

他想请周医生给尔蓝扎上几针。找到医生时，医生因年老体衰已行动不便。他看到这个一度想要收入门下的青年，笑呵呵地说："你小时候胆子很大，现在还敢扎针吗？"

"敢。"方凌波点了下头说。

得知他的来意，似乎为了完成未竟的心愿，在询问病患的情况之后，周医生手把手地教方凌波炙了几处穴位，并告诉他："针灸很简单，如果你敢扎自己，你也可以给她扎。"

起初他不确定地看着周医生，觉得针灸这种东西很深奥，怎能胡乱扎呢！医生却说得轻描淡写。

方凌波给自己扎了多针之后，才敢回来给尔蓝施针。扎了几针后，缓了一会儿，尔蓝竟真的醒了过来。所以当她醒来时，看到方凌波在她身边。

当海桐将方凌波针灸的事告诉尔蓝时，她惊讶的同时眼睛里闪过一丝温暖而又复杂的神色。

被困山中

  方凌波被秘密派往上海。开始他以为只去几天，结果一去就是一个多月。

  在上海的那段时间，他发现只要闲下来满脑子都是她。

  随着时间越来越久，他越渴望见到她，越是见不到，内心越煎熬。

  有几次他因思念忍不住半夜起来给她写信。写信时不知该如何称呼她，他纠结了很久。

  他写了很多信，可一封也没有发出。发往哪儿呢？乱世之中他怀疑这些信一封都到不了她的手中。可还是把想对她说的话都写出来。

  方凌波回来的那天正赶上台风。头天傍晚开始狂风暴雨就肆虐着郁离小镇，河边的树一棵一棵被连根拔去，狂风中房上的瓦像树叶一样，被吹得四处飘零，暴雨更是让山溪瞬间汇流成河，继而引发山洪，小镇像一叶扁舟在一片汪洋里飘荡。

  方凌波回到家时，小黑从院子里冲出来迎接他，自他走后，白天它出去四处觅食，晚上便回到家中守着。狂风骤雨让它感到恐惧，它在房檐下坐卧不宁，不时冲着风雨呜咽着。见主人回来，它欣喜若狂，狂热地冲进大雨中叫着扑到他身上，似乎在问他去哪儿了。

方凌波也很高兴，拍了拍小黑的头。进屋后狗的欣喜劲儿还没过，仍围着他转个不停，并不停地往他身上扑。

与狗闹了一会儿，方凌波准备上楼时听到敲门声。开门见是海桐，诧异地道："我刚到家，你怎么来了？"

"在岭上看到一个人像你，过来看看。"海桐说。

"这么大的雨还出来？"说着让他进屋。

海桐一脸焦急地说："不进去了，我得找我姐。"尔蓝昨天去山上到现在还没有回来，他都急死了。刚才在路上看到一个人影朝这个方向来，想到方凌波，向方凌波求助来了。

听到尔蓝一晚未归，方凌波觉得像有什么东西重重地撞了他一下，急急问道："她去哪儿了？"

"上山采药到现在都没回来，到处找都不见人，我都要急死了！"海桐焦急地说。

"什么时候去的？"

"昨天！"

"这种天她怎么敢去？"

"昨天早上天气还没这么坏！"

想起她几次在山上的遭遇，方凌波竟有种不祥的预感，急忙推着海桐往大雨里走去。

刚走出门，小黑也跟着跑了出来，似乎担心再次被扔下，紧紧地跟着方凌波，不让他从自己的视线里消失。

方凌波询问尔蓝去了哪个方向。

海桐说："不知道去了哪座山，找起来特别吃力，我像只没头的苍蝇一样到处乱撞。现在溪水都涨了起来，有些地方根本就过不去。"

他们商量着分头找，分析着她平时都去什么地方，最有可能往哪个方向去。

寻找的路上，大雨滂沱，狂风轰鸣，雨像鞭子一样抽打在人的脸上，但方凌波似乎感觉不到疼，一心想要快点找到她，并猜想着她可能会遇到什么。是遇上野兽和毒蛇，还是遇到了其他危险？越想越焦灼，同时一种痛楚袭上心头。

上哪儿找呢？之前她只去西源山，自从孙台事件之后她便很少去那座山。偶尔他陪她一起去其他远一些的山。可到底去哪座呢？他也像无头的苍蝇一样到处乱撞。越找越心急如焚，并祈祷千万不要出事！想到出事，一种比任何时候都要严重的疼痛感紧紧地攫住他，似乎已失去她一样。

方凌波沿着平时尔蓝常去的几条山路寻找，边找边呼唤着她的名字。寻到清川溪时，溪水暴涨，先前的小溪成了一条又宽又急的河。一瞬间他有种不好的预感，但还是安慰自己或许她只是被挡在河的另一边。

他沿着河边走边找边呼唤着她的名字。可不管怎么喊，耳边除了风雨声外，没有任何回应，他甚至绝望起来。走出去约有两千米的路时，小黑似乎发现了什么狂吠起来，他更加大声地呼唤着她的名字，叫得声嘶力竭，叫到后来声音都哑了。

过了一会儿才在溪流对面的一丛芭蕉树下面，看到有个人影在晃动，然后听到一个细微的声音应了他几声。看到是尔蓝时，方凌波浑身都颤抖起来，大叫道："你别动，我过来我过来，我马上过来。"

　　此时水流湍急，别说尔蓝不会游泳，就是会也很难游到对岸。方凌波急着过去已顾不得那么多。尔蓝想要阻拦都来不及，他已跳进水里。

　　尽管水流很急，方凌波还是奋力向对岸游去，游到溪水的中间，不幸被一块石头击中，顿时浑身绵软，顺流而去。看到他被冲走，小黑狂叫了几声扑到水中，死死地咬住方凌波的衣服不放。

　　尔蓝更是惊恐起来，慌乱地想要找东西救他，但四周除了石头还是石头。焦急中看到几棵竹子，便不顾一切地爬上去，将竹子压弯横到水中拦住了方凌波。

　　竹子倒下的瞬间方凌波伸手抓住。尔蓝也沿着竹子向前伸手去拉他，拼尽全力将他和小黑拉上了岸。

　　上岸后方凌波有种劫后余生的感觉，看着这张期盼已久的脸，一把将她抱住，并低头将她的嘴封住。他们的吻也由起初的寒凉逐渐变得炙热起来。

　　之后他捧着她的脸喃喃地道："我以为见不到你了。"

　　尔蓝还没有从刚才的状态中缓过来，甚至都不敢看他。这是她第一次接吻，谁又能想到这是一个寡妇的初吻呢？她觉得连他都不会相信。这样想着更是不敢去看他，只得将头低下。

　　从头到尾方凌波感受到的都是她的羞涩，看着她那羞涩的样子忍不住又将她搂进怀中。

　　他们拥抱的时候，那条狗坐在地上，哀伤地看着它的主人，然后又看了看尔蓝，见没有人理它，便呜呜地叫了几声。

　　大雨仍不停地下着，风继续刮着，方凌波与尔蓝坐了一会儿，看着湍急的水流想着刚才的情景，知道没办法再到河的对面去。

　　由于长时间淋雨，尔蓝嘴唇青紫，牙齿也不停地打战。他心疼地将她从石头上扶了起来。"我们得先找个地方避雨，再想办法。"说着搂着她向前走去。

他带着尔蓝在山坡上爬了一阵儿，来到坡上的一块巨石前。坡上杂草丛生，山崖耸立。

尔蓝正纳闷着这哪儿有地方可以避雨时，方凌波四处查看了一番之后，扒开一丛灌木与茂密的杂草，隐藏的山洞便露了出来。看着那个洞口，尔蓝惊奇地看着他，因为山洞十分隐蔽，倘若不熟悉地形，轻易发现不了。

方凌波领着尔蓝进了山洞。洞内光线昏暗，阴冷潮湿，可越往里走越宽敞。突然他摸到她的手并将之紧紧地抓在手中，牵着她向前。

尔蓝的心怦怦直跳，每次他靠近，或接触到她的身体，她的心脏总是跳动得特别急促。她边被他牵着边侧头看他。

似乎感受到目光，方凌波也向她看过来。黑暗中他的呼吸声越来越近，她的身体再次被他拖进怀里。

他情难自禁地再次吻她。这一吻比先前在溪边吻得还要热烈与用力，似乎要把她揉碎一般。热烈过后，他的吻变得细碎与温柔起来。蜻蜓点水一样，一下一下像在试探着她的反应。尔蓝从未经历过这样的情景，在那吻里完全迷失起来。

吻了很久方凌波才放开她，然后拥着她继续往山洞中走。

走到深处，里面有一大一小两个相连的洞室，大的呈圆形，有一间小房间的大小，可容纳十几人，小的呈方形，有一张床的大小。洞内光洁平整，有几个平坦的石块，有烧过的木柴，还有几捆干树枝。

尔蓝看了看说道："好像有人住过。"

"最近没有人。"方凌波看了她一眼答道。

"你怎么知道？"

"刚才进来时，洞口的灌木与杂草将洞口掩住了，说明最近没人来过。"说着他便在洞内寻找，并在石壁上摸来摸去，果然在一个凹槽处找到了火石。

生着火后，洞内顿时亮了起来，他们坐在火堆前的一块石头上，互相看着。或许是在火光下的原因，他们都发现对方特别好看。看了好一会儿，方凌波才想到，两人都还穿着湿淋淋的衣服。

为了将身上的衣服尽快烘干，他脱下外衫放在火上烘起来。那条狗也抖落了身上的水躺在火堆前，迷茫地看着它的主人。

烤衣服时他们没有说话，只偶尔看上两眼。

每次方凌波看向尔蓝的时候，她都不敢与他对视，她还陷在刚刚他一遍遍地吻她的情景中，似乎唇齿间还留着他的气息。有过亲密的接触反倒不敢直视他了。当方凌波视线转过去时，她又偷偷地看他。

他的侧脸在火光的照射下愈加棱角分明，似乎比平时还要英俊一些。待方凌波将头转过来的时候，她又急忙地转过头去。她的这种表现竟让方凌波觉得十分甜蜜！

很快衣服烘干了，方凌波将烘干的衣服递给她说："先换上我的吧，你的也拿来烘一下。"

虽然湿衣服粘在身上很难受，但尔蓝觉得在这种地方换衣服有些难为情，一转头又对上了他那双深邃的眸子，皱着眉说："不用了。"

他仍说："去吧，我不看你，在雨里淋了这么久，不换会生病，上次都病了那么久。"说着将衣服塞到她手中。

尔蓝红着脸，可仍坐着不动。

意识到她不好当着自己的面换衣服，他便说："我出去看看能不能找点吃的来。"说着往外走去。

见主人出去，还未烘干身体的小黑叫了两声，尾随他而去。

方凌波和小黑回来时，带回了几块红薯，那些红薯因未成熟个头都不大。这时尔蓝已换好衣服，坐在那里正烘着自己的衣服。

方凌波也蹲下来烤着红薯，他边烤边看着尔蓝。她坐在那里，低垂着眼帘，长睫毛像一对翅膀静静地张着，那因烤火而变得红润的嘴唇微微地启着，显得楚楚动人。

方凌波盯着她看了一会儿，她穿着自己的衣服，那宽大的衣服有种将她包在怀中的感觉。这样想着，感觉与她更亲近了一些，嘴角不由往上扬了扬。

她抬头时碰到他的目光，脸又红起来。她那害羞的样子让方凌波觉得十分美好。他又想起多年前他们相依为命的日子，那时她还是个孩子，当时只想着照顾她，并没想到日后会渴望这个人。此刻竟希望他们能在这里一直待下去。

那时很会缠人

尔蓝饿坏了，红薯烤好后，一连吃了两个。在吃第二个的时候，一块红薯卡在喉咙里，上不来下不去，她被噎得伸长了脖子。见她忽然停在那里，方凌波才发现她被噎住了，上前为她拍了两下，仍是不见好，又急急忙忙地为她找水，折腾了好一番她才缓了过来。

这情景不禁让他想起相同的一幕，那次她是被蛋黄噎住，也是折腾了老半天才好。同样的一幕似乎让他回到了过去。在那灰暗的日子里，她的存在像一束光一样将他点亮。因为想起她，更多的是她带来的那种光亮与温暖。

之后他们静静地坐在火堆旁都没有说话。除了火堆里不时发出柴火燃烧的声响外，周围静得可怕，似乎都能听到彼此沉重的呼吸声。

这么坐了一会儿，他侧头看了她一眼，见她坐得离自己有些远，沉声道："过来！"语气里似乎带着一种命令。

尔蓝愣了一下，只在小时候他对她用过这种口气，不禁看了他一眼，没明白他的意思。

接着他又拍了拍身边的位置示意她坐过来。她这才明白了却坐着没动。见她没有反应，方凌波突然伸出长胳膊一把将她捞了过来。由于动作太快，还没弄明白怎么回事，尔蓝已贴着他坐着了。

这种带着侵略性的野蛮行径，惊得她张大嘴巴。他不禁笑道："干吗这么惊讶？小时候我可都是这么对你的。"

的确，那时他对她也是这种态度。每次叫她，都是："过来！""快点！""把这个书读一遍。""将这几个字写一写。"那时因为她的听话，他很擅长对她发号施令。

那时她总是特别听话，每次他叫，她就乖乖地过去，然后按他的吩咐去做。无论他让她干什么，她都不会拒绝！

见她陷入了深思里，他又说："那时你很会缠人。"

不知他这话又从何说起，她回想了一下，不记得自己什么时候缠过人。他提醒道："那时不管我走到哪儿你都要跟着，有几次你在梦中哭了起来，问你怎么了也不说。那时你经常不说话，有时你越是不说我越是担心！"

尔蓝努力地回想着遥远的往事，她似乎一直跟着他，无论走到哪儿她都紧紧地跟着，细节却记不太清了，便问："然后呢？"

方凌波一边拨弄着火，一边看着她，漆黑如墨的眼眸中仍带着一份心疼："然后你就抓着我的胳膊不放，我只好让你抓着睡了。"原来这些画面有些淡了，突然回想起来竟觉得这些画面又清晰起来。

那时很多个夜晚她都由睡梦中哭醒。为安慰她，他总是躺在她的身边，任她抓着胳膊。当时不知道她梦到了什么，知道她的经历之后，就能理解那时她为什么经常半夜哭醒。这样想着忍不住摸了她的头一下。

170

这些往事在尔蓝记忆里，确实已经模糊。想着过往，有种恍如梦境的感觉。她走后他身上又发生了什么，便问："你呢？"

"想听我的故事吗？"他问。

尔蓝点头。

方凌波想起在法国时曾对着一幅油画诉说的情景，便说："我已经对你说过了啊？"

她疑惑地看着他，他什么时候说过他的事。

"还记得在我家看到的那幅油画吗？"

"记得。"

他便将当初看到那幅画的情形和对着油画讲话的事情跟她说了一遍，说完自己都笑了。

"为什么要对着画讲啊？"

"那天像着了魔一样，我把画上的人当成你，感觉你在不停地问我为什么，所以对着画就招了！"

尔蓝笑了："说了很久吗？"

"没多久，从那以后每天都会梦到你被蛇吞下的场景，我不停地做着那个梦。醒来便想到无数次你由梦中哭醒的场景，想到许多仍然是谜的事，于是就回来了！"

尔蓝没想到他由国外回来竟和她有关，更想知道他的过去。

在她的要求下，方凌波开始讲述自己的故事。他从小时候开始讲起，到他的家庭，到他的叛逆，以及后来的种种。

尔蓝第一次听到一个完整的他。听完后说："这是你第一次向我正式介绍自己。"

"这也是这么多年来，我唯一一次正式向人介绍我自己。"他专注地看着她说道。

看着他盯着自己一眨不眨的眼神，尔蓝问道："为什么这么看着我？"

方凌波那双深邃的眼睛依然看着她，说："该你了！"

原来他先讲了自己的故事，就是想和她交换过去。尔蓝咬着唇看着他说："我的没什么好讲的！"

方凌波没有说话，只是嘴角上扬了一下，然后安静地期待着，似乎知道她一定会讲似的。在他那深深目光的注视下，尔蓝觉得抵挡不住，只好讲了起来。

她缓缓地向他介绍了自己记忆中的一些往事，包括方凌波曾从海桐那儿听到的那部分。

听她讲和听海桐讲完全不同。海桐是站在同情的角度去讲她，讲的时候带着不平与愤怒。而她讲到自己的遭遇，甚至挨打，却讲得轻描淡写，似乎在讲一个事不关己的故事一样。

尔蓝讲述的时候，方凌波一直注视着她。表面上看她不在意那些经历，但仍觉得她故意隐藏了一些伤痛，似乎不想深层次地揭开一些伤疤，对他也没有完全敞开心扉，便沉声道："为什么不说出来呢？"

闻言尔蓝惊诧地说："都说了啊！"

"我是指让你感到难过的那部分！"

她抬起那双清澈的眼睛看着他，感觉被他看穿了一样。之所以隐藏自己，她是不想在一个人面前太示弱，更不想博取同情。但他似乎知道她的心声，于是她看他的时候眼睛里似乎带着一层雾。

好一会儿她才叹了口气说："唉，不要说我了，还是说你吧！"

"不，还是告诉我你向我隐藏的那部分。"

"比如呢？"她也追问道。

"比如那时为什么那么坚持不告诉我你的名字，不和我说一说你。"如果当初她能告诉他名字，或许他找她会好找一些。

她低着头伤感地说："怕你送我回去，怕回去继续挨打！"想到被王春拧过的那些伤痕，她皱了一下眉又说："她拧起人来真的很疼！"

他望着她伸手将她搂进怀中，吻了吻她的额头说："和我直说不就好了吗？"

"我隐瞒了那么久，后来才知道，无论说不说都要回去！"

"那个家庭是不是让你感到特别痛苦？"

"不全是，既痛苦又困惑，也感谢他们抚养了我。"

"这是你后来不反抗的原因吗？"

"反抗？反抗什么？"她疑惑地看着方凌波问。

"他们对你的安排！"他低头看她。

她明白指她结婚的事，苦笑了一下道："你觉得我有选择的权利吗？"

"你喜欢他吗？"他怀着探寻的目光盯着她问。

"谁？"觉得他说话没头没脑，尔蓝疑惑地问。

"你丈夫。"说着，方凌波沉沉地看了她一眼。

尔蓝又苦笑了一下，摇了摇头。

"这就是了，既然不喜欢为什么不反抗？"说着期待着她的答案。

尔蓝没看他，而是看着石壁说："从小我就很叛逆，可是每一次叛逆换来的都是噩梦。后来就不想反抗了，因为无论怎么抗争，最终都逃脱不了自己的命运。"

方凌波静静看了她几秒追问道:"那个时候你就知道自己的命运了?"

"我从更早的时候就知道自己的命运了,所以不再反抗。之前我曾天真地以为,只要我以沉默面对就能保护自己,最终,还是不得不面对这沉重的命运,只好继续沉默。"

"你的沉默也包括识字的事情。"方凌波盯着她的眼睛问。

尔蓝诧异地看着他:"你都知道了?"

"别忘了你的字是我教的。"方凌波静静地看着她几秒说,"你瞒得住他们,却瞒不住我。"

她仍忧郁地看着他。她那忧郁的眼神,仍让他很难受,便不再问什么,而是低下头去吻她,似乎在暗示,她不是一无所有,至少还有他。只要一吻上,他就陷进那甜蜜的感觉里。

这时他又看到她手上戴的那条小鱼,将她的手拿过来,看着那条鱼十分光滑圆润,问道:"你一直戴着它吗?"

尔蓝也看着那条鱼说:"它是我收到的第一个礼物,我很喜欢!"

方凌波脸上没流露出什么,心里已起了波澜。似乎为了证实什么,握着她的手问道:"你有喜欢过谁吗?"

这问题问得有些突然。她望着他良久才说:"好像有吧。"

原本他期待着她的肯定回答,"好像有吧"是什么意思:"谁?海桐的大哥?"

方凌波首先想到的就是叶木槿。那是她以童养媳身份在叶家预设的丈夫人选,不出意外十有八九她是要嫁给木槿的。从海桐的叙述里,他知道叶木槿从小就疼她,默默地等着她长大,因得不到才愤而出走。

提到木槿，尔蓝一阵伤感，想到木槿对她的关怀、呵护，以及无数次看她的眼神，她都感到难过。可她只把他当大哥。她冲方凌波摇了摇头。

见她否定了老大，他又耐人寻味地问道："那是二哥喽？"他知道叶凌霄一样喜欢着尔蓝，而且为尔蓝迟早要嫁给大哥感到苦恼！

尽管叶凌霄对尔蓝也很好，有时看她的目光也专注有神，甚至能感受到他和木槿有着一样的心思，尔蓝还是摇摇头。

"难道是海桐？"他想着或许海桐也有可能，兄弟之间都有着同样的喜好，何况她生就一副让人疼爱的样子。哪怕不爱言语，或性格固执，仍无法阻挡他们对她的爱。或许她更喜欢叶家这个和她年龄相当的小儿子呢！海桐不是对她也非常爱护吗！

她仍摇头。

这样方凌波就有些不解了，四兄弟都不喜欢，肯定另有其人，他仍不依不饶地追问："那是谁？"追问完，他对自己的这种行为也有些不解。他为什么要对这件事刨根问底？

平时他不是一个话多的人，此刻见他对这件事追问不休，尔蓝警觉起来，觉得他想要从她这儿打探一些什么，看着他仍不语。之后又将视线转移到了别处。多年来，她的心里的确有个影子在。那影子不时袭上心头，想要辨认时却总是看不清。

见她不语，方凌波似乎意识到了什么，不再追问。之后他将头埋在她的头发中，闻到那淡淡的清凉的薄荷味，又开始吻她，长久地吻她。吻着吻着，摸着她的头发问道："你身上总有一种薄荷的味道，听海桐说你从小喜欢它，经常吃它戴它，为什么喜欢这种植物？”

尔蓝回想着，什么时候开始喜欢这种植物的呢？ 她回想着当年的情景。那年分别时，以为他会来看她，但他一直未出现。

后来随着年龄增长，她发现自己竟忘记了他的模样，怎么也想不起来。这让她感到恐慌！潜意识里她不想忘记他。为了不至于忘记这个人，她开始喜欢和他有联系的东西。于是她开始种植薄荷。

看着方凌波一直盯着她，并不停地追问和她有关的事情，便说："那种植物让我想起一个人。"

"谁？"方凌波哑声道。

"那个在我小时候被蚊虫叮咬后，用它为我止痒的人，有一天我发现再也想不起他的模样，便有些发慌。"说完这句话，两个人互相看着。

之后他深吸了一口气，低沉的声音在她的耳畔像风一样划过："我知道了！"说完紧紧地将她搂在怀里，这次拥抱比之前的任何一次都要用力，几乎要把她的骨头揉碎。

火光下的记忆

火光下，他们诉说着自己的人生和对那段日子的怀念，点点滴滴都回想起来。但他们没有谈未来。尤其是尔蓝，想到自己尴尬的身份，要比方凌波显得沉默一些。

不聊天时，他们就逗弄着小黑。

方凌波总是将一根棍子扔出去，让小黑给他捡回来。小黑很乐意和主人玩这个游戏，每次都盯着他的手，只要他一扬起，它就冲出去，然后迅速地将棍子捡回来，乐此不疲。有几次，他骗它，只是扬了扬手，小黑就跑出去，发现被骗后，懊恼地原地转起圈来，逗得两人哈哈大笑。笑过之后，才发现他们都很少如此笑过。

在逗弄小黑时，方凌波还不时望向尔蓝，两人也时常互视着对方。那种怦然心动，总是在两个人心中漾开。

当再一次将棍子扔出去的时候，他忽然侧头问尔蓝："好久没看到苏了，这猴子现在不和你一起出来了吗？"

"苏不见了。"

"什么时候的事情？"

"差不多一个月了，我找了许多地方，再也没看到它。"

方凌波扬了扬嘴角说："它迟早会走的。"

"为什么？"

看着她他竟笑起来："因为它与另一只猴子发生了爱情。"说着依旧看着她，然后捧起她的脸吻了一下说："就像我们。"

尔蓝不解地看着他。他把看到苏和另一只猴子在银杏树上追逐打闹的情形讲给她听，那时他就意识到这只猴子迟早是要走的。

那天他感到特别不安，寻她时便遇到她被袭击。也在那天，方凌波发现了她真实的身份。

此刻，他看着她笑，然后将她搂在怀中深情地吻她。

他喜欢吻她，之前，他没有发现哪个女人令他如此心动，简直沉迷于那种吻中。吻着吻着，尔蓝柔软的身体躺在他怀中，激起了他的欲望，似乎每一根血管都在渴望她。顿时他感到浑身灼烫起来。

那双充满柔情的手将她搂得更紧一些，在感受着对方身体的温度时，他的吻忍不住下移，变得狂热起来。手也不安分起来。随即，将她裹进身体内……

台风雨夜的山洞里，最终他们交付了彼此。

方凌波是一个性格冷淡的人，平时轻易不显露自己的情绪。尽管平时他总是一副目光沉沉、眉目深深的样子，但他是一个经过情事的人，从刚才尔蓝那不知所措的表现里，以及他们开始的困难里，他意识到了什么，随即一种复杂的情绪涌上心头。

事后他搂着她，沉默了许久才轻声问道："他没有碰过你吗？"

知道他指的是谁，尽管名义上尔蓝已是一个寡妇，这还是她人生的第一次。但他的问话还是让尔蓝觉得难以启齿，让她想到与冬青的一些接触。由于她的抵触，他的每次接触，都是小心翼翼的。于是，他们之间就只有那些小心翼翼的吻与小心翼翼的拥抱，从未发生过刚刚他们之间发生的那种事。

她小声地道："有。"

"可你分明还是……"方凌波说了一半的话又咽了回去。

尔蓝才知道他的"碰"指什么，深吸了一口气说："他一直病着，没多久就过世了。"

瞬间方凌波懂了，他不知道是惊喜，还是难过。一个名副其实的寡妇，还是个处子，好像这是冥冥之中的安排。不管时光如何轮回，这个人似乎一直在这儿等他。

想到这里，他的心竟有着新的创痛，如果当初没被父亲逼着送她回去，他们之间又会如何呢？如果没出那些事，如果没有出国，是不是能早一点儿去找她？如果早些找到她，是不是他们的人生又会不同呢？可是没有那么多如果，庆幸的是他们能够再次相遇！

想着又将她拥进怀中越抱越紧，似乎想将她的身体揉进生命里。那晚他们相拥着入睡，第二天醒来，看到她在怀中，方凌波还有着不真实的感觉，待尔蓝醒来，冲他腼腆地笑时，他才确信这不是幻觉。

方凌波和尔蓝在山洞里一连待了三天。三天里他们吃的是红薯和野果，喝的是山泉，睡的是石头，但那三天却是他们人生当中最幸福难忘的时光。他们说着此生最多的话，接过此生最多的吻，做过此生最多的事。他一遍遍地将她按进自己的生命中，似乎她也融进了他的生命里。

当水位渐渐退去，不得不回去时，他们既舍不得分开，又不得不面对现实。

当看到方凌波将尔蓝送回来时，海桐很高兴，像当年木槿看到丢失半年的她突然回来时一样，抓着她不放："姐，你到底去哪儿了？我到处找你，以为你被水冲走了！"

的确，那几天海桐很难过，以为她出了意外。但没有放弃寻她，他总是一个地方一个地方地寻过去。让他担心的还有方凌波。他们一起寻人，出去后却一直没有消息，以为他也出了意外。见他们一同回来，他心中的那块石头才落了地。

尔蓝不在的那几天，就连王春得知尔蓝几天没有回来时，似乎也安静了许多，不像先前那样提起她就大发脾气，骂骂咧咧了。

可当尔蓝回来后，她竟又怨恨起来，恶狠狠地瞪着眼问她："你去哪儿了？"

"在山上。"

"和谁在一起？"

尔蓝只得向她解释，河水涨起来了，她回不来只好躲在一个山洞里，等水退了才回来。

听到母亲审问尔蓝，海桐很清楚这几天尔蓝和谁在一起。在母亲面前他只字不提方凌波去找尔蓝的事，不想此事又给母亲提供一个话题。

这次台风后，有几天尔蓝没有再上山。静下来时脑海里总跳出方凌波的影子，以及山中相处的一些场景。想着他说话时的神情，看她的眼神，以及与她亲密的接触。为此她常常出神，做事心不在焉。洗衣时会将一件衣服反复洗个没完。择菜时，会将坏的留下，好的丢了。

她的反常举止让海桐觉得很奇怪，他不得不经常观察她，觉得她的反常一定和方凌波有关。很多次他发现方凌波也在默默地注视她，看她的眼神和别人不同。因为方凌波的眼神一向凛冽，看向尔蓝的眼神，虽然一样深沉，但眼神背后却有着一种耐人寻味的东西。

近来方凌波总是有意无意地问一些他们兄弟之间的事情，又时常将尔蓝带出去。海桐觉得，他似乎向方凌波透露了过多关于尔蓝的信息。他还发现方凌波经常陪尔蓝一起上山采药。方凌波是那么冷静的一个人，除了他们要做的事外，好像对其他事并不特别上心。方凌波对她如此反常显得不合规矩。

明显方凌波对尔蓝有意。若真是那样的话，他认为对尔蓝姐来说不是什么坏事，毕竟三哥已过世，她还这么年轻！

似乎她对方凌波也不讨厌。尤其这次他们由山上回来，更是带着一种神秘的感觉。知道这些后，海桐对他们之间这种微妙的关系，谈不上具体的态度，内心里甚至有些复杂。他既希望尔蓝姐过得开心一些，又不希望有人将她从这个家带走。从小一起长大，他们之间有着深厚的感情。家庭变故之后，他对她更是有着一份依赖，他不敢想象她不在这个家的样子。

看到母亲对她的关注以及怀疑，觉得母亲似乎也察觉了什么。他不知道这件事被母亲知道后会发生什么。

海桐越想越烦恼起来！他常常看看这一个，又看看那一个！不知如何是好！

生我的气了

由山里回来后，每每思及山上那几日，方凌波总有一种说不上来的感觉。无论做什么总感觉有个影子在身边一样。白天坐卧不宁，晚上又辗转难眠。

他从未这么思念过一个人。忍受了几天的煎熬之后，那天，便沿着那条他熟悉得不能再熟悉的路往海桐家的方向走。感觉此次去的心情不同于往日，在路边他还折了一枝白色的叫不上名字的花捏在手中。

当拐上海桐家的路时，远远地看到他们的房子，心里就涌起了无限的温柔，甚至为能马上见到她而颤抖。

他到的时候，海桐正在院子里锯着木头。他觉得手里拿着花有些奇怪，悄悄地将花放在口袋里。

看到他海桐喜悦地喊道："哎，凌波兄，来得正好，我准备做一个小桌子，正缺个帮手。"

他很少看到海桐动手做什么，听他说要做一个桌子，好奇地走过去，看地上已锯下来的几截木头，问海桐想做一个什么样的。

海桐将想法告诉他。于是两个人便在院子中折腾着那张桌子。干活的时候方凌波干得并不专心，他不时地扫视着门口，不时地往房屋里看，却始终没看到尔蓝的身影，心中有些失落。

他想起第一次海桐带他来时，告诉他有一个喜吃薄荷的姐姐，也是在这里等她很迟才走。那天因没有见到她心里也是这种感觉。可那时的失落和此时的失落又是不同的。

正失望着，尔蓝由房间里走了出来。她出来时，他们正在讨论桌子的部件。方凌波抬头时正对上尔蓝看过来的视线。盯着她看了几秒后才打了声招呼："嗨！"

这是他们自山中回来后第一次相见，由于先前的亲密，尔蓝竟有些不知如何才好，感到耳朵都有些热起来，极不自然地回了他的招呼。

刚要转身，海桐突然说："姐，晚饭多做点，晚上凌波兄在这儿吃。"说着看着方凌波又重复一遍："在这儿吃！"

方凌波没拒绝，又看了眼尔蓝。

尔蓝应了声转身进了屋子，当她的身影消失在门后时，方凌波的视线还没有收回来。

海桐将一切看在眼里，方凌波看着尔蓝的眼神特别熟悉，以前他从木槿的眼睛里也多次看到过这种眼神。不知为什么这眼神总让他感到不安。

一个下午，方凌波和海桐都在院里折腾那张桌子。做活计的时候，方凌波总是一副心不在焉的样子，时不时地望向屋子，似乎那个人会站在门口看着他们。看着他的情形，海桐也不动声色。

那个下午尔蓝再没有出去，坐在房间里，一边听着他们的交谈，一边听着叮叮当当的敲打声。但她不停地从那些声音里捕捉方凌波的声音。他的声音低沉、浑厚。两人的声音传进她的耳朵里，总是他的声音更有力度一些。

天黑前，他们已将那张桌子折腾好。

吃饭时，王春还是没有下来。海桐送饭时，方凌波悄悄跟着尔蓝走进厨房，突然抓住她的手低头吻下来。还没等她反应过来，他已移开唇，但仍抓着她的手。

她的脸瞬间红了，她一边推着他，一边小声地说："你出去吧！"方凌波知道她害怕被海桐看到，这才转身出去。

吃饭时，方凌波仍不时抬头看着尔蓝，看似不经意，眼神里却包含着许多的意味。

每当发现海桐的目光投来，他便将视线移开。

尔蓝烧了山蕨、苦菜、白落地温蛋。虽然都是山中常见的野菜，因是她烧的，吃着却别有一番味道。白落地温蛋既有野菜的味道，又有白落地专属的清香。菜中的嫩黄与鲜绿，则充满了春天的气息，他在吃那道菜的时候，像在吃一幅画。边吃他边不时抬眼看向她。

他看她的神情全落在海桐的眼里，就连他将那束揉皱了的花放在针线筐里，以及此前他放在她针线筐里的花束也都看在眼里。这种发现让海桐既高兴，又失落。高兴有个人关心她，失落有一天她会被带走。海桐发现自己没办法再像以前那样活泼，或向他们撒娇了。

偶尔一个人的时候，海桐变得落寞而又忧伤，常一个人静静地坐在门槛上，或家旁边的那座小石桥上，孤独地啃着自己的指甲，变得沉默起来。

尔蓝也发现了海桐的变化，有次她问："你怎么啦？"

海桐只是摇了摇头。

这天方凌波刚跨过那座桥，看到尔蓝站在楼上的窗前梳头，低头时看到他，竟对他一笑。瞬间方凌波想起了那幅画。此时的她更温婉美好，比画上还要生动一些。

他笑了一下后眼中却闪过一丝伤感，山中一别后，他觉得她对他有所回避。那种患得患失的感觉又加剧起来，似乎有一种无形的东西挡在他们之间。

四目相对时，尔蓝从他的眼神里也看到那份她自己也常有的伤感。互看了一会儿，方凌波走了进来。

当几个人讨论问题时，尔蓝同往日一样又坐在她常坐的那个位置上。

此时抗战进入新阶段，他们所讨论的话题也有所不同起来，谈到的不是抗日，就是国共合作、一致抗日。似乎形势好起来了。除了一些秘密活动以外，大家都将激情投到抗日宣传及服务上去。谈话的气氛也不像先前那么紧张了。

几天后方凌波又跟着尔蓝走在采药的路上，这是那次山上回来后，他们第一次单独在一起。

从山上回来后，尔蓝总想着一件事，那就是她寡妇的身份。这种身份让她见到他们时总是有所顾忌。每次见到方凌波，她又无法再像之前那样冷静，但也只是与他互望着，或用眼神表达着无比复杂的心绪。

起初方凌波看着她一副心事重重的样子没有言语。他们沉默地走了一段路，绕过又一个弯之后，突然她被他抓住手，迅速地带入怀中。她抬头看他，他用那双深邃的眼神看了她片刻说："你怕什么？"

尔蓝抬眸看着他："没怕什么！"

"从山上回来后，你好像一直在躲着我。"他盯着她的眼睛，暗哑着声音说，"难道为了那些事，你生我的气了？"

想着上次在山洞中那些让人脸红心跳不敢细想的亲密，此刻他的脸又离她很近，都能感受到他说话的气息，她的脸再次红起来，好一会儿才说："没有。"

"没有？为什么见了我总是躲躲闪闪的。上次和你说话的时候，你都不拿正眼看我。"他盯着她的眼睛问。

"被他们看见不好。"

"看见怎么了？"他说。

"人们对寡妇的印象可没那么好！"说完，她不再看他。

方凌波默不作声，虽然他在寡妇的身上栽过跟头，可对她，他不在乎别人怎么说。随即托起她的脸，让她看着自己说："要说也是先说我，有我在，你什么都不用怕。"

虽然这么说，尔蓝仍觉得，有些东西是他们之间无法跨越的。尤其是她，有些东西她无力面对，甚至觉得他们没有未来。她甚至悲观地觉得他们之间不可能会有更好的结局。有着这样那样的顾虑之后，那些忧伤便不时地袭上心头。

可是，当面对方凌波时，在他那深沉注视的目光中，她又陷进那难以抗拒的温柔里，生命里不是一直在渴望有这样的一个人吗？

但他的出现，要么过早，早到她还不懂得爱是什么，要么过晚，晚到她已成了一个寡妇。他们错过的那些年，错过的不仅仅是时间，还错过她最美好的时候。现在她既渴望他，又怕失去他。她陷进摇摆不定的矛盾与忧伤中。

见她心事重重而又忧伤的样子，方凌波没再说什么，只是紧紧地牵着她的手，然后低头吻了下去。边吻边将她的手拉得更紧一些，从那天在溪边找到她起，他就决定如果能够抓住她的手就绝不放开。

一个有月光的夜晚，方凌波将尔蓝约了出来。他先是在桥上等她，等得焦躁不安，于是便走到门口等她。

尔蓝还没有出来，一股薄荷的清香先至。她一出门，他便将她捉住，在门口的阴影里吻了一回，然后才牵着她的手往外走。

他们在山路上前行，月色下山林和道路都很梦幻，树影也在夜色里摇曳，婆娑多姿。尔蓝并不知道他将她往哪儿带，只是任他牵着手前行。

直到看到那座石头房子，尔蓝才知道他领她到了家里。重回这里一切都很亲切，上一次她的脑袋里很乱，根本来不及思考和仔细观看。

烛光下她四处打量着，边看边寻找着昔日的记忆。之前住过房间的墙角处多了一个新柜子，书桌上放着那幅画，还有着一盆植物，走近才看清那是一盆薄荷。

她不禁回眸看他并笑了一下，虽不清楚他出于什么目的种了盆薄荷，但此举显得他细腻而又温暖。在她看向他的时候，方凌波也正好看着她，一双眼眸一如既往地深邃。

尔蓝收回视线，继续看着桌上的那盆植物和画。薄荷旁放着他曾用来教她识字的那本书，书本虽然有些破损，看着它尔蓝的心里涌上了许多甜蜜与美好的回忆。

她正要伸手去拿那本书，忽然一股气息吹在颈处，没等她转身，他已从背后将她拥住。方凌波深情地搂了她一会儿，将她的身子转正，低头吻她。

他喜欢吻她，觉得与她接吻是一件幸福的事。他们长时间地接吻，沉浸在那甜蜜的幸福中。随后他将她抱起放在了床上，不停地吻着她的唇、耳朵、脖子，边吻还边做些小动作。这是他们自上次之别后的再次亲热。在那缠绵里，他们像两块糖，随着温度升高，渐渐融化在一起。

夜色里，他仍喃喃地叫着她的名字。

躺在怀中的她应着："嗯！"以为他会说些什么，并等着他的下文，等了半天他却什么也没说。

其实他是想问，如果他要娶她，她愿不愿意嫁他？最近他每天都在疯狂地想她，有时整夜地想着。不仅心里想着，身体也想着。他觉得等待是一件让人发疯的事，他已错失她那么多年，为什么还要苦苦等待？他想她待在自己身边，那样随时可以看到她，并觉得如此下去，他会想她想得不正常起来。

如果向她求婚，他不知她会不会接受。海桐知道他和尔蓝的关系后又会如何看他，他们家是否同意他们的这种关系？话到嘴边又咽了回去，只是默默地注视她。

看着他的表情，她问道："怎么不说话？"

方凌波又将她搂得紧了一点儿，仍是没有说话，并在她的脑门上亲了一下。然后才说："没事，就想叫叫你！睡吧！"

"睡不着。"

"怎么，没尽兴？再来！"

没想到他会说出这种话来，她推了他一把，他嗤地笑出了声，然后紧紧地搂着她！

囚禁起来

他们静静地躺着，方凌波不时地盯着她的脸看，手也不闲着，一会儿摸摸她的耳朵，一会儿摸摸她的脸，并享受着她在怀中的感觉。很久以前他就想他们能这样躺着。又躺了一会儿之后，才又问道："你母亲是不是特别不喜欢你？"

尔蓝看了他一眼说："你都看出来了。"

他低头吻了她一下说："傻子都看出来了！"

尔蓝苦笑了一下，回忆着王春是否喜欢过她。刚到叶家时，王春对她似乎也好过一段时间，不久噩梦便开始了。她们之间最大的矛盾是为给冬青冲喜而导致双胞胎离家出走，以及冬青和父亲的过世。而王春又将一切都怪罪于她，并将怨气全撒在她身上，这些年对她一直阴阳怪气。想到这一层尔蓝就感到非常悲哀。

她所有的悲哀似乎都来源于自己的不幸！哪怕遇上他，也无法摆脱那种不幸。尽管他的出现让她悲观的心稍改善了一些，也期望着命运能够朝着好的方向发展，并希望那如尘土一般的生命里照进一丝光亮，但也没好到哪儿去。尴尬而又无法摆脱的身份始终摆在面前。

此后他们又相聚了多次，每次分开都依依不舍。那天快将尔蓝送到家时，方凌波又将她拉过来搂在怀中说："我带你走吧！"

他的话让尔蓝微微一怔，虽然她也不想与他分开，可还是摇摇头。

他疑惑地问："为什么？"

"如果跟你走，你会背上骂名，人们会说你又和一个寡妇搅在了一起。"

方凌波轻笑了一下说："你若不在乎我会克女人的传言，我也不在乎再多这一个骂名。"

王春也常用克星来骂她，尔蓝倒不在乎这个传言，只是叹口气道："这次不同，你如今的境况与身份不同。"

方凌波当然知道，虽然他不是党员，但参与了不少工作，如今虽在国共合作期间，但仍有一些人盯着他们，尤其此时离开的话，更加显眼。这决定可能会让他陷入困境。他已将自己荒废了多年，如今又陷入这两难的境地。如果必须选择，他仍觉得这是一个沉重的抉择。

因想要有个家和不想再与她分开，多次思考后方凌波仍决定带她走。那天当他将决定告诉尔蓝时，她没有急于答他，伸手抚了抚他的眉毛缓缓地摇头说："我们会被人人喊打的，有时口水也会淹死人。"

他安慰道："你不用为此顾虑，我会处理好一切，你只管跟我走就行。"

见他心意已决，她很矛盾，虽想和他在一起，但又担心这件事让他再次身败名裂。不仅是她寡妇的身份，非常时期，如果此时离开，他们的身份也会被怀疑。况且离开这儿，又能去哪儿呢？

在他的坚持下尔蓝决定孤注一掷，她想如果命中注定要和他在一起，为什么不冒一下险呢？想到失去他或不能和他在一起，她就无比忧伤。她也希望他能阳光一些，不想他为此伤感。虽然他很少笑，但他笑的时候，她觉得整个世界都充满光。那光不仅将她照亮，甚至都能将她身上的尘埃照亮。

她想得到他的爱与关怀，那是她从童年时期就想得到的，虽然后来发生的一些事破灭了她的梦。没想到的是，有朝一日他像梦一样再次出现在她面前。

当彼此明确心意后，她不止一次地意识到他们在一起并没那么容易，有段时间她与他若即若离，每天都活在矛盾与患得患失中。

当方凌波提出要带她走后，那种患得患失的感觉更强烈了！走，她能走吗？她已然是个寡妇了，母亲若是知道她要和一个男人私奔，想必杀她的心都有。不走，一个寡妇和一个男人相好的事迟早会被人知道，谁又容得下他们呢？最根本的原因是，她不想失去他。因想得太多，她常常夜不能眠。

深思熟虑后，她决定破釜沉舟一次。

尔蓝决定与方凌波出走的那天晚上，她被王春唤到房间去。在去王春房间的时候，她忐忑不安，以为母亲发现了她要出走的事情。

她惶惶不安地走进王春的房间，里面光线非常昏暗。王春像往常一样坐在窗前，没有看她，而是吩咐道："你到地下室将那个木头小箱子拿上来。"

尔蓝愣了愣问道："哪个木头箱子？"平时母亲见了她总是各种刁难，为什么突然让她找一个她根本不知道的箱子？

话刚落音，王春转过头来，目光锐利地盯着她说着："木槿以前放东西的小箱子。"

又提木槿，似乎觉得她们都对木槿有愧，每次王春都要提一下木槿刺激她一下。有一次她盯着尔蓝问道："你为什么不嫁给木槿，你嫁给他我就不会失去两个儿子。你把木槿给我找回来。"说着说着就自言自语起来："木槿，那年妈不是真想打你，可是没控制好情绪！我的儿子，我最不想打的就是你！"

有时说着说着，她就恶狠狠地瞪着尔蓝："都是因为你，你这个扫把星！你害得我家破人亡！你把我的木槿找回来！我真不该把你领到家里来。"

尔蓝觉得她不停地念着木槿，是觉得对不起他，同时觉得尔蓝也对不起他，因为家中每个人都知道木槿对她的心思。

可她对他从来没有多于一个兄长的想法，只是默默地接受着他给予的一切。她想，当年如果没有母亲强加干预，木槿要娶她，她也会毫不犹豫地嫁给他。可是，没有如果。

此时母亲让她找木槿的箱子，她不记得木槿有放东西的小箱子，即使有也不可能在这里。因为这里是王春娘家的房子。他们从山东回来后发现老屋塌了，不得已三个人才住到石源来。

除了衣物外他们并没带多少东西来。此刻看着王春的眼神，尔蓝忽然意识到什么，但还是不得不按她的吩咐到下面寻找箱子。

尔蓝刚进去还未适应地下的光线，便听到门被关上的声音，随后听到落锁声。

之所以将她锁起来，是因为王春已留意她多天。自刮台风尔蓝失踪几天之后她便对她起了疑心。虽然王春精神总是不太稳定，但在观察尔蓝的这件事上，她一直都很清醒。

之后她发现了尔蓝的私情，尤其最近她总是一副昏昏欲睡的样子，行为也有些异样，便猜出了几分缘由。

王春一边暗暗骂她不守妇道，一边又觉得不能再任她胡作非为。将她锁起来倒不是知道她要私奔，而是觉得一个寡妇突然肚子大起来，传出去，叶家的脸往哪儿搁。

无论如何，王春不能由她胡来。思来想去觉得最好的办法就是先将她囚禁起来，再做打算。

听到落锁的声音，尔蓝已明白王春知道了她的事。再一次被王春锁在房内，她没像小时候那样哭闹，而是悲哀地倚在墙上。觉得这就是命，她永远也逃脱不了自己的命运。

她真的会死的

尔蓝在地下室忧伤地站了很久，最后沮丧地坐在地上，不知等不到她方凌波会怎样？会不会四处找她？即便他来家里也不会得到任何消息。

不知过了多久，尔蓝才听到开门声。

当王春将一碗汤药放在她面前命令她喝下去的时候，她惊恐地看着王春。不知王春是什么意思，难道王春想毒死她？即使死她也有权知道原因，她望着王春问道："这是什么？"

"喝下去！"王春冷冷地道。

她仰着脸看着王春那冷冰冰的样子，倔强地道："喝下去可以，但我得知道是什么？"

王春咬牙切齿地说："不要脸的东西，自己干了什么还不知道？赶紧将那肚子里的野种堕了。"

尔蓝惊恐地看着王春。近来她是有些反常，常感到疲惫、嗜睡、呕吐，她以为是吃坏了肚子，并没意识到什么。反常的原因竟是有了身孕。可她还是不敢相信，低声问道："您怎么知道？"

"你以为我傻还是瞎？"王春恨恨地道。

得知这个结果尔蓝闭上了眼睛，她感到特别悲哀，原本她并不怕死，得知怀了孩子却害怕起来。那是他们的孩子，哪怕不能跟他走，她也希望留下这个孩子，不然人生对她来说过于绝望。如果让她将肚子里的孩子杀死她却活着，她宁愿死了。于是她沉重地叫了声："妈。"

王春却狠狠地说："贱人，别叫我，喝了它！"

尔蓝看了看那碗药，眼神里带着绝望，她很少求王春，此刻却求道："妈，我错了我错了！求您！留下孩子！"

王春将碗放下，狠狠地给了她一巴掌，打完后又骂道："你不要脸，我还要呢！你趁早死了这份心，喝了它！"

挨了一巴掌后，看着王春那怨恨的眼神，尔蓝冲王春跪了下去："妈，求您，求您！"

王春又给了她一巴掌。这一次比前面一次还要狠，尔蓝感觉耳朵都嗡嗡地叫起来。

王春也感觉手都打疼了。两人又僵持了一会儿，王春仍叫道："喝了它！"

知道说什么都没用，尔蓝竟也冷冷地说："知道您一直讨厌我，希望我死掉才好！但我不会喝它，如果您坚持这么做，就给我一根绳子！"

王春惊恐地看着她，尔蓝的倔强一向令她生气，此刻她恨得咬牙切齿道："你威胁我，你以为我不敢？"

"所以请给我一根绳子。"尔蓝依然倔强地看着她。

尔蓝已多年没有反抗过王春了。从当年方凌波将她送回后，她就变了一个人，不再像之前那么淘气了，哪怕犯倔也不像之前那样了。她明白倔强对她一点儿好处都没有，她便保持着沉默。她的那种沉默有时让人看着心疼，尤其是木槿，知道她隐忍地压抑着自己的性格，有时看着她呆呆地坐着出神，疑惑她走丢的半年经历了什么，但她没和任何人说过那件事。

重新回来后，王春的任何要求她都听命。哪怕对某些事有着怨气也不反抗，包括嫁给冬青，哪怕她千百个不愿也忍着。此后王春的多次指责、辱骂，她也听之任之。

此刻，她的反抗惹怒了王春，王春发狠地道："好啊，我知道你一向和我作对，我会成全你的。"说着气呼呼地走了出去。出去时仍不忘将门锁上。

王春正在气头上，既然她想死就满足她。王春宁愿她死了也不让她给叶家脸上抹黑。

当王春拿着一根绳子气冲冲地由楼上下来时，突然海桐冲出来拦住她。他几乎带着哭腔说："妈，您不能把绳子给我姐，她真的会死的！"

王春狠狠地瞪着海桐，拿着绳子朝他身上狠狠地抽了过去："你敢偷听我说话！"

海桐的确在门外听了他母亲与尔蓝的对话。从那次台风后，尔蓝他们由山上回来起，他就预感到要发生什么，只是没想到这么快。

他站着没有动，任他母亲抽打着，挨着打仍不忘为尔蓝说话："她够可怜的了，您就成全他们吧！"

不听这话还好，听了王春更加生气，大叫起来："成全他们！你知道她是谁，她是你嫂子，就算冬青不在了，她也是叶家的人，我辛辛苦苦把她养大，把她送给别人，休想！"

"三哥都不在了，您让她当一辈子寡妇？"他反问母亲。

"你个混账的东西，是我让她当寡妇的吗？你哥哥走得早，我又有什么办法？"王春气急地道，说着又扬起绳子朝他身上抽去。

海桐并不躲，边挨着打边与母亲据理力争："您当初和我爸就不该让她同我三哥圆房，不然的话大哥、二哥也不会离家出走。"

不想这一句戳到王春的疼处，她气得扶住了墙。的确是她的这个决定导致两个儿子离家出走，至今杳无音信。她时刻在想念着木槿与凌霄，不知道他们到底在哪里，还好不好？是死是活？

当初为救冬青才做了那样的决定。可事已如此，她又能怎么办呢！让尔蓝跟着外人走她绝对办不到。即便尔蓝不死也得把肚子里的孩子打掉，不然丑事传出去将来谁家还敢将女儿嫁给海桐呢？

看着母亲气急败坏，海桐急忙走过去扶着她说："妈，我错了，我不是故意提大哥和二哥，现在家里只剩下我们三个人了，我不想再有意外。"说着他哭起来。

海桐的话让王春也黯然起来，缓了一会儿又气愤地说："都是她，我失去了那么多亲人，她居然又干出这么不要脸的事来，我必须打掉那个野种。"说着也哭了起来。

看着母亲哭得伤心的样子，海桐愣了一会儿才问："如果她宁死不打掉孩子呢？"

王春又瞪着他一眼发狠道："她想死成全她好了，死了倒也干净。"

海桐忍不住叹口气说："您真的忍心看着她死！"

"我只是让她打掉孩子又没让她死！"王春又狠狠地说，"她若想死就死好了！她以为拿死来威胁就能吓唬住我了。"

"妈，我知道您是刀子嘴豆腐心，如果真的不愿意让她走，您就让她留着那个孩子吧！"海桐继续替尔蓝求情。

王春大声斥责道："你是不是傻啊？你三哥都不在几年了，我怎么让她留下这个孩子，你告诉我等她的孩子生下来，我们还有什么脸出去见人？"

海桐挠了一下头说："那您就成全他们吧！"

"休想！"

"您硬逼她把孩子打了会逼出人命的。"海桐担心地看着母亲说。

"我真愿意她死了！"王春绝望地喃喃低语道。

随后母子两个都不再说话，他们沉默地坐着。不知坐了多久，海桐突然低沉地说："如果我娶了她呢，您会把孩子留下来吗？"

王春眼睛瞪起来，想要给他一巴掌，想着至今仍后悔打了木槿与凌霄那一巴掌，便忍了下来，仍气愤地说："她可是你嫂子！你个傻子！"

"可我三哥已走了三年了，原本她也可以嫁给我大哥的。"

"你……"

王春气倒了，在床上躺了几天。

其间海桐又要照顾母亲，又要偷偷地去看尔蓝，门被他母亲锁着，他进不去只能将食物由门缝里塞进去。可下次去的时候，食物仍原封不动，尔蓝还在先前的地方坐着。

后来他从母亲身上将钥匙偷了出来，打开门进去看到尔蓝奄奄一息地躺在地上，他非常难过。虽然此前她一直很沉默，可从来没有这样过。海桐走过去将她扶了起来说："姐，你走吧！"

尔蓝被关的这几天想了很多，她可以走，可走后她会有双重的负罪感。

前者是因为王春。尽管知道王春一直厌恶她，但在经历家庭

变故后，尔蓝不想在她的伤口上撒盐。后者是因为方凌波。倘若
和他走，他会背上更加严重的罪名，不仅仅是儿女私情，也可能
是更加严重的问题。后一个问题更要命，会彻底毁了他，她不想
在名声之外，再给他增加罪名。

尔蓝没有走。为了能保住孩子，也为了保住叶家的名誉，她
选了海桐。

对于这样的决定王春痛心疾首，若强行逼她，王春相信她敢
于赴死。王春早领教过她的脾气。尽管王春恨她搅得叶家四分五
裂，但还没有逼死她的决心。尽管也不愿海桐娶她，但总比她偷
人让他们从此无颜见人要好，也总比让她跟着别人的名声要好。

做了这样的决定后，海桐主动去找了方凌波，因为知道他们
之间的隐情，觉得有些话必须由他来说。

当他怀着沉重的心情找到方凌波时，后者正为尔蓝没有按时
赴约又不见踪影而焦躁不安。短短几天竟十分憔悴，人似乎也瘦
了一圈儿。

看到海桐他没有掩饰什么，焦急地问："你姐去哪儿了？"

"在家里。"海桐没有拐弯抹角，而是直接告诉方凌波他要
娶她。

乍听到这个消息，方凌波不敢置信地望着他："你说什么？"

海桐没告诉他尔蓝怀有身孕的事情，而是说娶她是母亲的
意思。

方凌波眼里似乎能喷出火来，他强压着怒火问："不管谁同
意，她可是你嫂子，你怎么可以娶她？"

海桐很理解他此刻的心情，可还是硬着头皮说："我三哥去
世了，另两个哥哥生死不明，我母亲想早点儿抱孙子就做了这个

决定。"

"这是什么时候做的决定？"方凌波仍不敢置信，大声质问道。

"刚刚！"海桐看着他那痛苦的神情，低低地说。

方凌波非常痛苦，哑着声音说："刚刚，你知道我和她……"他的话说了一截，停顿了一下又说："她同意了吗？"

海桐望着他，感觉手都哆嗦起来，今天他已说了不少违心的话，可又不得不说："同意了！"

"我不信！"方凌波愤怒起来。他一面质问海桐为什么会突然有这样的决定，一面又像是在质问尔蓝为什么背叛他。问完他不等海桐回答便向外冲去。海桐拦住了他问："你去哪儿？"

他依旧愤怒地说："你知不知道，我和她，我们……不，我要亲自问问她，这是谁的决定！"说着又往外走。

海桐当然知道他们之间的关系，可还是硬着头皮拦住他："你还是别去问。"

突然方凌波给了海桐一拳，愤怒已让他失去了理智。

海桐没防备，一个趔趄身体向后退了几步，没站稳摔在了地上。他爬起来上前想去拉住方凌波，再次被方凌波摔倒在地，又狠狠地挨了几拳。

其实见方凌波放拳过来，海桐几乎不还手，虽然不是他的错，他却带着深深的愧疚，闭着眼让方凌波揍！由于下手重，几拳下来他被打得鼻青脸肿。

到底为什么

做出艰难的决定后，尔蓝知道方凌波一定会来找她。无论见不见她都很痛苦！她找不出任何解释的理由，觉得在他面前任何理由都不是理由。

为了不见他她不再出门，每天将自己关在地下室里。想到他在外面发疯地寻找她的样子，她坐在地下室的墙角拼命地啃着指甲。

可她不能一辈子躲着，有一天她还是被方凌波找到了。他粗暴地将她拖出家门，走了一段路后才大声质问道："告诉我，这到底是为什么？"

看着憔悴不堪的他，她的心都碎了！但她什么话都不能说，觉得在他面前每句话都苍白无力。

见她不说话，方凌波仍用力地摇着她的肩膀，火气也上来了，沉声道："说，为什么？"

她闭上眼，仍是不说话。

"不要再像小时候那样和我装哑巴，你现在已经骗不住我了！"他边气愤地说，边用力地摇着她。

她的心很痛，被他摇得都快散了架，只得开口道："我们不合适。"

听她终于说话，他长长地出了一口气："哪儿不合适？"

"年龄！"半天尔蓝才缓缓地吐了两个字。

他愣了一下，甚少笑的他居然笑出了声，靠近她声音都急促起来道："拜托你找一个好些的理由！"

她不语，再次闭上眼睛。

"不管为什么，告诉我理由！"方凌波再次追问道。

"我骗了你。"尔蓝决定狠下心来目视着他说。

"什么骗了我？"他冷眼问道。

"我和你说了很多假话，和你接触只是还你当年救我的恩情。"她答着。

方凌波突然发狠地咬着牙说："你撒谎！"

"我没有说谎！现在我们两不相欠了！"尔蓝突然抬着眼睛直视着他说。

知道她说的都是假话，方凌波仍为她故意找借口欺骗自己感到痛心，他无法相信这是不久前那个与他心心相印的人，怎么说变就变了，到底是为什么？

瞬间他感到无比悲哀，他用手捂着额头，捂了一会儿，都没法让自己冷静下来。他的呼吸仍很沉重，许久才悲痛地说："好吧，就算这是你的理由。可我告诉你，我不信！"他沉吟了一会儿才又说道："不管出了什么事，我要你和我一起走，你答应了我的，不能这么随意变卦！"

尔蓝闭着眼没有答他。无论他怎么追问，她再也没有回他一句话。他们僵持了很久，她始终冷若冰霜的样子。

他们纠缠了好一会儿，方凌波再也没有从她的嘴里问出任何东西来。之后，他不得不黯然神伤地离开。

临走时，为了让他死心，尔蓝将手上那个戴了十几年的鱼形饰品摘下来还给了他。这越发让方凌波伤心，他看着她眼睛都红起来。起初他没接，只是质问道："叶尔蓝，你到底是什么意思？你为什么要这么作践我？"这是他第一次连名带姓地叫她。"你知不知道我本来打算要死在法国的，我是为了你回来的，可是你为什么这么对我？"说完这些话，他痛苦得几乎要倒下去，觉得自己投入了全部，换来的却是这个结果，好像被人狠狠地戏弄了一番。

尔蓝仍是没回他，只是硬将那样东西塞到他手中。她将东西塞给他时，看着他那僵硬的身体，以为他会将那小玩意儿随手扔出去。然而他没有任何反应，而是决绝地头也不回地走了。

望着那忧伤而绝望的背影远去，尔蓝哭了，她像多年前一样拼命地压抑着自己不让自己哭出来。这一次他没有回头，甚至连停留一下都没有。

自此之后，方凌波再也没有出现在海桐家。出于内疚，海桐曾去找了他几次，始终未找到。

方凌波不见了，像人间蒸发了一样，谁也不知道他去了哪里。

随着海桐娶了尔蓝，随着方凌波的失踪，随着抗日工作的开展，他们的秘密据点也转移了。

在叶家再也看不到他们开会与商讨事情的身影。海桐也变得早出晚归，参加抗日宣传、贴标语等。有几次回来他身上都挂着伤，但他从不告诉尔蓝是怎么伤的。

那段时间尔蓝每天都活在心碎中。尽管她和海桐已以夫妻名义住在一个房间里，但并未行夫妻之实。

每天海桐都抱着被子睡在地上。海桐之所以做出这个决定，是因为不想母亲继续逼迫尔蓝，也不希望她们其中一个受到伤害，娶她是他为保护她和孩子能想到的最好选择。

当然他同三个哥哥一样对她都怀着同样的好感，只是他没有木槿与凌霄对她怀的希冀多而已。

七个月后，尔蓝生下了一个女儿。海桐特别喜欢这个孩子，孩子一落地便将她抱在怀里。

王春则不闻不问，甚至都不曾看一眼。她有时真恨不得尔蓝死了才好，最终又下不了这狠心。她忍气吞声答应海桐娶她，是觉得在这乱世生存都是个问题，她跟了海桐好歹之后能给叶家留下点儿香火，不枉她养了她一场。

可王春哪儿知道，他们家海桐根本就没动过她一个手指头。

此刻她为尔蓝生的是个野种而生气。想那孩子和他们叶家没有半点关系，为别人养孩子不算，还要白白搭上一个儿子，想想就来气。最近她一气胸口就很疼，疼痛起来气都上不来，这会儿也一样，她觉得自己再气下去都要气绝身亡了，有时她都不敢想下去。

一直郁郁寡欢的尔蓝，并没有因生下孩子情绪有所改善，反倒愈加痛苦，每每看着孩子她不得不想起那个人。一想起对他的伤害，以及那绝望的眼神与伤感的背影，她就不能原谅自己。

很长时间她都陷进了无法排解的悲伤之中。有时她呆呆地坐着，想到生命中最不想伤害的人却被自己伤得最深，那种情绪便无法自拔，悲痛时，常坐在那里独自垂泪。

有时她会下意识地仍往手腕上摸去，想要摸到那个带着她无限回忆与思念的物品。往往摸了半天什么也没有，惊慌间会突然想起，那件跟了她多年的物品已不属于她。似乎将东西还给他的那一刻，便将对他的所有念想都还给了他。之后她便感到虚空，像丢失了什么重要东西一样。这让她感到恐慌！

现在她再也没有可安慰的怀念他的物品了。

那天坐着坐着，她长长地出了一口气，最近她越来越多地出这种长气，出完了并不觉得轻松！只要闭上眼就感觉他在身边，睁眼却发现什么也没有，于是她的心就疼痛难忍！

孩子出生后，伤感的同时，有时她也意识到，虽然他不在跟前，也不知去了哪儿，但她与他并没有完全脱离关系，孩子会一直将他们联系在一起。有时看着孩子，她努力做到不想他，可是没用，她仍非常思念他，常常心疼得不行！

而海桐常常看着她发呆，也常常心疼得不行！他是心疼她！

你会咳死的

这年冬天特别冷，夜间常刮起大风。十二月末下了一场雪，雪纷纷扬扬下了一天一夜。

早上尔蓝推开门，眼前是一个银装素裹的世界。就连院外那条小溪、石桥也被雪装饰得像梦一样。恍惚间她觉得桥上站着一个人，依旧那么沉静冷冽，看向她时眼神依旧那么深沉，他们互望着什么话也没说。她知道那是幻觉，可还是朝桥上望了又望。

雪由门前一直延伸到她看不到的地方为止，她希望在厚厚的雪上找到些什么，可是什么痕迹都没有，甚至连鸟和动物的痕迹都没有。四周一片宁静，她感觉脑子里也一片空茫，那片空茫就像眼前的白色世界一样。

持续了一会儿她才由那个白色的世界里回到现实，回身不由得重重叹了一口气。

有时候，她渴望生活有点儿变化，但她并不知道该有什么变化，觉得一切都是徒劳。为了不自寻烦恼，有时她不敢多想，把一切时间都投在操持家务与照顾小婴儿身上。她忧伤地往远处的山上看了一会儿，之后便将视线收了回来。

下过雪之后，夜间更是冷得要命。

有几夜，海桐被冻醒了。天冷后他的哮喘病又犯了，夜间他常常感到胸闷、气喘、呼吸困难，不停地咳嗽，整夜整夜睡不好。

有时他怕咳嗽声影响到她们母女，强忍着不敢咳出声。咳嗽是最难忍的一个东西，越是想要忍住越是忍不住，忍到一定极限便爆发起来，咳得要断气了一样！冬日的夜又格外静，一旦咳起来，整个房间都是他那剧烈咳嗽的声音！

每次他咳嗽起来，尔蓝都很不安。这天夜间她又被海桐剧烈的咳嗽声唤醒。

想到这么冷的天他还睡在地上，她就有种罪恶感。这让她想起那天，当她将方凌波送她的东西还给他时，他气急道："你不能这样作践我！"虽然她没有想过作践谁，但海桐是为了她才在这里活受罪。看着海桐难受，她又不伸出援手，算不算是在作践他呢？

海桐原是一个快乐的人，似乎现在也染上她的忧郁病，鲜少看到他笑了，甚至也不再向她撒娇，摇着她的胳膊要这要那了。

好像是下定决心似的，她唤着海桐，说床上暖些让他到床上来。

海桐仍坚持睡在地上，说怕挤到她们，说着又剧烈地咳嗽起来。

"再这么冻下去你会咳死的，快到床上来！"她的语气里似乎带着一种不容抗拒的命令。她很少这么对海桐说话。

在那语气里海桐竟听话起来，不再抗拒，轻轻地躺到床上。因担心咳嗽时碰到孩子，他不敢睡在孩子那一边，而是犹豫着在尔蓝的身边躺下。

躺下时他很不自在，想要保持距离，但床只有那么大，又能保持多少距离呢？他都能闻到她身上散发出来的气息，尤其那薄荷的气味直往鼻孔里钻。他想让自己睡着，要命的是躺在她身边怎么睡得着。

而且咳嗽还没有停止，他想忍又忍不住，咳起来又怕扰到她。躺了一会儿，感觉比躺在地上还要令他难受万分。

折腾了一夜，海桐都没有睡着，第二天清晨早早就起来了。同躺在一张床上，让这个从未这么亲近过一个女人的青年害羞起来！

一连几天都是如此，海桐感觉痛苦万分。好在连续喝了几天尔蓝给他煎的草药，咳嗽不那么严重了。

待他的哮喘渐渐好了之后，躺在床上海桐仍十分痛苦。每晚躺在她身边，天长日久有些东西总是难以把持。况且他是一个正常的男人，几次他都想伸手将她拥进怀中，却又极力克制。他总是一边渴求着，一边又克制着。

这天睡前，又闻着她身上那种淡淡的薄荷香味，海桐感觉自己的气息都急促起来，终于忍不住贴近吻了吻她的头发，并将嘴唇停留在她头发上好一会儿才离开，之后仍极力克制着。

感受他的气息吹在自己的头发和耳边，尔蓝的心里五味杂陈，身体僵直着一动不敢动，她闭着眼不敢想太多。

从吻头发开始，之后渐渐接近。终于有一天，海桐情不自禁地将她拥进怀里，并将她的身体转过来吻她。直到有一天行了夫妻之实。

海桐对尔蓝的情感非常微妙。起先他并未正视过这种感情，觉得与尔蓝之间更多的是亲情。当发现方凌波对她的关注，以及他们之间那种不动声色的交流之后，他才觉得不是滋味。他说不清那是一种什么样的滋味，每次他都很难受。

慢慢他才开始审视自己，他竟与哥哥们一样喜欢她。这种发现让他很惶恐！母亲和她的关系已够紧张了，如果知道他的心事，非得杀了她不可。于是他常常独坐着不安地啃着指甲。

尽管很不是滋味，他还是告诫自己，无论如何都不能有那种有悖常理的想法。虽然不愿，看着方凌波与她互相爱慕对方的样子，也希望他们能走到一起，直到母亲发现并出面干涉。

当看到母亲将尔蓝囚禁起来逼着她去死时，他在无比痛苦与矛盾的心理下，做了有违常理的决定。哪怕这个决定让方凌波失望，海桐还是愿意为她挺身而出。他想不仅是他，如果木槿和凌霄在，也会做出同样的选择！尤其是木槿，他从来不想把她拱手相让。

尔蓝对海桐的感觉显得复杂得多，她知道海桐是为了保护她和孩子才做出这种决定。在她眼里他始终是弟弟，没法与他发生爱情，他们的结合让她感到非常别扭和沮丧。

每每与他亲热的时候，她的脑子里总嗡嗡作响，总回避不了一个人。她有时候在想，当初为什么不能再自私一点儿，为什么要考虑那么多的事呢？有时她甚至为自己的隐忍感到后悔，因为这种隐忍让她自吞苦果，为此痛苦无比。

她不仅为自己心痛，也为那个人心痛。每每想起他愤怒的眼神与痛苦离去的背影，她就没法儿安静。

那一别他们再也没见过，虽然没有他的任何消息，回忆过往仍觉得他是她生命中的光，无论多难只要想到那束光，就觉得有了支撑。

有了孩子之后，那种支撑便又有所不同起来。因为那孩子的眼睛和神态似他，越长越像。有时当那小小的婴儿用和她父亲一样的眼神看着她的时候，她感到呼吸都要停滞一样。似乎觉得小婴儿眼里也带着一种光，那是她所期盼的一种光。无论是在父亲的光里，还是在女儿的光里，她都感到黯然失色。

有时她想，倘若知道他们之间有一个孩子，他又会怎样呢？还会不会那么决绝地走掉呢？可是他的走不是她造成的吗？偶尔也为不告诉他真相而后悔！最痛苦的是在夜深时想起他，那种痛苦总是无法排解，因为不知道他去了哪儿，是好是坏。每想起这些她总痛苦无比！

孩子长得很快，一天一个变化。

海桐对这个孩子特别疼爱，他总是将她搂在怀中，陪她玩，陪她说话。他本来就长得一副笑眯眯的样子，逗弄孩子的时候更是孩子气十足。不是亲她的脚，就是亲她的手，然后在她脖子里吹气，常常将那孩子逗得咯咯大笑。

孩子也很喜欢他，看见他就伸手要他抱，吃奶时只要看到他，也会一边吃奶，一边冲他笑。就连睡觉时也要拿小脚不停地去踹他。踹一下抬头看一眼他，又埋头睡下再踹！

见孩子喜欢自己，海桐也生出百般的爱疼着这个孩子，就连睡觉也任那孩子紧紧抓着自己。

孩子的名字也是由海桐起的。当他告诉尔蓝，他给孩子起名小桐的时候，尔蓝诧异地问："为什么和你一个名字？"

他竟孩子气地笑了起来，然后将头埋在那孩子的身上说："我就喜欢她叫我的名字，啊，是不是小桐？"他竟把之前对她所撒的娇，撒在一个孩子身上。

其实海桐却有着另外的想法，当发现对她的情感不仅仅是亲情的时候，他不想她的心里只装着一个人，看着孩子时也只想一个人。给孩子起名小桐，就是让尔蓝在喊这个名字时，也会想到他。

有时想到方凌波，他也会充满内疚，尽管是在特殊情况下做的决定，他仍觉此举有失君子风范。况且方凌波又是他最欣赏的一个朋友。

有时尔蓝看着孩子痴痴发呆的样子，更是让他有着双重的负疚感。他当然知道她心里始终装的是另一个人。他经常为自己夹在他们中间感到沮丧。有时对冬青他也怀着一种负疚感，尽管他已过世几年，娶了自己的嫂子总让他有一种怪怪的感觉。

正因如此，起先他始终坚持睡在地上，最终却没抵住内心的呼唤。

饥饿的日子

不知从哪天起，郁离镇开始闹起了土匪。他们不停地作案，常三五成群地冲到某户人家家中，一阵打砸、掠夺。有时也连续作案，一路抢下去，闹得镇上人心惶惶！

一段时间后，人们发现这些土匪倒没有恶贯满盈，既不奸人妻女，也不乱杀无辜，他们专抢劫地主与大户人家，有时还劫富济贫。百姓对这样的土匪顾虑少了些，官府却不能容忍，设法捉拿他们，可每次都无功而返。

整个小镇有种剑拔弩张的感觉。尽管国共合作一致抗日，各地也如火如荼地开展抗日活动，为抗日筹集经费，但国民党顽固派对共产党仍不甘心，打着"北和南剿"的口号对共产党进行"清乡"围剿，并在浙闽一带建有办事处、清剿指挥部，设有浙保一团、二团、三团、四团、五团及一些清剿分队，并多次发起"清乡"剿共活动，对党内组织进行破坏。

有了小桐后尔蓝没有以前上山勤了。这天她想去山上看看，小桐刚刚会走，放在家里不放心，她决定背着小桐去。她用一条长长的蓝背巾将小桐裹住背在身上。

刚到门口，海桐一脸沉重地进来。见她要出去，紧张地问：

"这是要去哪儿？"

"上山看看能不能采一点儿东西回来。"

"别去了。"说着他将小桐从她身上解下来抱在怀里。

看着他表情沉重的样子，她问："怎么了？"

他告诉她，阿木被抓了。"本来他可以跑的，都翻墙躲起来了，围捕他的人喊道，如果他不出来，就把为我们提供开会场地的那家人的房子烧掉，人也统统杀光。为了不连累别人，他跑出来束手就擒。"海桐说。

想到那孩子，尔蓝也很痛心，之前他们在这儿聚会时，她时常还能照顾一下他，那件事之后她几乎没再见过他。尔蓝担心地说："他本就可怜，落到他们手里肯定凶多吉少，要想办法救救他！"

"我已联系了蔡成兄，让他一起想想办法。"海桐安慰她说。

"蔡成是谁？"尔蓝突然问。

海桐突然意识到什么，还是答道："凌波兄的妹夫。"说完看着她。

虽然她没有露出太多表情，他还是从她的眼神中捕捉到一丝黯然。她沉默了一会儿才又问道："还是没他的消息吗？"

"没有。"海桐答。

尔蓝一只手用力地拧着衣服，声音略有些颤抖地又追问了一句："他与家人也没有联系吗？"

海桐摇摇头。

尔蓝没再问下去，神情忧郁地转身离去。

看着她那单薄的背影，海桐也一阵难过。那件事后，方凌波便从他们的视线里消失了，没有人知道他去了哪儿。他曾几次在方凌波的房屋外徘徊，也未能见到他。

方凌波的突然消失无法解释。他走后不久，他们的同志接连被捕，甚至有人怀疑是他出卖了大家，也有人提议秘密处置他。怕尔蓝担心，海桐不敢将这些告诉她。

虽想尽办法，他们还是未能救出阿木。被抓后阿木遭受百般虐待，坐老虎凳、灌辣椒水、吊上梁用皮鞭抽。阿木被打得死去活来，那些人还不甘心，用冷水将阿木泼醒接着用刑。

见撬不开阿木的嘴，他们押着阿木在区内挨乡挨镇游行。最后竟在阿木的屁股上挖了一个洞，倒上桐油用火点着。那是一种称为"点天灯"的刑罚。

阿木本就因长年营养不良，长得又瘦又小，看他受尽折磨，围观的百姓都不忍目睹。尔蓝和海桐混在人群里也不忍去看。

那些人在对阿木用尽酷刑后，看他依旧守口如瓶，便将他押到悬崖边，问他是招供还是跳下去。

受尽折磨的阿木站在悬崖上，回头冲那些人一笑，纵身跳了下去。

是尔蓝和海桐为阿木收的尸。悬崖下阿木的身上到处是伤，没有一块好地方，看着他的惨状，他们只能落泪。为他苦难的人生，为他的惨死感到心痛！他们含泪将他葬下。

陆续死去的人让尔蓝想到海桐，想到方凌波，倘若他们也遭遇不幸怎么办？她觉得不能想象，只希望方凌波已回法国，在那儿结婚生子再不回来。

阿木死去的第二天就传来，出卖他的魏伍被人手刃了，死得也很惨，手脚都被砍了下来，却不知是谁干的。有人说是地下党干的，有人说是土匪干的，不管是谁干的，叛徒被手刃都大快人心，也算为阿木报了仇。

连续两年小镇都经受了严重的台风，恶劣的天气引发了两次泥石流与洪灾，郁离小镇上不少房屋被冲毁或淹没，田里庄稼也被毁了很多。

由于天灾人祸，小镇开始闹饥荒，百姓都过着饥一顿饱一顿的日子。

两年来，在王春不断的辱骂与诅咒中，尔蓝终于为叶家怀了一个孩子。

得知尔蓝怀孕的时候，海桐很激动，明明像个孩子一样喜悦，可在尔蓝面前却又露出一副腼腆的样子。他总是围着她转，悄悄地摸摸她的肚子。有一次竟像之前一样，搂着她的脖子对她撒起娇来。

可惜王春未能看到叶家的孩子出生，在长年的幽怨与愤恨里，在日复一日的郁郁寡欢里，加上饥一顿饱一顿的折腾，她的身体早垮了。一天她从门内刚跨出来就倒在门口，再也没有起来。她走得和她的丈夫一样匆忙，甚至来不及与家人道声别就走了。

王春走后仅一个月，叶家的孩子出生了，是个男孩子，可惜她再也看不到了。

海桐并没有因为儿子的出生，而怠慢尔蓝与方凌波的孩子，他对小桐反倒更好了。此前他就觉得叶家的男人太多了，比起男孩他更喜欢女孩一些。他常常抱着小桐说："小桐你看，妈妈给你添了一个小弟弟，你喜不喜欢呀？"

那个时候尔蓝往往会看他一眼，她觉得海桐能将小桐视为己出，她很感激。每当那时，她仍会想起那个久远而留在记忆深处的人。而那个人似乎从她的生命中完全消失了，没有任何消息。

他的消失让她感觉生命黯淡，她又回到那尘埃的位置。只是偶尔忆起他的瞬间，才会觉得那粒尘埃处于亮光里，才会呈现出来。

她常在心里问：你到底去了哪儿呢？还好吗？天哪，我还是这么想你，不管你在哪里，只要好好的就行。想得多了心就疼痛难忍！

她觉得不仅在情感上遇到了饥荒，现实更是饥荒。那时人们为了填饱肚子四处找吃的。她也一样，她常让小桐在家看着弟弟，她跟着人们四处找吃的。

那时人人都快饿晕了，一旦找到吃的眼睛都红起来。有时找不到吃的，海桐也会想方设法地带些东西回来，有时是几块红薯，有时是一碗薯丝。没有吃的时候一家人就饿着。因饥饿人人都像纸片人一样，风一吹就飘来飘去。

这天尔蓝让小桐看好弟弟，就出去找吃的了。因不放心孩子，她并没有走太远。她没有找到别的，只找到一些茅草根。正挖着，突然嘴巴被东西堵住，还没明白怎么回事，一个麻袋罩了下来。随后她便被人放在肩上扛走了。

压寨夫人

深山里，匪老大和匪老二正在棋盘上杀来杀去，手下两个兄弟像一阵风一样刮了进来。

两人一高一矮，一胖一瘦，瘦的脚还没站稳就报了起来："大大大……大哥，晚……晚……晚上，你你你……就就就能洞洞洞……洞房花烛夜了。"

瘦子平时就大舌头，此刻跑得满脸通红，因兴奋说起话来声音颤抖，更是结巴得厉害。

"大哥，给你弄了个压寨夫人回来。"胖子也一脸喜色地附和道。

大当家蹙着他那英俊的眉头，冷峻地看了他们一眼。

二当家则呵斥道："什么事情，慌成这样？"

瘦子很想表功，想把他如何发现了那姑娘，有什么打算，又如何抢人，并扛回来的事情说个详细。可嘴干张着就是说不出话来，不禁恼恨自己的大舌头，他最大的缺点，就是越着急话越说不利落，索性这功还是让胖子表得了。于是踢了一脚胖子示意他说。

胖子十分理解他的心情，说之前不停地左顾右盼着，也掩饰不住喜悦，他神秘地说："下午我和瘦子出去溜达了一圈儿，在路上看到一个漂亮姑娘，想着大当家还没成亲，就把人给扛了回来给大当家做压寨夫人。"

瘦子也紧跟着说："真真真的，那姑……姑……姑娘……真真真……真他妈漂亮！"说着大嘴一咧笑了起来。

胖子和瘦子回来的路上都在想着，这事若是办成了，大当家准得夸他们兄弟一番。此刻两人都觉得这事办得不错，大当家不仅英俊挺拔，而且身手不凡，有勇有谋，每次决策与行动都没有出过任何差错，他们都很佩服他。

较之前面的大当家，他们觉得现在的大当家当土匪有些屈才了。但他总是那么深沉，从没人看到他笑过。他们认为，到他这个年龄还没个女人是件忧伤的事。他们私下里总说，给他弄个女人塞到被窝里，他就不这么深沉了。

此时二当家看了一眼大当家，见他不声不响，转过头问他们："人从哪儿弄来的？"

"山下的路上？"胖子说。

"哪个山下的路上？"

"隔座山对面的山脚下，往石源方向的路上。"

"哪个村，谁家的姑娘？"

胖子看了看瘦子，挠了挠头说："抢人的时候，谁还想着问那么清楚？怕她喊嘴都堵上了！"

"送回去！"半晌没说话的大当家突然冷冷地说，说完在棋盘上又走了一步。

"大……大……大哥，你你你……好……好歹看看看……看一眼人……再再再决定吧！"瘦子觉得辛苦了半天抢来看都不看送回去有些可惜，况且是一个漂亮的女人，于是结结巴巴地恳求着。

大当家冷着脸，目光锐利地盯着瘦子，冷冷地说："我让你送回去。"

突然二当家笑了起来："要不去看一眼，看了兴许就心动了，平时你一个人来一个人去，怪孤单的。"

"我们是为生存做了强盗，但谁也不能坏了规矩，尤其是'劫富不劫贫，抢财不抢人'的规矩。"说着大当家仍不忘下棋，在棋盘上又走了一步。

二当家想想也是，自己定的规矩自己不能先坏了。他看了眼棋盘，发现又被他逼得走投无路，急忙又走了一步，再抬头时看到胖子和瘦子还在，不由得喝道："还愣着干什么，把人送回去！"

胖子和瘦子快快不乐地出去了。刚出去，等在外面的几个兄弟便问："怎么样，大哥同意了吗？是不是晚上有酒喝了？"

瘦子垂头丧气地说："喝喝喝……喝个屁！大哥要……要……要把……把人送回去。"

"抢都抢回来了，还有送回去的道理？大哥若不要，那就送咱们兄弟享受享受，我都快一年没闻过女人的味道了。"一个脸上有刀疤的人说。

"你……你……你想得美！"瘦子盯着刀疤脸说，"要……要……要轮，也……也轮不到……到……到你。"

"我……我……我……我为为为……为什么不……不……不能想？"刀疤脸也学着瘦子的大舌头说，"我去看看那女人长什么样。"说着便朝关人的那间房子走去。

刚到门口胳膊便被人拧住。那双拧住他的手像钳子一样将他死死地夹住，他来不及反抗已被扔了出去，狠狠地摔在地上。

刀疤脸疼得龇牙咧嘴，脸上的疤痕也像虫子一样狰狞着。刚想骂，看到摔他的人时，骂人的话咽了回去。

大当家朝那间屋子走了过去。那是间闲置的房子，因久没人住，里面有些潮湿。房间里的陈设也十分简陋，只有一个破旧的柜子和一把破椅子，其他什么也没有。

他走进去的时候，看到墙角处坐着一个人，头上仍罩着麻袋。听到有脚步声靠近，那身影不禁抖了一下。

在揭麻袋的时候，突然闻到那熟悉的气味，那是他至死都不会忘记的味道，意识到里面的人是谁，他心里隐隐作痛起来，感觉呼吸都要停滞了一样。

当拿掉麻袋时那疼痛感又强烈起来，眼前出现了那张无数次出现在梦中的面孔，那是一张熟悉得不能再熟悉的面孔，而那双他同样熟悉得不能再熟悉的眼睛正惊恐地看着他。

他愣了好一会儿才将塞在她嘴内的那块布拿掉，并解开她身上的绳子。

看到面前的方凌波，尔蓝几乎要晕过去。几年来谁都不知道他去了哪里，一想起这件事她就非常内疚。几年来一直期盼着能够听到他的消息，做梦都想不到却以这样的方式见到他。更没想到的是，他竟在山上当起了土匪，她没法将他和土匪的身份联系在一起。

见到他，除了惊讶外还有激动，可她强装镇定，用手揉了揉被绑得酸疼的胳膊。

虽然两人都强忍着情绪，但分离几年后突然相见，都无法很好地镇定下来，甚至感觉彼此的呼吸都不正常起来。

方凌波冷着脸，一边极力地控制着自己，一边将她扶了起来。

他们面对面站着，不知是陷在往昔的回忆里，还是因距离感到生疏，良久都没有说话。直到她转身往外走时，他才猛地拽住她哑声问道："为什么？"这是几年来一直萦绕在他脑中的一个问题，他不相信她当初的解释，始终想知道原因。

尔蓝知道他要问什么，从他手里抽出胳膊仍继续往外走，他没有再拦她，而是让她走。

尔蓝刚走到门口，有人便拦住了她。当听到"放开她"的凌厉声音时，那人立刻闪到一边。

走出大门，尔蓝才发现山间起了雾。此时雾正浓，雾气从山间一升腾上来便向四周扩散，像流动的水在山间缓缓流淌，瞬间弥漫整个山林。大雾让她感到心慌，来时头被罩住根本不知道怎么上的山，这么大的雾她根本不知往哪儿走。为了尽快离开她还是硬着头皮往前走，走不多远，身影便陷进浓雾里。

突然见到她，方凌波一点儿心理准备都没有。他又惊讶又对她那无情的反应感到愤恨！问了一下"为什么"之后就后悔起来，为什么要问，他们早就桥归桥路归路了，为什么还要多余去问那句话。见了她应该更绝情一些才好，这样才能回击她对他的冷漠与无情！于是他不再拦她，也不允许别人拦她。他本想转身离去，要命的是他永远对她硬不起心肠来，感觉有一只无形的手将他的身体转了过去，他的目光不得不看向她离去的方向。

看着她头也不回地离去，渐行渐远，直到淹没在浓雾中，他仍站在那里。他痛苦地立在那儿，觉得这场景似曾相识，突然想起曾梦到过类似的场景。发现找不到她时，他曾在梦里四处狂奔。

想着那个梦，他的心仍很痛，觉得一切都有预示。他恍惚地站了一会儿，竟鬼使神差地跟了上去。

雾中他像鬼魂一样地跟着她。他们一前一后地走着，他不敢离她太近，好几次他希望她能停下来或回头，可她没有任何迟疑。他一边跟着她，脑海里仍不停闪现着过往的一切。似乎又回到往昔，回到那些甜蜜的过往，似乎那些甜蜜还在昨天似的，当他满心欢喜地期待与她的生命相拥，不再分离时，却得知她要嫁人。

最让他不能接受和气恼的是，她竟然要嫁给已死丈夫的弟弟。尤其她的新丈夫和他又是亲密无间的战友。

他向她求证时，她不仅承认事实，还将他多年前所送的东西还了回来。那一刻他绝望到了极点，不敢相信她会如此无情。原以为会冲她狠狠地发火，却因愤怒什么都不曾说。

回去后他躺了几天，怎么也想不通为何突然有了这些变故。

在他极度绝望的时候，方凌菲来看他。那时他已几天不曾下床，头发乱了，胡子长了，人也消瘦了不少。抬眸看向凌菲的时候，眼神里除了忧伤以外还有绝望！

方凌菲被他的模样吓了一跳，印象里他总像一个战士，永远在战斗。哪怕被父亲揍得遍体鳞伤都不肯认输。她从未看过他如此憔悴而又痛苦不堪。

她惊恐地坐在床边，摸着他的头问道："哥，怎么了？病了吗？还是出了什么事？"

起初他躺着一动不动，怎么问都不开口。在方凌菲的一再追问下，他的情绪开始失控，才将他与尔蓝的事情讲给她听。

方凌菲非常惊诧，尽管小时候他也会笑，也有阳光的一面，但后来他给她的印象总是不苟言笑。人人谈起他都说他又高冷又淡漠，不易接触。此次回来在他一贯沉默寡言的后面还多了层忧郁，她觉得是种种经历才导致他性格如此。

未承想他对那姑娘竟藏有这么深厚的感情。

看着他痛苦而又伤心的样子，凌菲抱着他像安慰孩子一样地安慰他。

之后方凌波放弃一切，躲到深山里不与任何人接触。

几年来他曾多次尝试摆脱这种痛苦，却发现有些东西无论如何努力都是徒劳，即便当了土匪亦不能改变初衷与痛苦的心。他仍不停地思念她，时时刻刻，每每想起仍痛苦不已！

要一个解释

有个人跟在身后，尔蓝一直知道，也知道是他，她很熟悉他的脚步声。他的脚步和他的人很像，冷冽而又沉着。那时他来叶家时，她就常听着他的脚步来去的声音。从几人的脚步声中她总能听到他的，那脚步声总是像他的说话声音一样，掷地有声。

她不敢停下来，觉得无法面对他，在他面前也无法镇定。走着走着脚步便越来越快。

一会儿，她便被饥饿与疲惫打败。她不记得有几餐没有吃东西了，再加上之前受到惊吓已非常虚弱，可还是强打着精神往前走。因为她既担心家中的孩子，又不想面对他，更怕在他面前晕倒。可是怕什么就来什么，直到她被一根藤绊倒，他冲上来将她扶起。

两人再次四目相对，都看到彼此眼里的忧伤。他再次用低沉的声音哑声问道："至今我仍想不通为什么。"

尔蓝没答他仍转身往前走。他再次将她拽住，继续沉声问道："告诉我，这是为什么？"说话时他的声音里带着哀求。

尔蓝这才轻声说："我们不合适，忘掉吧！"

他痛楚地看着她说："忘掉！如果能，我……"如果能，几年前他就不会从法国回来了。从法国回来的时候，他还不知道对她怀着一种怎样的感情，那时只是想要寻找她，他觉得是那幅画又勾起了他的同情病。

记忆中他没有特别热衷的事情，对什么都淡漠，唯有对她心软得不行。好像看到她被吊在梁上的那一瞬间，他就得了这种心软的病，才有了之后带她离开的经历。

待寻到她才发现，他已将那种同情病上升到另一种情感，那竟是一种无法遏制的爱恋。甚至觉得在那时候，他就对她怀有这种不自知的情感。虽然看起来十分荒谬，但他仍相信这是真相。甚至后悔分开的那些年未曾去找她。

当一个人对另一个人动了情并得到回应，愿意为此付出所有时，突然那个人告诉他要他忘记，谈何容易。他不是没有尝试过，哪怕躲起来，做了土匪，见了仍痛苦不堪！

听他说了半截的话，尔蓝抬头用忧伤的眼神看了他一眼没再说什么。不说他做了土匪，即便不是他们又能如何呢？一个从小就失去自由选择的人还有什么希望呢？让她拿什么去和命运抗争呢？况且在这个乱世，处于饥饿之中的人，又能抱有什么希望呢？似乎人人都活在痛苦中，大人们饿得前心贴后心，孩子们则饿得哇哇大哭。除了生存之外她已别无他求。

眼看家里能吃的东西越来越少了，她出来看看能不能找些吃的，刚挖了几个草根就被莫名其妙地掳了来。

一路上听到他们的对话，她以为此去凶多吉少，一想到家里两个可怜的挨饿的孩子她的心都碎了。没想到在这里竟见到了这个曾给她带来光的人，让她每次想起觉得心都碎了的人。

尽管他们都很痛苦，但他们之间的痛苦仅是个人的，跟这个世界的痛苦相比，显得那么微不足道，谁又在乎他们的痛苦呢？日久了，她对这痛苦也麻木了！哪怕他将她生命中那份仅有的光也带走！虽然失望他做了土匪，在看到他那痛苦眼神的一瞬间，她还是觉得自己哪儿都不好了。

此刻她伤感地看着他，想去抚摸那张因痛苦而扭曲的脸，手伸了一下又急忙缩了回来，然后又迅速地转身向前走，再没有停下！

直到将她送到山下，两人之间再没有交流，甚至她都没有回头。待看着她渐行渐远的身影，他想倘若知道抢来的是她，他是否会考虑一下他们的请求呢？

晚上躺在床上，方凌波仍辗转反侧，一遍遍地想起白天见到她时的场景。想起她那依旧姣好的容颜，她那同他一样忧伤的眼神，以及那向他伸了一半瘦骨嶙峋的手，他的心又疼痛起来。

此前他曾几次下山，探听她嫁了海桐后先后生了两个孩子。一想起她的新丈夫及两个孩子，他既痛苦不堪，又嫉妒得发疯！

他始终无法理解她做出那样的选择。很多时候他也恨她，无论出于何因都恨她对他的无情，他常常陷进这种爱恨中！

此刻他又想起白天她看他时那忧伤的眼神，那伸了一半的手，仍觉得那忧伤与伸了一半的手里包含着无尽的含义。那眼神里还有爱和不舍吗？她会想起他们在一起的过去吗？

他一直想要知道的是：当年她放弃的时候，到底发生了什么？他仍不相信她之前对他说的话，尤其眼神骗不了。可是四年过去了，他从她那儿什么也不曾得到。哪怕此次意外重逢，她也表现得如此冷漠。

让方凌波尤其痛苦的是，她明明知道他的心，却又不给他任何理由，只是无情地躲避与远离。当年明明说好一起走，为什么突然变卦？到底发生了什么？他始终想要一个解释。可四年过去了，他仍像一个被蒙在鼓中的傻子一样一无所知。

几年来他虽恼恨尔蓝的绝情，可她的冷艳、孤傲、倔强，曾给他的美好，让他既不能忘怀又无可奈何。

有时痛苦的时候，他甚至想要背弃内心找个替代品，可他知道谁也不能代替她。因此几年过去了，他仍陷在无尽的哀愁中。

他在床上辗转难眠，一遍遍地回想着过去。回想着与她短暂的相处时光，以及对她的那些希冀，直到某一天希冀像烟花一样灰飞烟灭，以至于他觉得所做的一切都变得毫无意义。

他开始躲避人，躲避一切。因莫名的消失他曾被怀疑为叛徒，差点遭到秘密处置。如今土匪虽说是他的表面身份，可到底会令人误解。

有时他在想："倘若我死了，她会不会来坟前哭我，会不会告诉我一些真相？"

他甚至想到，或者他没死她先死了！知道她死他一定会比现在还要痛苦，也一定会到她的坟前哭泣。哭她对他的绝情，哭他一辈子都在等她，她却死了，哭他生不如死的痛苦！

就这样他辗转了一夜，没能睡着。翻身的过程中，突然被脖子上的东西硌了一下，伸手摸了摸是那个她还回来的鱼形桃核。

当初拿到它时，他只觉大脑一片空白，甚至感觉心脏也停止了跳动。至今，他仍无法用确切的词来形容当时的感受，只感觉忧伤不停地向他压来。

在接过桃核的那一瞬间，他就知道他们之间完了。在不能带走与她相关联的其他东西时，他只能带着饰品走了。回到家他就一头倒在床上。

有段日子他常盯着这条鱼发呆，鱼的外表被磨得光滑圆润，模样也比刚雕时可爱，这个曾跟随她多年的物件重回到他手里，似乎还带着她的气息。有时他甚至想做这么一条雕刻的鱼，被她戴在身上。为了与她贴得更近，后来他便将这条鱼戴在身上，只有戴着它的时候，他才觉得曾经与她离得多么近。

此刻他抓着饰品又重重地叹了一口气。他依然想她，想得心疼！叹完气他仍一动不动，躺在那儿似乎在倾听自己内心心疼的声音，并感觉这种痛苦在他的心里陡然增大，为了能够承受，他不得不躺在那里，不然他一定会被那种沉重的痛苦压垮。

像罂粟一样

　　一九四一年深秋，当枫叶漫山红遍的时候，方凌波接到一个秘密任务。当了土匪后，这个秘密身份鲜少有人知道。

　　这次是要他将一批书信、文件和标语转移给溪山与双叶一带的刘英部队。从一月的"皖南事变"之后，全国形势逆转，郁离镇的国民党顽固派更加猖狂，疯狂地对南方根据地进行"清剿"，形势又变得严峻起来。从郁离小镇到那儿有七十多里路，途中陆路已被封锁，岗哨密布，搜查特别严密，带封信都难以通过，何况是文件和标语。

　　讨论时大家都认为走水路较好，但是水路也很困难，一路上险滩重重，每处都有敌兵把守，稍有不慎就会被识破，倘若被抓，谁也救不了。

　　之所以选择方凌波，是因为他冷静沉着且水性好，万一出了问题，还可从水下逃生。

　　那天清晨，在满江的浓雾里，方凌波撑着竹筏在江上顺流而下。

　　竹筏像一叶扁舟在江面上轻快地前行，穿过浓雾，江岸的景色便映入眼帘。深秋两岸层林尽染，如春的色彩倒映于水中，在粼粼的波光中油画一般地展开。虽执行的是重要任务,但为了缓解情绪和掩饰气氛,方凌波吹起了口哨。吹哨时有一瞬间他又陷进了沉思里。那张黝黑的脸在水光中显得更加黑了。

成年后,方凌波皮肤被晒得黝黑,当了土匪后常年在山上奔波更加黑了。

他当土匪的事只有蔡成与方凌菲知道。蔡成为他的新身份感到惊讶!得知的那天,他呆愣地看了看方凌菲,又看了看他,瞬间有反应不过来的感觉。了解原委后,仍请他协助一些工作。他便以土匪的身份去筹集抗日经费,也接受一些秘密工作。他也只接受蔡成的安排,与其他人除了传达必要的任务外无更多交集。

此时他穿着破旧的棉条纹上衣、湿漉漉的蓝裤子,背着鱼篓,倒真像一个渔民。为了掩人耳目,他故意靠近哨兵,每过一个滩口哨兵都狠狠地审视他,从头到尾地检查他。

由于神态自若、面容镇定,神情举止和撑筏人无异,他并没有引起怀疑。哨兵查过他的身体后便放其通行。

凭着沉着方凌波闯过了一道道关,顺利将文件、标语等送到了刘英部队。他们问他东西放在什么地方,他轻轻一笑说,就在筏子上,放得隐蔽一点罢了。

之后,方凌波又易装执行了几次任务。

一次执行任务回来时经过老房子,方凌波忍不住进去看了看。他已经很久没有回来了,一走进石屋就无法遏制地想起了一个人。有时他觉得那个人就像罂粟一样,想起她,他就像瘾君子犯了瘾一样,欲罢不能。

上楼梯时他的脚步无比沉重,似乎她在房间内,他急促地推开房门,除了几只老鼠四处乱窜外,哪儿有她的身影。他呆站了一会儿，才缓缓地走过去倚在窗前，环顾房间，记忆再次涌了上来。

不仅想起她小时候的事情，还想起几年前的事情。她小时候虽然不怎么说话，但却无比依恋他，始终像个尾巴一样地跟着。他牵着她的手，或背着她的场景仍历历在目，比以前回忆起来的还要清晰。重新将她带到这儿来时，她的初始的惊诧，以及后来的羞涩与腼腆，都如昨天一样清晰。

就连小时候一次帮她盘头的事也想了起来。有一天，她突然跑来问他："哥哥，你会理发吗？"

他问："怎么啦？"

"头发太长了好难扎，你帮我剪掉一些吧！"

他喜欢她那一头的长发，不舍得为她剪去。他把她拖过来将头发绕了几下，拿根筷子便将她的头发盘了起来。当时她摸着盘起的头发竟回头冲他一笑。那时因为有她，他的心里一直很暖。

想着，他回头巡视了一下房间，似乎她还在，似乎那气息也在，并觉得每一个角落里都有一个影子，他追随着每个角落。意识到这是幻觉之后，一种更加明显的疼痛感袭了上来，随即他觉得五脏六腑都疼起来。那种疼痛让他整个人都矮了下去。

他看了眼桌上的油画，随后拉开抽屉看到那个铁皮盒子。里面放着他在上海时给她写的信，一次她看到那些信竟笑了半天，他抢过信统统塞进盒子里。现在都成了伤痛！

越想越觉得在这房间里无法多待一会儿，哪儿都是回忆和她的身影，虽然她在这个房子里所待的时光有限，但他永远将她和这所房子联系在一起。

他拖着沉重的双腿缓缓地下了楼，仍穿着执行任务时要饭的那身行头，往那条他曾走了无数次的路走去。

之前走在这条路上，一半为任务，一半为了去见她，一路上他都非常激动，为即将见到她而激动。在此之前，他从未为见一个人那么激动过。为能见到她，哪怕是她的一个后脑勺，他都觉得值得。现在却不同，除了悲伤只剩心痛！

不知不觉，他已绕过那座走过无数次的山。经过树林时，风吹动树叶的声音让他觉得那是她在呼唤他，于是他的脚步轻快起来。过了桥，他来到那道熟悉的围墙外，离她越来越近时，他感觉心跳也越来越快。

他以为没那么容易见到她。出乎意料的是她就在那里，看到她的那一瞬间，他仍觉得心脏要停跳了一样。

她正在院子里劈柴，瘦弱的身体抡起斧头一下一下用力地劈下去，木头居然被她一块一块地劈开了。看她干着本该由男人干的力气活，他的心都碎了。每当她将斧头抡起的时候，觉得她劈的不是木头，而是他。他被一下一下劈得粉碎。

离她不远的地方，一个小女孩边看她劈柴，边吃着手指头。小女孩在吃手指头的时候，竟和海桐啃着指甲的神态一样。

他正看得专注，那孩子突然转过头来，看到衣衫破旧、头发蓬乱、端着破碗、佝偻着身体的方凌波时，叫了起来："妈，讨饭的。"

听到叫声，尔蓝抬头看了一眼门口的讨饭人，冲那孩子说："小桐，去拿一个红薯给他。"

于是那孩子跑进了屋，然后在里面大声地喊了起来："只有两个了。"

"把我的那个拿给他！"她大声地冲房间里喊道。

一会儿，小女孩从房间里拿了一个只有半个巴掌大的小红薯摇摇晃晃地出来了，边走边说："只有一个了，只有一个了。"念经一样地走到方凌波面前，抬头看了看他说："给。"

他没有立刻接过来，而是看着眼前的孩子。这是他第一次近距离看这孩子。刚才听到她叫这孩子小桐，连名字都和海桐一样，嫉妒让他发狂，他觉得自己陷进了深渊！

他低头仔细地打量着她，女孩儿一点儿也不像海桐，她长着一张椭圆形的脸蛋，大大的眼睛澄净明亮，像极了她。

见他不接递过来的东西，小女孩用那双明亮的眼睛看着他，看向他的时候眼眸里似乎有着一汪深潭。那神情居然和尔蓝小时候十分神似。就像第一次见到她时的模样，那眼神也像无数次她看他时的眼神。

恍惚间方凌波分不清谁是谁，内心竟柔软得不行，他想摸一摸那孩子的脸，手伸了一半怕吓着她又急忙缩了回去。

见那孩子依旧盯着他看，便轻轻地问道："家里还有吃的吗？"女孩摇了摇头说："只有一个了。"然后将手中的红薯放到他碗中说："这个是妈妈的。"

他的身子一阵颤抖，问她："你们晚上吃什么？"

女孩儿摇摇头。

"爸爸呢？"他再问。

"爸爸好几天都没回来了。"

听到这话，他抬头忧伤地朝那劈柴人望去。他能想象到海桐的去处，只是看着她如此，让他非常难受却又无能为力！

在他看向她时，尔蓝也正疑惑地望过来。见小桐没回来，她不知道那人和小桐说些什么，只是担心地叫了声："小桐。"女孩答应了一声转身跑了过去。

等小桐到了跟前，她低头问她："红薯给他了吗？"

"给了！"

"他和你说了什么？"

"问还有没有吃的，还问爸爸。"

尔蓝惊愕起来，警惕地朝他看过来，似乎认出他来，便愣在那里。

觉得被她认出来了，方凌波很尴尬，也站在那里定定地看着她。打扮成这种模样向她们乞讨，一定让她认为他是故意的。这感觉很不好，明明他才是被抛弃的那一个，此刻却像他犯了罪一样。

而且他也气自己，明明无数次埋怨她的绝情，却仍像中了毒一样对她念念不忘。有时他甚至觉得只要她主动对他招招手，他仍会毫不犹豫地向她飞奔而去，可她好像对他完全不屑。

上次她被那帮混蛋掳上山，送她下来时一路上他是多么渴望她能主动停下来和他说上一句话，哪怕半句话，可她连头都没回。如果不是突然绊倒，他甚至都不能靠近她，她的绝情简直令他发指。此刻，他更是无法解释他出现在这儿的目的。

好一会儿，他才装着未被识破的样子端着那个红薯转身离去。走了一段路他仍很难受。一直以为海桐能将他们的生活维持住，原来过的是这种吃了上顿没下顿的日子。不知道这种日子他们持续了多久，难怪上次见她时那么瘦。因为痛苦，每走一步他的脚步都非常沉重。

回去后方凌波倒在床上，因为那种痛苦在他的身体里又迅速地膨胀起来，他不躺着就无力承受。脑海里仍浮现着她那瘦削的样子，以及她远远地望着他不动声色的眼神！

一直以来，她的眼神是最让他苦恼的部分，苦恼于她将他拒之门外，他却永远不知道她在想什么。

他还苦恼于无论她怎么对他，她将是他一辈子的隐痛，苦恼于无论她多么无情，他都不能置之不理。

他开始想办法接济她们，不时地弄到一些粮食送过去，但从不与她打照面。不是不想见，而是不敢见。自从那一别，每次看到她，他的心就像被一支利箭射中，一种说不出来的苦楚总令他痛苦万分。

反正他从她那儿除了疼痛以外什么也得不到，与其如此不如不见。

每次送东西他都选择夜间。夜深人静的时候他常常像个幽灵一样，悄悄地往那所住着他心上人的房子走去。每次在离那房子还很远的时候，他的心跳就会加速起来，因为越走就觉得离她越近。

当站在那座石桥上的时候，因为离得更近，他都感觉呼吸要停滞了一样。虽然知道不会见到她，还是在心中对她说："你看，虽然你待我不公，可是我还是来了，我就在这里，站在桥上，站在无数次我站过的桥上想你。一会儿就到你门口了，那里将离你更近，近到只有一墙之隔，你只要推开门就能看到我。可我并不想让你看见，因为你属于另一个人。一想到这一层我就痛苦万分！你可以不理我，但是我没法不理你。"

这样想着的时候，他已走过围墙走进院子里。他会在院子里站上一会儿，才将东西放下。

有时他会在院子里走上一会儿，并想着这是她每天都要走过的院子，他在走。有时他会在门前站上一会儿，并想着这是她每天都要走过的门，他就站在门前。有时他也会在门口静静地坐上一会儿。之前，她经常坐在这儿，现在他就坐在她坐过的地方想她。那样想着时，有时他也会忧伤地回头看一眼身后的门，似乎如果知道他坐在这里，她会从房间里走出来一样。可是房门依然紧紧地关着。他轻轻地叹了一口气，不得不站起来离开这儿。

临走时，他又一遍遍地往楼上观望，往此前他曾看到过她的地方观望。可在夜里，那扇窗像掉进墨汁里一样漆黑一片，哪怕有人站在那儿也看不见。

为了补偿他那苦涩的心，有时他会从院墙外折枝薄荷走。折那植物时，他的内心总是柔肠百转，那是她所喜欢的植物，房前屋后种上它，有时他甚至都妒忌这种植物，想幻化成它，让她种植任她吃喝，或被制成其他任何东西陪在她的身边。

每次将那薄荷带回去，像将她带回了一样，他会轻轻地将那植物放在床头，只要闻一闻那气味，就觉得她还在身边一样。

有时候薄荷叶在他的枕边干了，一碰就碎，他也舍不得扔。觉得与她之间的任何苦楚，只有这种植物知道。他原本对这种植物并没有多少爱，现在对它的关注只是爱屋及乌罢了！

木槿牺牲

　　自那次被掳去见到方凌波之后，回来后的很长一段时间，尔蓝都无法让自己的情绪安定下来。没想到失踪几年后，他竟在山上当起了土匪。

　　土匪与他先前所做的事是背道而驰的。即便是被伤害了，她也不希望他做出如此选择。当人们知道他做了土匪后，会如何看待他呢？这比带着她离开这儿更令人无法接受。

　　为此她坐立不安、彻夜难眠，不知道能和谁说这件事。她既不能告诉别人，也不能告诉海桐，甚至无法和海桐讨论他。因为她的关系，方凌波成了双方话题的禁忌！因此，原本就很沉默的她愈加沉默！

　　在沉默中，她仍是一遍遍地想起他。上次那一面，当罩在她头上的东西被拿下后，看到他的那一瞬间，她感觉心脏都要停止跳动了一样。

　　站在面前的竟是她日思夜想担心了几年的那个人。因思念，她曾在许多人的脸上看到他，看到同样的一张脸。甚至无数次她竟毫无羞耻地将海桐当成了他。默默地注视着海桐的身影，似乎那就是他。只有在海桐看向自己时，她才惊觉自己沉醉在那种幻觉中。

那时，她多么希望他能出现，不管以何种方式出现。偶尔出现在梦里都让她觉得得到了安慰。

当果真见到他之后，脑子里却一片空白，那些曾经为再次见到他而酝酿了许久的话，一句也想不出来，只觉得心跳加快，呼吸困难。虽然眼前的他外表依然安静沉默，眼神依然深邃，但仍能感觉到他的那种沉重与忧伤。

当他盯着她，用那深沉的声音反复问她为什么时，她的心都碎了，不是碎成千万片而是碎成了渣。她没法回答他，也无法面对他，感觉在他面前她随时都会因为意志力不够坚定而昏过去。她不想在他面前倒下，只有逃避！于是像被人追杀一样匆匆地逃下山去。

那天的雾很大，在浓雾里她不知道自己会不会迷失，但不敢停下。途中，听到身后有脚步声，知道那是他，可仍不敢停下，她不想让他知道自己的心思。直到摔倒不得不面对他时仍不敢看他，简短的相对后她逃命一样地往山下赶！

快到家时，她才缓缓地回头，其实在她下山后身后的脚步声便消失了。此时回头是渴望再看他一眼，哪怕此刻倒下。可是身后什么也没有，她恍恍惚惚地站了一会儿才往回走。

转眼又是十月，天也渐渐转凉。十月底时，陆续有部队经过小镇，姑娘与小媳妇们都在为路过的军人赶制布鞋。

尔蓝也分到一些，她与那些姑娘、媳妇日夜不停地穿针引线。

在那些姑娘与媳妇中，有赵顺的妻子小梅和他的七个姐妹。

自从赵顺死后，小梅的神情一天比一天糟，常常走神，做着做着便停在那里。她会愣愣地看着手里的鞋子半天，自顾自地笑着，有时又哭起来。起初尔蓝被她的神情吓到，那天看她像中邪了一样，一会儿哭一会儿笑。尔蓝停下手中的活，想要上前看看。坐在她旁边的是七姐妹中的二姐，二姐按住尔蓝说："不用理她，一会儿就好了！"

尔蓝诧异了一下问道："她这样多久了？"

"我哥过世没多久，她就这样了。"

"要带她去看看的。"

"看了，说是心病！"

说着尔蓝又看了小梅一眼。她垂着头仍坐在那儿哭。哭时并没有发出声音，只是一脸悲戚，任眼泪无声无息地流着。那种无声无息的哭法，却要比哭出声响来还令人难过。

小梅那神情让尔蓝想起了自己，很多时候自己就是那个样子。她的忧伤与悲哀，比小梅的有过之而无不及，只是很多时候，她在心里哭而已，而且她哭的次数无法计算。

在她还在想着自己心事的时候，一会儿小梅就好了，像没事人一样继续做鞋子。

赵顺的七妹有时也会和尔蓝聊几句。

一次她就说："唉，我嫂子太可怜了，她的病是因我哥而起的。他们夫妻感情很好，我哥被杀害后她怎么也接受不了，我哥生前穿过的衣服她都不舍得洗，叠起来放在床头，她说衣服上还有我哥的气味，只要闻一闻衣服感觉他还在一样。"

尔蓝陷进了沉思里，觉得小梅既痴情又可怜！她又想到了他，想到了自己，她对他不也是如此吗？

多年来她从未停止爱一种植物，为了怀念过往、怀念一个人，她就不停地种那种植物，然后坐在黑夜里慢慢地吃它。因为有着同样的命运，尔蓝十分同情小梅。她做了一个薄荷的枕头给小梅。薄荷有提神解郁作用，她觉得这有助于小梅的精神与睡眠。

用了这个枕头后，小梅的症状改善了不少。

"多亏了你的枕头，我最近感觉好多了！"一天小梅精神好的时候对她说。

尔蓝笑了笑："好就行，什么时候还要，我再帮你做一个。"

每天尔蓝和她们一起做啊做啊，几天时间便做了十几双布鞋。由于过于用力，手被扎破了好几处。

部队经过的那天，她也去了。她背着小的，牵着大的，站在人群里看部队经过。他们经过时，队伍排得整整齐齐的，虽然每个战士都很清瘦，但都精神抖擞。

战士们正迈着矫健的步伐向前行军，突然从队伍里走出一个人来，直直地朝尔蓝走来，快到面前时，尔蓝才看出，那是多年前与叶木槿一起出走的叶凌霄。

他边走，边激动地叫着她的名字。

看着瘦瘦高高的、穿上军装比先前还要英俊的凌霄向她走来，尔蓝十分激动，惊讶地用手捂住了嘴巴。这么多年过去了，终于又见到他了。此前他们都以为两兄弟不在人世了，为了避免伤心都不敢提起他们。

尔蓝一边看着他，一边不停地向他身后看去，没看到木槿，便问："大哥呢？"

凌霄咬着嘴唇一脸悲戚地说："大哥牺牲了！"

尔蓝不敢相信木槿会不在了，好一会儿都说不出话来。嘴唇哆嗦着，手也抖起来，眼泪跟着掉下来。看到她哭，两个孩子也要哭起来。

凌霄安慰道："别哭了，孩子都被你吓到了。"

她强忍着情绪问："什么时候的事情？"

"两年了。"

"为什么不告诉我们？"

叶凌霄望了她一眼："不知道怎么联系你们。"

是啊，两兄弟走后不久，家里发生了很多的事情，因无法联系，他们不了解家里发生的情况，家里也不知道他们的事情。

自那次离家后，叶凌霄一直和叶木槿在一起，他们一起吃住，一起训练，一起上战场。叶木槿是在山西牺牲的。那次他们在山西与日军对战，一颗子弹击中了木槿，瞬间他就倒了下去，甚至来不及说句话。

叶木槿被击中的瞬间，叶凌霄感觉胸口也隐隐作痛，好像也被子弹击中了一样。从小他就与木槿在一起，两兄弟虽性格不同，但因是双胞胎心灵总能互相感应。木槿牺牲后，叶凌霄觉得自己好像也死了一样，再也不能像以往那样开心地笑了。

如今回到久违的家，虽然只是经过这里，但见到曾令他们兄弟日思夜想的人，高兴的同时又为木槿伤心。他想，倘若木槿见了她该多么高兴啊，木槿比他更渴望见到她，也比他更爱她吧！可木槿永远不会回来了。想着又看了一眼尔蓝，眼睛也湿润起来。

意外相遇本是高兴的事，因为木槿的牺牲他们的高兴里带着悲伤。

一会儿，尔蓝才说："开始我们一直在等你们的消息，怎么都不给家里写信？"

"后来才开始写，但都被退了回来。当时不知为什么，没想到你们都回老家了。"说着凌霄看了看她背后的小婴儿，又看了看站在前面的小姑娘，想到当初因为父母的决定他与木槿才愤而离家，如今孩子都这么大了。他用手怜爱地摸了摸孩子的脸蛋，略有些苦涩地问："这是侄子、侄女吗？"说着仍一脸忧伤。

尔蓝点点头。

"爸、妈、冬青、海桐他们都还好吧？我很想念他们。"凌霄接着说。

尔蓝犹豫了一下还是将家里的变故告诉了他。当听到父母及冬青都不在了时，凌霄整个身体都僵硬了，呆站了一会儿后再也忍不住，眼泪哗哗地流下来。

想着先前热闹的一个大家庭，竟走了一半人还多。当年他与木槿赌气一走，怎么也不会想到，竟是他们与父母、兄弟的诀别。他哭了一会儿才又沉重地问："海桐还好吗？有没有成家？"

这个问题让尔蓝感到十分尴尬。尽管她与海桐已生下一个孩子，一想到海桐成了她的丈夫她仍不自在。面对凌霄的询问，她苦涩地回他："还好，妈走前让我同海桐一起生活了！"说完因尴尬她都不敢直视他。

这又是凌霄没有想到的结果，想到她先跟了冬青，继而跟了海桐，总觉得荒唐。他觉得母亲对尔蓝的许多做法都很不公，可是先前那么叛逆、固执的尔蓝，后来对他母亲的安排竟也听之任之，他多少有些不能理解。

尤其听到她成了海桐的妻子，他心里仍不是滋味！他与木槿都更希望得到她，或许是命中注定，他们都只能与她失之交臂。

他怀着无比复杂的心情看着尔蓝，先是叹了一口气，才又低沉地说："也好，你们要好好的。"既成事实他还能说什么呢？

"你也一样，要好好照顾自己。"尔蓝也叮嘱他。

"好！"凌霄应着。原本他有着更多的话想与她说，此刻却不知从何说起了，因为她一再成为他的弟媳妇。看着她想着往事，他的心在哭，就连他身上背的那杆枪似乎也在替他哭！

"你们走后，我们一直惦记你们，海桐要是看到你会特别高兴！"尔蓝说道，随后问道，"你能回家一趟吗？"

凌霄摇头说："不，不让我们在这里久留，我得走了，代我向海桐问好，说我很想他。"说着他认真地看了看尔蓝和孩子，并蹲下来摸了摸小桐的脸，又抱了抱她，才跑步追赶已走远的队伍。

叶凌霄边走边流着泪，自从母亲将尔蓝嫁给老三后，他与木槿就离开了家，之后兄弟俩一起参军，并随部队南征北战，让他万万没想到的是，他们这一走竟是永别，父母及两个兄弟竟先后离开了人世，这让他心痛难忍。

单是看着尔蓝他也伤心，好在还有海桐，至少她和海桐与一对孩子可以在一起，而他这一走是死是活还不知道，也不知日后能否再见，竟越想越伤感。

本来他应该去见见海桐，可部队只是打这儿路过，并没有久留，竟是连海桐也不能见了。

你不必难过

回到家后海桐还没有回来，尔蓝给两个孩子弄了吃的，将他们哄睡后便坐在那儿发呆。

想着凌霄，想着木槿的牺牲，尤其想到先前木槿对她的好，可她对他从未有过回报就越发难受，不禁悲从心来失声痛哭。那时谁都知道木槿喜欢她，她当然也知道。无数次木槿对她的关怀照顾，以及看她的眼神，她都清楚地记得。

那时她只拿他当兄长，从未过多关注，没想到那一别竟成了永别。如果当初不是母亲让她嫁给冬青，木槿就不会离家出走，就不会牺牲在战场。

尔蓝觉得木槿牺牲是因她而起，越想越悲伤，越想眼泪就停不下来。

海桐回来时见她神情黯然地坐在窗下流泪，呆了呆，没有问她，而是走过去将手放在她的肩膀上。然后俯下头，吻在她的头发上。

他最理解她，理解她所有的苦楚，也心疼她，心疼她所有的沉默与隐忍。

尽管如此，在某些事上他仍无能为力。比如他永远代替不了另一个人在她心中的位置。尽管她什么都不说，他能体会到，她爱那个人爱得比谁都沉默，甚至为了那个人甘愿牺牲与放弃一切，然而她的放弃并没有拯救那个人，也没有拯救自己，却让两个人更加痛苦。

原本他是最不该娶她的那个人，却与她走到一起，他不知道这到底是幸还是不幸，世间的事总是这么阴差阳错，谁又说得清呢!

在这种交错中命运将她推到他面前，能够得到她，他感到幸又不幸。

幸是他的，不幸是他们的。在他的幸中，他带着深深的愧疚，觉得愧对哥哥，愧对方凌波，更愧对尔蓝。

许多时候看着她伤心，他比她还难过，却又不知该如何安慰她，只有跟她一起难过或沉默。海桐扶着尔蓝的肩膀站了一会儿，思考着如何开口。

突然尔蓝转过身来抱住他再次痛哭起来。海桐被她吓着了，因为这举动是平常没有的。虽然平时她很少笑，但也很少哭，即便是哭也从未放声过。

她总是将自己的情绪控制得很好，此刻海桐不知道出了什么事，忙弯下身来搂住她问:"怎么了? 出了什么事了? "

尔蓝这才将见到凌霄及大哥牺牲的事情告诉他。

海桐的鼻子一酸，眼泪也跟着流下来，于是两个人抱在一起放声痛哭。他们生在这个乱世里，家国变故都让他们感到无助与伤感!

这年的冬天仍很冷，郁离小镇连续刮了几天大风后，山里竟再次下起了罕见的鹅毛大雪。

大雪下了整整一夜，第二天推开门一看外面全白了。院子里，柴垛上，围墙上，树枝上，远处的山上全白了，四周白茫茫一片，竟像在重复上一年的天气一样。

那天早上又是尔蓝第一个起的床，推开门除了看到外面银装素裹的世界外，她在门口又看到一小袋粮食。

袋子边上还有两串长长的脚印，脚印由门前一直穿过院子向外延伸，那脚印不是刚来，也不是刚走，因为脚印处已积了新的雪，新雪几乎将印迹覆盖。

尔蓝望着那串脚印发呆，不用猜就知道谁来过。

这已不是他第一次来接济他们了，每一次她都知道。因为每次他送东西来，都会在送来的物品前放一枝薄荷或其他植物，今天也不例外。

飘雪的时候，已没有薄荷，他放了一枝忍冬。忍冬的枝叶上还挂着未化的雪，红色的果子在雪的映衬下，显得更红。

看着那串果实，她的心抽紧，觉得唯有他会对她如此温情，一直都如此。哪怕重伤他之后，他仍一如既往。他越是如此，她心里越是不好受。

愣了一会儿，尔蓝从袋子上捡起那串果实，又回头看着那两串脚印发呆，心里又隐隐作痛。

尽管两人心里都放着彼此，但两个孤独的灵魂永远无法在一起，一想到这一层她就感到悲哀。当初为了他，她才绝情地对他。倘若知道小桐是他的女儿，他一定会恨死她！

想到一边伤害他，一边又要接受他的救济，她就更加难过。

因难过她拿着那串果实走进屋又走了出去，来来回回走了好几趟，最后一次她一直走到围墙外面，看着那远去的脚印，她甚至想不顾一切地追着那脚印走下去。走着走着突然两腿一软跪倒在雪中，然后她将头埋在雪中，双手不停地拍打着雪地，半天没有起来。

这一切刚好被站在楼上的海桐看到。他知道方凌波在接济他们，虽然不知道他在哪，做什么，但知道他一直没有放下她，她也如此。这样想着，他长长地出了一口气靠在墙上，因不知怎么办才好，他又将指甲放在嘴中啃着。

最早知道方凌波上山当土匪的不是别人，而是方凌菲。

在知道尔蓝要同海桐一起生活时，方凌波痛苦不堪，杀人的心都有。

可朝谁动手呢？一个是同一个战壕的兄弟，一个是生命里最难以释怀的一个人。他们都背叛了他，一个抢了他的心上人，一个抢了他的兄弟。

在极端的痛苦中，方凌波躲到了深山里去。他在山上像个游魂一样，漫山遍野地跑，跑累了就倒在山中。

那天他被一群占山为王的人发现时已奄奄一息。他们将他抬进山寨严刑拷打，问他是不是奸细。

那时他抱着求死的心，任他们拷打，即使被打得皮开肉绽也没有求饶。最后，不知出于什么原因，匪老大竟放过了他，让人为他疗伤，又好吃好喝地照顾着，伤好后也不让他走。

这让方凌波很疑惑，他们为何如此对他。一天他倚在一堵矮墙上看着山下，匪老大站在不远处看着他。方凌波重新打量着这个身材并不算魁梧的人问道："为什么要救我？"

匪老大抬眸看了他一眼，淡淡道："我观察了你好久，你虽不是奸细，但也不是一般人。"

方凌波道："何以见得？"

"我看人没走眼过。"匪老大耐人寻味地说。

方凌波哼了一下，觉得他不过是故弄玄虚！

他又说："我看出你至少会些拳脚。"

"你又错了。"

匪老大笑道："你不承认也没用。练过武术的人，总有不同的特征，比如手指会变粗，手会变大，手掌也会变厚，用力的地方还会结有茧子，你的手一看就是练过的人。"

他的分析让方凌波对他刮目相看："我们并不相识，留我干什么？"

"弄死一个人对我来说不算什么，但弄死你倒像是成全了你。我们素不相识，为什么要成全你？"说完仍盯着他。

回望匪老大的时候，方凌波也带着探寻，这个土匪似乎会通心术。

方凌波后来才知道，匪老大留他另有目的，是想让他教兄弟们一些拳脚。他们这些人干什么都是来蛮的，多数人什么都不懂，单打独斗容易吃亏。会些拳脚，做事时会更得心应手一些。

一半为躲避，一半为疗伤，最后方凌波竟留了下来。

匪老大见他机智、沉稳，又见过世面，倒也把他推上重要位子。

一次在山下，他们与敌军相遇并被包围，突击的过程中，老大与几个兄弟相继中弹，咽气前竟把位子交给了方凌波，他说这个位子也只有他坐得住。

坐上老大的位子后，方凌波觉得有些可笑，他从未想过他的人生会有这样戏剧性的一段。尽管如此，接过老大的位子后，他还是立下许多新规。他规定下山时只抢富，不抢穷，只准抢粮与钱财，不准杀人放火抢人妻女，违者轻则棍棒伺候，重则处以极刑。

新规让兄弟们略有怨言，这有违土匪打劫的章法与规矩。但因对他有所忌惮，那些人倒也不敢轻易违抗或与他对立。

在做了半年的土匪后，方凌波才独自下山了一次。当消失了几个月后的他突然出现在方凌菲面前时，她很生气，冲他发了一通火，之后又问："你到底去哪儿了，让我们一通好找。"

"山上。"他漫不经心地说。

"去山上干什么？一走就是半年谁也没有你的消息，你知不知道我们都很担心你？"方凌菲追问道。

他起初一直沉默着，在凌菲的一再追问下，他才低沉地道出他在山上当了土匪。

方凌菲看着他愣了老半天，这种变化令她的脑子一下转不过弯来，知道一定是因为那姑娘，只是这转变也太大了。看着他仍痛苦的样子，方凌菲又有些心疼，她没有说话，而是走到他跟前轻轻地拍了拍他的肩。

突然他侧了侧头，竟将头倚在了她手上。她以为他哭了，可他只是靠在那里好一会儿都没动。他那痛苦的样子比哭还令她难受。

这已是她第二次看到他这样。他无助的样子令她心酸，于是她再次将他的头搂在怀里。

压抑许久的方凌波在向妹妹说出自己的心事之后，仍回山上做他的土匪。除此之外，他还担负着双重的任务。这层身份只有少之又少的人知道，土匪身份也仅是在掩饰他的另一个身份。

之后他在执行任务的时候，几次都险些丧命。他的身上陆陆续续多了几处枪伤，幸运的是每次他都死里逃生，因为每次枪伤不是擦过，就是错过他的要害。就连他也觉得自己命大！

每次看到他身上的伤，方凌菲都责怪他不小心。取子弹的过程更是痛苦，每次他都强忍着。

一次方凌菲边给他包扎伤口边说："早晚有一天你会把这条命搭上。让你走你就是不听我的。"说着便哭起来。

看着她边流泪边帮他包扎伤口，方凌波苦笑着说："哎呀！你不必这么难过，人早晚都得一死，只是我不在乎早一天晚一天而已！"

人的确是要死的，但方凌菲觉得他是心里过得苦才说这种话。倘若他能得偿所愿，断不会这么说。方凌菲不免为他难过，看了看他道："还放不下她吗？"

知道凌菲问的是谁，他低头长长地出了一口气并没有答她。在凌菲的注视下，他心里再次浮起浓浓的苦涩，眼神也更加忧郁起来。

放下放不下又能如何呢？她选择了另一个人不是吗？一想到这一层，他就特别难过。一想到另一个男人，他又嫉妒得不行！他一直不明白，她为何做出那样的选择。为她的不理解他，有时他也恨她！甚至希望从未见过她，从未救过她，从未和她发生任何关系。有时他也强迫自己不去想，甚至想着再次离开。

每次要做决定时，想着她在那里，离开将再也见不到，他仍难过得不行，甚至再也做不出去法国的决定。

一个内心苦涩的人，常常喜欢自残，他也常有这种心理。他常去接一些危险的任务，也常将生死置之度外。死有什么呢？他的心不知道死过多少回了，人生最大的悲哀莫过于心死！有时他甚至想，比起将忧伤和痛苦深埋心底，死或许是一种解脱！

另一个姑娘

第二年夏天，方凌波在执行一次任务回来的路上遭到了国民党自卫队的伏击。

那天，他刚走到江边，身后就响起了枪声。尽管他身手敏捷，交火中还是不幸中弹。情急之下他迅速地躲到芦苇丛中，并将身体藏于水下。

自卫队在江边四处搜寻，找了好一会儿也没有找到，以为他潜水离开，只好悻悻离去。受伤的方凌波被一对撑船的父女发现并救了回去。

这次他的左肩被击穿，腿部也被划伤。由于天气炎热，伤口发炎，每天都发着高烧，陷于昏迷之中。

几天后方凌波才醒了过来，看着那对父女每天为他忙碌很过意不去。奇怪的是，那姑娘忙前忙后始终默默的，和她说话也不应。更令他惊讶的是，她的神态竟有几分像他时时想念的那个人，这不免让他多看了她几眼。盯着她看得久了被发现，她也只是羞涩一笑。

询问之下知道，父亲叫林正山，姑娘叫林果。林姑娘生来就不会说话。

知道林姑娘的情况后，方凌波更是多看了她几眼。她为自己跑前跑后不言不语的样子，以及她的某些神态常让他感到恍惚，并一次次将她与那个人的影像重叠。他觉得真是要命，心中想着一个人便觉得什么人都能和所想那个人的形象重叠。哪怕根本不像，也会将两个人往一起靠，尤其是她的沉默。

当初她也是如此沉默，无论问什么她都不作答。他一度也把她当成哑巴，甚至与她说话都小心翼翼的。即便后来知道她会说，她的话也不多。她不说话的时候倒与这林姑娘十分相像。于是他一遍遍地打量林姑娘。

养伤的那些日子，林正山和他聊天时，不时提起他的哑姑娘，总说他的姑娘苦。不是讲她小时候的故事，就是讲她的安静，她的安静常让他难过。

每当这时，方凌波都会多看上林姑娘几眼。

林父在讲林姑娘的时候，林姑娘就坐在不远处。有时感到在讲她，她会腼腆一笑，有时眼神则忧郁地看着某一处。

那和某人如出一辙的眼神及忧郁，让方凌波不止一次地在想，当初他救的是否不是她而是这位林姑娘。要不是还能想起她说话的声音，想起某些不同之处，他似乎可以把林姑娘当成她。

林父在感叹林姑娘不会说话之时，也有着为人父母的担忧，担忧林姑娘的未来和能否嫁个好人家。如果有好的人家，也请方凌波帮着张罗张罗。

方凌波自然是满口答应。

让方凌波没想到的是，住了几天后林父与他越聊越欢心。得知他还未成家时，竟几次试探他。见他始终不正面回答，竟说："几天相处下来觉得方先生人不错，不知先生觉得我家小女如何？"

"林姑娘勤劳，心地善良，是个好姑娘！"他答。

"冒昧一问，不知先生对我家小女可有意？"林父再问。

林父的主动让方凌波大为惊讶，也很尴尬！他们父女不惜一切救了他，按理他应该知恩图报。可是只有他自己清楚，他的心里到底装着什么人。

虽然尴尬，但他还是婉言谢绝了林父的一番好意！

他的拒绝似乎也在对方的预料之中。林正山冲他笑了笑，不想让他为难便不再提及此事。

父女两个仍一如既往地待他，林姑娘仍默默地来去，并将他已破损的衣服缝好放在床头。

虽然拒绝了，但当林姑娘为他缝衣服的时候，他还是多看了她几眼，越是将她与想念的人比对，竟越觉得她身上的那种劲儿像极了她。尤其林姑娘的沉默就像许多时候她沉默的样子一样。他的思想又陷入了往日里，每每想起往昔他就痛苦不堪！

有时他觉得他的痛苦是自找的。虽然非常思念她，可这一年多来，他不时去接济他们却从不与她碰面。他觉得见了只会加剧他的痛苦。想到此他将头埋在被子里久久没有抬起来。

又歇了两天，看着伤好了许多，方凌波打算第二天离开。

可是高兴得早了，那天晚上竟发起烧来。见他烧得厉害，林姑娘不停地用湿毛巾为他降温。这一病比前面受了枪伤还要严重。病中他还说起了胡话，反复对着一个人说话。说些什么连他自己都不清楚。

这一病方凌波像脱了层皮一样，整个人都变得憔悴不堪！这是他记忆中病得较重的一次了。病中多亏了林氏父女的照顾，这让他更加不安，他们付出得越多，他就觉得欠得越多。

走时方凌波对他们的搭救千恩万谢。之后为弥补对林氏父女搭救自己的亏欠，他经常来看一看他们。

在照顾方凌波的时候，林姑娘便对长相英俊，又带着忧伤的方凌波暗生情愫。每当方凌波不声不响地注视她时，她都心跳得特别厉害。父亲的多次试探遭拒，让她觉得她是配不上他的，一个连话都不会说的哑巴，怎不让人顾忌呢！想到自己的缺陷，她只能将那份情愫暗暗放在心里。

转机在林正山不幸摔下山崖后，虽捡回一条命，可一条腿断了，腰椎也伤了，身体再也不能负重。当方凌波再次来看他们时，他再次向方凌波提起林姑娘的事。

他满含期待地说："方先生，我不知道自己还能活多久，只是不放心我家姑娘。因不会说话，她不像正常人家的孩子那么容易生存。"说着拉住方凌波的手："如果你不嫌弃，请一定代我照看好她！"

方凌波明白他的托付是什么意思，拒绝的话到嘴边又咽了回去。这个时候怎么能拒绝救命恩人的托付呢？在他期待的眼神下，方凌波最终答应了他的请求，但也向林氏父女说了自己的身份。林正山为他土匪的身份犹豫了一下，还是将林姑娘托付给了他。

没有仪式，没有亲友，在林父的见证下方凌波算是娶了林姑娘。

有了林姑娘后，方凌波没有拥有一个新婚妻子的喜悦，相反，他的情绪非常低沉。

尤其与林姑娘成亲的那天，他想起的仍是那个人。他想起的都是与她的过往，怀念与她相处的每一段时光，以及无数次她默默地看着他的眼神。让他一直耿耿于怀的是，他那么在乎她，最终她竟背叛了自己。尽管如此，他仍无法忘记那个人，永远！哪怕他娶了别的姑娘。

为了掩饰自己那种慌乱而又不安的心理，方凌波努力去对林姑娘好，总是对她客客气气的，甚至都没和她大声说过话。越是如此他越是知道，他只是在转嫁自己的情感。

因为每每看着林姑娘，想的仍是那个人。只是林姑娘身上缺少她身上那种清凉的气息，以及林姑娘永远都不会像她那样，尽管话不多偶尔还能与他细细低语。一想到曾经与她的那些亲密，无法言说的忧伤不断地向他压来。可是他不能向任何人言说对她的思念，只能由自己来倾听内心痛苦。他仍不时地一动不动地站在某个角落想她。越是得不到越是痛苦不堪！

虽娶了林姑娘，但方凌波没有对任何人说，包括方凌菲，也没有带林姑娘上山，说是为了她的安全着想。

事实上不将她带上山的另一个原因，只有他自己清楚，他仍想与她保持适当距离。因为每次与她亲近的时候，他满脑子都是另一个人的身影，另一个人的眼神、气息，以及柔软的身体。他越与林姑娘亲热心里越是难受，越是无法忍受自己的行为。此前他从未对任何人有过像对她这般痛苦的感受，越是舍不得越是得不到，越是爱得深越是痛得切！

娶了林姑娘之后，方凌波又为尔蓝送过几次东西。这几次去，他竟然有种负罪的感觉！之前还觉得是她对不起他，常在心中责怪她无情的同时，又对她不离不弃地关照，就是让她永远不忘记他的存在。如果她还爱，那就让她想起他时心中也有痛！虽然这只是他一厢情愿的想象与愿望。当有着这样的想象时，他的内心觉得与她有着某些牵连而感到甜蜜，尽管那种甜蜜又透着苦涩。

现在去送东西时，他却很难过，难过到在心中对她说："以前总觉得是你背叛我，现在我也背叛了你。原本我是打算娶你的，现在却娶了另一个姑娘。她是个不会说话的哑姑娘，有时我把她当成了你。可娶了她我仍旧很难过！"

怀着这样的心理，他会在他们家院里坐得更久一些。

一天半夜尔蓝做梦被吓醒了。她又梦见被人追赶，着急中又爬到山顶的那棵树上。那是悬崖上的一棵松树，前面是陡峭的山，下面是万丈深渊，她就挂在那棵树上，上不来下不去。突然她从树上坠落下去，身体不停地下坠，往无底的深渊里坠去，在极度的恐惧中突然醒来。

醒后一头的汗，身边的大人与孩子都睡得很沉，她却怎么也睡不着，就大睁着眼睛看着窗外。外面的月亮很亮，月光从窗户外照进来，将房间照得十分明亮。她望着那轮月仍想着刚才的梦。

正当她看着月亮想着那可怕的梦时，忽然听到有轻微的脚步声。起初以为幻听，认真听后发现那是实实在在的脚步声。声音由远及近，走到院中停在那里，虽然脚步声很轻，却很熟悉！

意识到是谁后，她呼吸一滞，感觉心脏也要停止跳动一样。他多次送东西来，她却从未见过他。知道他都是夜间来，她曾猜测他是哪个时段来，来了是放下东西就走，还是停留一下，他又怀着怎样的心情而来。一想到伤他那么深，她就无比自责！她也曾有几次在夜晚倾听外面的声音，期待听到他的声音，却从未如愿过。

此刻她竖着耳朵听着，半天没有声音。她不知道他是站在那里往楼上看，还是停在某处，抑或是已经走了。她想起来看个究竟，害怕一动惊醒了床上人，可不动她又非常难受。

想着如果他没走，她站在窗口就能看到他，或者下楼时，从门缝里也能看到他。自那次他扮成乞丐后再没见过。最近她又时常想起他，每次想起神情都恍恍惚惚的。

有时她特别渴望能见见他，哪怕一句话不说看一眼就好，哪怕不敢看他，听听他说话的声音也好，哪怕什么也不敢，听一听他站在身边沉重的呼吸声也好。天哪，有时候，她觉得想他想得不知如何才好！很想能够见他一面。

可想象是一回事，见面又是另一回事。上次他们倒是见了，也只是远远地对望一下。再上次也是见了，她几乎是拼命地逃离他。她有时觉得自己真的要命，见不到时拼命想他，见到时却又要拼命地逃离他。

尔蓝在胡思乱想中躺了很久，复听到脚步声再起，才知道他一直没有走，只是在院子中待着。

她终是没忍住，还是起来了。她先是站在窗户那儿看去，看到他站在院中，月亮照在他身上，他的身影一如先前一样高大挺拔，但是月光下的身影却又显得十分落寞！

他在院中又站了一会儿，才走向外面，在院墙外，她看到他俯身摘了一枝薄荷才缓缓地离开。看着他孤独而又忧伤的身影渐渐远去，她感觉内心的痛苦陡然又增大了一倍。那种疼痛让她无法承受，于是她缓缓地回到床上，一头倒了下去。

海桐被捕

　　黄昏时分，方凌波正在房间里擦拭他的那支枪。

　　胖子突然跑过来告诉他："大哥，门口有个女人要见你。"说完，胖子看他的神情还有些怪异。

　　方凌波以为是林姑娘来找他，不知出了什么事，急忙跑了出去。

　　待见了人却又愣在那里，来人不是林姑娘，而是让他每每想起仍每每心痛的那一位。

　　难怪胖子看他的时候神情怪异，他是认出了尔蓝。那是他和瘦子曾抢回来的女人。原本他们打算给老大弄一个压寨夫人，结果压寨夫人没做成，人还被大哥放走了，两人不仅被教训了一顿，等那女人下山后还挨了一顿揍。

　　那次他们对这个女人印象深刻，猜测着老大和她有什么关系。这次她不请自来，诧异的同时直觉告诉他，这女人在老大的心中一定有着重要地位，自然不敢轻慢，立马进去报信。

　　见她一脸的焦急，不用问方凌波也知道，不到万不得已她是不会来找他的。

　　他望着她，缓缓地走到她身边低沉地说："你怎么来了？"

尔蓝看着他，两只手扭在一起没有马上应他。

"出什么事了？"他又问。

她望着他，话还没说出来眼睛先红起来。

见她这样，方凌波已意识到什么，便问："是海桐吗？"

他的话刚落，眼泪已在她的眼睛里打转，她祈求道："海桐被抓去了，求你救救他。"

方凌波沉默了一下，就知道是这样。国民党的"清剿"活动一直未停过，不时有人被捕。听到要他救海桐，他心里仍有些不是滋味。当初如果不是因为海桐，她是否就不会抛下他呢？一想到他是被抛弃的那一个他就不好受，当年出了什么事她一直不说，这是让他特别生气的地方。此刻她竟然敢来求他，去救一个抢了他女人的人。

可方凌波知道他不能拒绝，不仅仅是为了尔蓝，还因为哪怕生海桐的气，海桐仍是他一个战壕里而又在意的兄弟，他不能见死不救。

他沉默的另一个原因是，她可以为了海桐来求他，如果是他被捕了，她会不会像救海桐一样为他去求别人呢？这样想着他吞咽了一下口水探寻地看着她。

此刻眼泪已从她的眼睛里溢出来，长大后，他很少见她哭，也不忍看她哭，看着她悲伤的样子，良久才说："我会尽力的。"说着颤抖着伸手想去帮她擦去眼泪，手伸了一半她却迅速地转过脸去。

他的手僵在了那里，心里又疼又难过，难过她对自己的抵抗与拒绝！

方凌波开始四处打探海桐的下落，动用一切关系设法见到了他。

海桐未被关在郁离镇，而是被关在敌人专门用来审讯的地方。走过一道道锁紧的大门，见到海桐时方凌波几乎认不出他来，他已被折磨得惨不忍睹。脸被打得肿胀，那双修长的手被扎得血肉模糊，嘴角与耳朵上的伤口处还在流着血，身上那件淡蓝色的外衣布满了血迹，而他的腿已无法站起来。

见到探视的人不是别人，而是方凌波时，海桐竟惨然一笑，低声说："没想到你会来。"

自那次海桐告诉他要娶尔蓝，并被他揍了一顿后，他们就再没有见过，时隔几年在这样的情景下见了，不知该说什么好！

他们之间尴尬的原因除了尔蓝没有别的。尽管只有这一个原因，但他们觉得无论何时何地见了都很尴尬！他们爱着同一个女人，这是无法回避的事实。

海桐对尔蓝的了解比方凌波要多，尤其他知道方凌波与尔蓝彼此相爱，还有个孩子，然而他却没有告诉方凌波，为此他深感自责与内疚，何况娶了尔蓝更是让他觉得愧对于方凌波。

先前不告诉方凌波真相的借口，是为了尔蓝，事实上也是为了自己。倘若当初告诉方凌波真相，方凌波未必会离开。被捕后被百般折磨，海桐多次想到了死，但想到尔蓝和两个孩子又一次次地咬牙挺着。此时见了方凌波他竟有种不如早点死了的想法。

牢房里，方凌波和海桐并没有说太多的话，因为尔蓝，他们变得生疏许多。

方凌波只是告诉他："你先挺一挺，我会想办法救你。"

海桐却苦涩地说："别费力气了，我已做好了准备！"

"别说傻话了，我会想办法的。"方凌波安慰道，"况且她还在等着你。"后半句话，他说得很慢也很苦涩！

这时海桐才知道尔蓝一定去找过他，不然此刻他不会来，或许有人来，来的也不是他。

海桐望着方凌波，这位昔日亦兄亦友无话不谈的兄弟说："这是真的，我随时都要死了，现在花钱也不好使了，他们随时都有可能处死我及我们的人，他们到了丧心病狂的地步。"

"只要有一线希望也得争取。"方凌波坚持地说，"我过来主要是看看你的情况。"

方凌波要走时，海桐突然叫住了他。方凌波能来看他已让他感动，听他要救自己，他更是怀着深深的愧疚，知道自己没有多少希望的时候，他觉得有必要告诉方凌波一些真相。他先是恳求地说："我若是死了，求你帮我照顾好他们母子。"

终于触到那敏感的话题，方凌波看了他一眼低沉地答道："别想那么多。"

这时海桐补了一句："我没有其他人可托付了，他们也没有可依附的人，况且这事和你有关。"

方凌波依旧沉默着，他认为海桐所指的是他爱着尔蓝这件事。的确这件事瞒得住别人似乎瞒不住海桐。即使多年过去，提起她，他的眼神里仍掩饰不住那种忧伤！

他还没有答复他，海桐又补了一句："小桐不是我的女儿。"

方凌波愣了愣，一下没反应过来，小桐是谁？忽然想到那次执行任务时，他穿着乞丐服去见她。以为他是讨饭的，尔蓝让那孩子为她拿吃的时似乎叫了一声小桐。当时他还嫉妒得发疯！也仔细地打量过那个孩子，只觉得和她长得像。此时海桐告诉他那孩子不是自己的，便盯着海桐的眼睛问道："你这话是什么意思？"

海桐望着他将一切和盘托出："小桐是你的女儿。那年我母亲发现了你们的关系，尤其在知道她怀了你的孩子后便将她锁在了地下室，并逼她打掉孩子，她宁死也不同意，我母亲准备给她一根绳子让她自行了断，被我拦了下来。我曾从我母亲身上偷出钥匙劝她跟你走，可她放弃了。她知道你的过去，我想她一定是不想连累你，不想将你推上风口浪尖。她嫁我也只是为了保住孩子。虽然这些年她先后嫁给我们兄弟，虽然她什么也不说，但我知道她心里最在乎的那个人是你，和我们任何一个兄弟都没有关系！"

方凌波不敢置信地听着这一切，既惊讶，又痛苦！他曾为她的背叛想过无数种可能，就是未想过这种！

更未想到的是，他们之间竟有一个孩子，那个他曾见过一面的孩子竟是他的女儿。他痛苦的是，她为什么要对他隐瞒这些？假若知道这一切，当初他无论如何都不会放手。此刻他痛苦地扶着墙闭上眼睛。这怎么可能？因无法承受这种真相，后面海桐和他说了些什么，他都没有听进去。

走出羁押海桐的地方时，因内心痛苦，方凌波步履艰难。他从未像爱她一样爱过任何人，失去她之后，他一直将忧伤深埋心底。尽管放不下，却又避免去见她。此刻他想立刻见到她，觉得只有如此，内心的这种疼痛才会得到缓解。

为什么不救他

尽管方凌波想尽办法，却还是未能将海桐救出。最终海桐与几位被捕的同志被拖到江边杀害，并悬首示众。

得知海桐遇害后，尔蓝晕了过去。方凌波心痛地搂住了她，过了好一会儿她才缓过来。醒来瘦得皮包骨头的尔蓝突然拼命地打他，边打边说："为什么不救他？为什么不救他？为什么不救他？我只求你这一次，为什么不救他？为什么？"

方凌波一句话也不说，任她打个够！觉得此时说什么也没用，只是用力将她搂在怀中，她却狠狠地将他推开！

无论方凌波怎么靠近，她都将他推开，为没能将海桐救下而恼恨他，就连看他的眼神也满是愤怒。她一边推着他一边恼怒地冲他喊："你走！你走！我不想看到你。"

方凌波也因没能救下海桐而非常难过，她的样子更是让他心碎！见她如此抵触，他只好拖着沉重的步子神情忧伤地走了出去。

海桐的死让尔蓝非常悲伤，她第一次觉得自己是个不祥的人。或许因为她，叶家的人才这样陆陆续续地一个个离去。先前一大家人现在只剩下她和凌霄了，而且凌霄还不知死活。越想越伤心，眼泪便不停地流啊流，止也止不住。

　　哭到半夜，觉得无论如何得把海桐的头给偷回来，她不能让他死了还身首异处。想着便从床上坐起来，出门时又回头看了看两个孩子，小桐与弟弟恒良睡得正香。

　　当她拉开门却看到方凌波坐在门口时，她没有理他径直往外走，刚跨出一步却被他拦了下来。他哑着声音问："你去哪儿？"

　　尔蓝推开他："不用你管。"

　　他又去拉她，她再次将他甩开。

　　方凌波突然将她拉进怀里，紧紧地搂着她说："求你了，让我帮帮你！"在他的怀抱里尔蓝再次痛哭起来。他搂着她又心疼又心痛，而他的痛，是多重的，为她，为海桐，也为自己。

　　从海桐那得知真相后，方凌波为此痛苦不堪，他们彼此深爱着对方，却在这命运里不停地兜兜转转。当不再有外力或其他顾虑的时候，他却没有了自由。

　　倘若当初知道真相，无论如何他都不会离开，哪怕不娶她也会选择离她近些的地方看着她。此刻他仍为他们一起隐瞒他而痛苦不堪！

　　尤其想到他已不是自由身，便陷进更深的痛苦里。在他无法取舍与决定何去何从的时候，他只想守在这里，守候在她身边。

　　偷取海桐的头的时候，方凌波和尔蓝一起去了。

　　夜色里，他们来到江边，在那一排人头里他们犯了难，到底哪个是海桐的？白天还好辨认，暗夜里头挂在树上，根本辨认不出谁是谁。

　　无奈之下，方凌波将四五个人头全从树上取下来，放在地上让尔蓝辨认。尔蓝逐个摸过去才摸到海桐的。因为海桐的左耳后面有颗黄豆般的痣，凭着那颗痣她才认出他。然后将他的头包在一块布里带回连夜埋了。为了不让人知道他们独独偷了海桐的头回去，方凌波将其他几人的头也暂时埋在一处，以便通知他们家属前去取回。

海桐去世后，方凌波常去看望尔蓝母子。得知小桐是他的女儿后，他没有追问真相，只是每次在看到小桐时不由多看几眼。

他觉得那孩子并不像他，而是像极了她母亲。越看越像，一如当年他从柴房救出的那个孩子。他常常将她与她母亲的形象重叠在一起，简直分不清。

或许出于血缘关系，小桐看他的时候，也流露出一种不易察觉的亲密，她常常伸出手拉一下他的衣服。

他便不得不看她，然后也去牵她的手。小桐也乐意将手递给他让他牵着。带她出去的时候，他也会顺手摘一枝薄荷别在小姑娘头上。为她别薄荷的时候，总会想到她母亲。有时他为与她有个孩子觉得温暖而甜蜜，有时又为不能与她在一起觉得凄冷与苦楚。

陪孩子玩时，偶尔他也会蹲下来背着小桐。将她背在身上的时候，又觉得背的不是她而是小时候的尔蓝。每当这时他的心中总是既苦涩又甜蜜。

有一天方凌波站在那儿，小桐走过来靠在他身上，他蹲下来温柔地将她搂在怀里。突然小桐趴在他的耳边悄悄地问他："叔叔，你知道我爸爸去哪儿了吗？"

方凌波突然颤抖了一下，他就是她爸爸啊！如果她不是一个孩子，他还以为她发现了什么。可他知道小桐问的是海桐，他也不能告诉她真相，只是摸着她的头说："想爸爸了是吗？"

小姑娘点点头说："我都很久没看到爸爸了。"

"爸爸有事情出远门了，他走的时候让我过来照顾你们和妈妈。"他蹲下来对她说，"以后小桐有什么事，都可以和叔叔说，好不好？"

"好。"说着小桐牵起了他的手。

她的小手一放在他手中，他的心就柔软得一塌糊涂，很想吻一吻她。可他只敢在她睡着的时候去吻她，边吻边在心里说："我的女儿，爸爸在这儿，之前我不知道你的存在。"

那时尔蓝仍沉浸在海桐惨遭杀害的阴影里，并想着海桐的点点滴滴，那个成了她丈夫，有时还很孩子气的一个人，以及知道她太多心事而沉默的一个人。她总沉默着，比先前还要沉默，有人和她说话她会突然哆嗦起来。

看着她那样，方凌波总是特别担心，可她对他仍很排斥，不让他靠近。她越是排斥，他越是难受，只是默默地关注着他们。

不想隐瞒她

海桐死后不久，更大的屠杀来临。国民党顽固派为"清乡"剿共特地成立了一个多地联防办事处，办事处下设有一团、二团、三团，并实行清剿共产党的"三光"政策。所到之处，烧光、杀光、抢光。

一九四三年二月，天气还很寒冷，一个有着浓浓大雾的深夜，国民党对共产党进行了疯狂围剿。得知有人员在郁离江对面的郁离村秘密集会，在浓雾的掩饰下，国民党对郁离村开展武装围剿。

那天雾很浓，江面与村庄都被笼罩在一片浓雾之中，几米开外便是重重大雾，什么也看不清。在毫无察觉的情况下，郁离村遭到三百多名敌兵的武装包围。由于浓雾，当放哨的同志发现大批敌兵靠近时，已陷入了包围之中。

重重包围下，许多同志来不及撤退就倒在了枪口下。有的借着浓雾突破包围圈，涉水过江时也被埋伏在江边的敌兵击中，有的倒在江岸，有的倒在水中，落水后即使没有立刻死去，也被湍急的水流冲走。

方凌波与蔡成也参加了这次秘密会议。枪声响后，意识到事态严重的蔡成吩咐大家分头突围，侥幸逃出包围圈的他回头发现方凌波不见了。

突围时，方凌波没有跟着蔡成，而是往后山跑了，没跑多远一颗子弹击中他的腰部。他就势一滚，滚到山坡下躲了起来。随后又响了几声枪声，以及吆喝声，接着有个人应声而倒。他不知道倒下的是谁，但知道是自己人。随着一阵嘈杂声，几个人停了下来，其中一个问："还活着吗？"另一个说："死了。"接着一个瓮声瓮气的声音响起："见一个杀一个，绝不放过一个。"

听着渐远的脚步声，方凌波在山坡下又隐藏了一会儿才慢慢爬了上来。他感到伤口撕裂的疼痛。每一次受伤他都觉得自己挺不过去了，可每次都挺了过去。这次也一样，他觉得浑身都像散了架一样，到处痛，所有的伤都疼起来，感觉随时都要死了一样。尤其那颗未曾取出的子弹，像在他的体内到处奔跑一样。

他缓慢地向前移动，想要奔跑，疼痛让他怎么也跑不动，甚至连腰也直不起来，走着走着他突然倒了下去。方凌波在地上躺了一会儿，觉得生命到了尽头。可是他不想这么快死，觉得死前还要去见一见她和孩子，即便是死，死在她们身边也会好过一些。他又躺了一会儿，努力地不让自己睡着，可疼痛让他无法呼吸。

尔蓝由睡梦中惊醒。她梦到自己在山林中采药，突然身后出现几个陌生人。他们慢慢地向她靠近。她不知道那些人是谁，但总感觉害怕，便拼命向前奔跑。见她突然跑起来，那些人便紧紧追赶。眼看要被追上，她却无处躲藏，似乎又挂在山顶那棵大树上……焦急中便醒了过来。她经常会做类似的梦。

黑夜中，尔蓝正想着追赶自己的人，突然听到敲门声，她被这突如其来的声音吓了一跳，半天没敢应。

自从海桐被杀之后，她也小心谨慎起来。听着敲门声继续响着，她才慢慢地下了楼，站在门后小声地问："谁？"

门外的人应道："我。"那声音她再熟悉不过，原本犹豫着要不要开门，想到很多次他在门外徘徊的样子便又心痛起来。很多次他宁愿徘徊也不会打扰她，这次却又不同起来，声音听起来也和平时不一样，意识到什么尔蓝才急忙将门打开。

方凌波拼尽所有力气才走到这里，门刚拉开他便贴着门倒了下去。尔蓝急忙去扶他，手触在他的腰间感到黏糊糊的一片，慌忙将他扶到屋里，刚要扶上床觉得不妥，又拼尽力气将他背到地下室，让他躺在一堆柴草上。

她急急地返回上面取了灯来察看他的伤情，他的衣服已被血浸透，粘在伤口上很难脱下来，她只好找了把剪刀将他的衣服剪开。

脱掉衣服的一瞬间，尔蓝愣在那里，发现他身上竟有多处伤疤，每一处都触目惊心。她愣了好一会儿，才开始帮他清理创口。

清理伤口的时候，她的手不停地颤抖。身边的人一个一个地走了，此刻这个生命里深爱着却又不敢去爱的一个人，也身受重伤躺在这里，仿佛也快死了。尤其看着他那又黑又瘦因伤痛而眉头紧皱的脸，一种深深的恐惧向她袭来，她害怕他会这样死掉，想着想着眼泪便不受控制地流下来。

如果连他都死了，她不知道自己还能不能坚持下去。一直掩藏的心事再也无法藏下去。她边哭边祈求着，求他活下来，无论如何都要活下来。

方凌波昏迷的时候，尔蓝尽最大的力量去救他。她不是医生，找不到子弹的位置，外面紧张的形势让她不敢轻易去求救，只是为他清理了创口，敷了一些药。

　　每天她都祈求着让他活下来，因怕失去他，在他昏迷的时候她总是哭了又哭。

　　不知是强大的意志力，还是知道有个人在等他，昏睡几天后方凌波醒了过来，醒来后发现自己在一个昏暗的房间里。

　　他不知道自己躺在哪儿，似乎是在一个密闭的地下室内。房间内光线昏暗，他只能借由上面板缝间透下的微弱光线观察四周。室内空间不大，四周还堆放着一些杂物，而他躺在一堆稻草上。记得昏倒前，尔蓝已为他打开了门，他猜想这是她家的地下室。

　　环顾四周，他忽然明白，这大概就是海桐说的他母亲囚禁尔蓝的地方，便将四周看得仔细起来。如果不是先前听海桐说，他都不知道他们家房子下面还有这么一个地方。当他一次次寻她无果时，谁会想到她被关在这样的一个地方呢？

　　此刻躺在她曾躺过的地方，他心里百感交集。那时候他只知道自己的痛苦，谁又知道她的苦痛呢？一想到她对他隐瞒的那些真相，他的心难过得比所受的任何一次伤都要痛！

　　这样想着伤口又撕裂地疼起来。他想翻个身，刚动了一下便闻到了清凉的气味，那气味比任何时候都浓烈，一在他身边弥漫，整个人都神清气爽起来。

　　他想找到那植物的位置，四下看了看并没有看到薄荷的身影。越动气味越浓烈，后来才知道气味是由头下的枕头里散发出来的。觉得也只有她会做这样的枕头，心里竟又温暖起来。

　　一会儿尔蓝由上面走下来，见他醒来很是高兴，她俯在他身边说："你醒了！"说着竟喜极而泣，眼泪不停地流下来。

　　见她哭，方凌波内心里涌出一股特别的柔情。之前见她哭，都是为别人哭，这一次他知道她是在为他哭。

想到这里浑身竟充满着力量，觉得即便自己死了，躺在坟墓里，听到她的哭声，这种力量也会支撑着他从坟墓里爬出来。

虽然身体很痛，但他还是强忍着，缓缓地伸出手为她擦去眼泪，边擦边说："若是我死了，你是不是会特别难过？"

刚擦掉的眼泪瞬间又汹涌起来。

他又伸手帮她擦去眼泪，边擦边低沉地说："好啦！别哭了，一时还死不了！"

她忽然将脸埋在他的手掌里，半天没有抬起来。她极少主动向他表达情绪，此刻虽然什么也没说，但他还是明显感受到她将压抑的情感释放了出来，也不再像先前那么排斥他。欣慰的同时他又忽生悲伤，为什么他们总是阴差阳错地错过一些东西呢？想着便将她搂了过来，轻轻地吻了吻她，并感受到她那咸咸的泪水的滋味。

吻着吻着又因伤口疼痛，不禁发出"咝"的一声。

尔蓝急忙起身，急急地问："碰到伤口了吗？"

"没有。"他看着她故意转移话题，"突然心口痛。"

"心口痛？"她一下还未反应过来。

方凌波指了指胸口说："这儿痛，痛了很久了。有些人还不知道的痛！"

明白了他的意思后尔蓝没接话，谁又不痛呢？他们生在这样的时代，想做的不能做，想要的又得不到，常常活在无法改变而又忽生忧伤的苦痛里！

看着她深思的样子，方凌波又握住了她的手，眼睛一眨不眨地看着她说："好啦，逗你的！"

尔蓝竟拉着他的手放在嘴边吻了吻，她的这一举动让他的内心充满着甜蜜与幸福！已有几年时间她未曾对他如此亲密了！他们竟四目相对着望了一会儿。

方凌波养伤的这段日子，虽然每天伤口都很疼，但看着尔蓝每天都围着他转，觉得十分幸福，甚至想一直这么伤着，一辈子待在这里。可一想到另一件事，他又有些苦恼！

待身体一天天地好起来，那种苦恼就又更甚起来。

有时尔蓝扶他站起来走动时，他都忍不住要说了，却又觉得这个时候对她说那些话有些残忍，竟越想越伤感起来，有时他就用忧伤的眼神看着她。越是用那样的眼神看她，越是觉得要失去她一样，可是越怕失去，就越是有种不能抓住的感觉。

这天下午尔蓝给他换好药，帮他整理绷带的时候，注意到他盯着自己看时问他："怎么了？"

他仍一往情深地看着她，突然冲她张开双臂。

尔蓝愣了一下，还是配合地朝他俯下身去，他们紧紧地抱在一起。

方凌波边将她拥在怀中，边喃喃地道："你知道吗，这些年我常常想一个人想得心痛如绞，就算此刻也觉得不那么真实！"

"我知道！"尔蓝轻轻地答道。

"可是我们总是在这里兜兜转转没完没了。"方凌波盯着她低沉地道，"有时候我甚至感觉再也见不到你了，每当那时我就特别难过！"

尔蓝抬头望着他不知他要说什么，心里已隐隐不安起来。

他也望着她："有一件事，我想了很久觉得还是要告诉你，可又不知道怎么说，该不该说！"那件事说与不说都让他难过！

望着他那带着忧伤而又深邃的目光，尔蓝似乎知道了他要说什么，低垂着头然后道："没事，说吧！"

于是，他告诉她娶了哑妻的事。他明白是在什么情况下娶了她，对她又是一种什么感情。他觉得还是有必要让尔蓝知道他有个妻子的事实。在这件事上尽管他隐瞒了所有人，但不想隐瞒她。

之所以这个时候说，是因为他迟早都要将这件事告诉他。尤其林姑娘已怀有身孕，不久就要生了。林姑娘不会说话，每次去看她，她那渴盼的眼神也常常让他感到不安与悲哀，可他没办法给她更多。这些日子，他一边为能与尔蓝离得这么近感到甜蜜，一边又为这阴差阳错的命运感到悲哀！

在告诉尔蓝这件事的时候，方凌波也在观察着她的变化，不知出于什么心态，他一边想从她的眼睛里看到失望或伤感，一边又不想因这件事给她带去伤害。

不知道是她已洞察他的心事，还是隐藏得太好，他从她那儿什么也没有得到。听了这件事她也只是平静地答道："嗯，知道了！"

看着她的表情没有任何变化，他又为她的表现感到失落，觉得高估了自己在她心中的位置。可是他还是很难过，觉得自己到底用情比她更深一些，才会如此在意她的感受。她越是表现得平静，他越是感到难过。

他甚至在责怪自己，为什么要出现娶另一个人的插曲呢？让他此刻左右为难！虽然难以启齿，最后他又不得不告诉她："这两天我感觉好了很多，再有几天我得走了，她快要生了。"说完这些话，他甚至都不敢去看她。觉得自己真是混账，这些天他一边接受着她的照顾，一边与她亲密相处，此刻却又对她说这些该死的话。

她竟平静地说："好，你若是能走动就去吧，女人这个时候需要照顾。"

她的话让他既失望又失落。他仍深深地望着她，很想告诉她，他这一生只想照顾一个人，是眼前这一个而不是那一个。可是这该死的人生，总要出现一些状况！

他想要说的话很多，可面对尔蓝的不动声色，终究什么也没说。

自控力很差

方凌波走时仍很苦恼，离开这里减轻对另一个女人的负罪感，可是离开却又添了新的烦恼！

尤其是再次逃过一劫的他，不知下次还能不能逃过。这个乱世，每天都在死人，或许下一次他便没有这样的幸运。

临走时，他深深地望了一眼尔蓝伤感地说："答应我，不管以后遇到什么，都要像以前一样坚强下去！"

那一刻尔蓝倚着门框沉重地望着他，却一句话也不能说，甚至都不能对他点一下头，只是倚在那里一动不动地看着他！

她那单薄的身体在风里瑟瑟发抖。她已见过很多死亡，见过很多残酷无情的血腥。叶家四兄弟已死去三个，还有一个杳无音信。眼前这一个可能在某一天再也不会回来，一想到这里，她的手就开始发抖，手一抖身体也跟着抖起来。为了不让他看出自己的软弱，她咬牙强撑着才不至于倒下，但也不能开口说话。她只希望，不管他在哪里，只要他活着就好，她已别无他求！

都走出去老远了方凌波又突然站住回头望了一眼，见她还倚在门上，他的心竟为这身影疼了起来。又忆起少年时送她回去的场景，也是走出去几步回头，见她站在那儿压抑着哭泣，那次他没有回去，后来每次想起都很难受。

这次他没能忍住，突然大踏步走回去，站在她面前用同样颤抖的双手捧起她的脸，沉沉地出了一口气后才说："我很难受，你知道我的对不对？"

尔蓝望向他还是没说话，只是哆嗦着嘴唇，她不知该对这坎坷的人生说些什么，面对他更是如此。

她的这种神态让方凌波看着越发难受："多少次看到你我的心就被紧揪着，看着你孤独无助的时候我就没办法平静！"他指着胸口说："有时身上受再多的伤都没有这儿痛，它早就碎了！"

尔蓝依旧没说话，她将脸贴在他的手掌里任泪水流着。感受到她的难过，方凌波将她瘦弱的身体拥在怀里，痛苦地吻她。他抱她抱得很紧，吻得也很深。在那种吻里，世界变得寂静无声，彼此感到的只有对方的拥抱、亲吻与心跳声。

过了一会儿，尔蓝轻轻地将他推开，迅速地擦了擦眼泪说："好了，没事了，你走吧！"

她的冷静每次都让方凌波感到悲伤，他哀伤地看着她，只好再次转身离去。

这一别方凌波和尔蓝都以为，此后他们见面的机会微乎其微。因隔着哑妻，即使见了也只能远望，不可能再有更多的期待。然而事情却发展到他们谁也没料到的局面。

回去后方凌波发现，他竟无法控制自己，他仍无比思念她，比任何时候都强烈。睁眼闭眼她就在面前，孩子也在面前。在林姑娘那儿的时候，他也心神不宁，做什么都不对了。他满脑子都是尔蓝，如果不去见她，他觉得自己什么也做不了。她好不容易才对他打开心门，倘若放弃，此后她的心会再次对他关闭，他永远也休想走进。

逃避、克制了一段时间之后，他又频频去看望她及孩子。他发现只要是对她，他的自控力总是很差，他总是不由自主地向那所住着她的房子走去。

因说出林姑娘的事情，每次见她明显地感到她总是很不自在。虽看不出特别反常的地方，但与他面对面的时候总是特别拘谨，似乎都不再正眼瞧他。可是待他不去看她的时候，她又偷偷地看他。

有时他们眼神也有交会的时候，那个时候方凌波感觉很幸福，发现他也在看自己时她又会很快转过头去。她逃避的时候，他不免在心中"唉"地叹一声，好像他们又回到未曾表露心迹的时候，又变回了陌路。

方凌波开始后悔，干吗要鬼迷心窍地告诉她林姑娘这件事呢？如果不说，她在他面前会更自然一些，与他也会更亲近一些。

他很想与她亲近。每次见她总有种想要拥她入怀，想要吻她及要她的冲动。他总一遍遍地想起他们的过往，以及当年的那些亲密。他总是对她产生一种欲望，那是除她之外，未对他人产生过的那种欲望！那些东西都很折磨他！

因为有了林姑娘在他们中间，想要与她亲热，却是难上加难。他发誓此后再不在她面前提起林姑娘半个字。

他总是想方设法在她身边多待一会儿。他开始充当海桐的角色，不时地陪着姐弟两个，一会儿陪着小桐玩，一会儿陪着恒良玩。

他陪孩子玩的时候，总是不停地盯着他们看。他们长得都不像父亲。无论五官轮廓还是眉眼，都像极了尔蓝。

知道小桐是自己的女儿，每次看她时，都会特别仔细一些，总想找出像他的那部分，有了相像的地方，似乎就可以宣誓他父亲的主权一样。

他总是仔细地观察着那孩子，从头看到脚，哪怕一个表情都不放过。因看得细，他发现小桐皱眉的时候像他，鼻子像他，笑时眼睛与嘴角上扬的弧度像他，手脚长得也像他。尤其那齐刷刷的脚指头，和他的简直一模一样。找到这些相似的地方他很高兴，眼睛里都闪着光，满眼都是对她的宠溺。他看她的眼神也是一个父亲宠溺女儿的眼神。他常趁着和她玩闹的时候，悄悄地亲她。每次亲她时，她身上的奶香味都令他沉醉！他不能亲她妈妈，只能亲孩子了。这孩子不仅是她的，也是他的一部分。

为了弥补他的缺席，他像当年给尔蓝雕刻那个鱼形饰品一样，也给小桐雕了一个，雕的是另一种鱼的样子。雕的时候，雕得更精心，刀工更细腻。而且在鱼的下方，他还刻上了几条波纹，觉得那水波就是他，小鱼呢，就是小桐，寓意是他像大海里的浪花一样托着自己的孩子！

当他将那小饰品串上线给小桐戴上的时候，忍不住回头看了下尔蓝。那一刻他的心里充满着幸福与甜蜜。小桐是他的女儿，他想看看尔蓝，看看她看到同样画面的反应；看看在他给他们的女儿戴上这个小饰品时的反应；看看她会不会忍不住告诉他小桐是他的女儿，告诉他，她心底里藏的那些小秘密。

然而一旁的尔蓝总是不声不响，仍静静地坐着，装着没有看见的样子。

当他给小桐戴上那个小鱼的时候，小姑娘难掩喜悦，兴奋地大叫起来："妈妈，我有鱼，我有一条鱼，叔叔给了我一条鱼。"

尔蓝忍不住长出一口气，抬头看向他们父女。她笑了笑说："好啊！"说话时声音都哑哑的。说完看向方凌波，他也望着她，眼睛里满是柔情与不易察觉的深意，似乎一直在等待着她望过来。

四目相对时，尔蓝的心慌得不行，有种秘密被他窥视的感觉！多年前他也曾送过她一条鱼，得到那条鱼的那一刻，她也像小桐一样兴奋得不行。可几年前她将那条鱼还给了他，至今她仍为此后悔！想着她用手扶了一下额并将视线转开。

那一刻，方凌波也想到那个她曾还回来的饰品，他一直带在身上，此时也有心拿出来再次给她戴上，可是他坐着没动，这几年那个小饰品已成了他的安慰。每次看到它，就会想到它原来的主人，因那饰品跟随她多年，似乎上面还带着她的气息一样，每次看到它，就像看到她一样。想到这一层，他打算永远不再还给她。

不仅不给她，近来他还多了几个小习惯。他总是不声不响地从她这里拿走几样属于她的东西。有时是她用过的发夹，盘头的簪子，扎头发的发带，梳头的梳子，甚至她梳头时掉落的一小团头发。后来，他还拿了她一个小小的银耳环，手织围裙的带子，做针线活的顶针，以及她衣服上的一个扣子。只要是小小的，经她手的，她经常用的东西，他都悄悄地拿走。那些东西总会在不经意间消失！

他拿其他东西的时候，是看到什么顺手拿什么。而她衣服上的那个扣子是他故意拆下来的。

有一天，他站在院中看到她挂在绳子上的一件白色衣服的扣子快要掉了。他知道那是她自己缝的，看着那个扣子在衣服上随风晃来晃去，瞬间他很想要那个扣子，便过去将扣子扯了下来，顺手装在口袋里。

开始丢东西的时候尔蓝没在意，找不到某样东西的时候，以为是不小心放在某处，便四处寻找。

看她不停地在找她那些丢失的东西时，起先他默默地看着不动声色，之后会装着若无其事的样子问道："你在找什么？"

"最近好像老是丢东西，发夹、簪子都不见了，不知道掉到哪儿去了。"一边说还一边找。

为了避嫌，他也装模作样地和她一起找。他会将柜子搬开，俯身到床下看看，也会在角角落落寻觅一下。那些东西被他拿了去，当然是找不到的了。

为了弥补自己的这种不良行为，下次来时他便会给她带来一些新的她曾缺失的东西。有时还要在其中增加一两样，那些都是他细细挑选的东西。偶尔还会在一些物品上做一些记号，刻上一个"丫"字，本来他想刻一个"蓝"字的，但觉得还是更喜欢"丫"一些，而且这个字更容易刻一些。

当他将那些东西递给尔蓝时，她颇疑心地看着他："你这是干什么？"

"你的这些东西不是找不到了吗，担心你用的时候着急便给你带了一些来。"他看着她漫不经心地说。

于是她更是疑惑地看着他问："你有没有见过那些东西？"

看出她的怀疑，他却装着一副无辜的样子，眼睛一眨不眨地看着她说："我若见了肯定会告诉你啊！"

"是不是被你拿去了？"尔蓝仍疑心地看着他问道。

"我又不是女人，拿你的那些东西干什么？"他辩白道，还装着一副被冤枉的样子。

之前这些东西从未集体消失过。最近除了他来得频繁外，家里再没有别人，她当然疑心他。起初尔蓝并没有直接怀疑他，因家中还有两个孩子，想到或许是被小孩子不小心弄丢了。随着东西不停地丢失，她心里便明白了几分。

令她费解的是，他拿那些东西回去又能做何用呢？每次她都疑惑地看着他。越是观察他，越觉得可疑，他好像也变了，不再像之前那么严肃而高冷，变得孩子气和不可捉摸起来。他和姐弟俩玩起来时，已无法想象他之前冷漠的样子。姐弟俩也会在他的身上爬来爬去，有时小桐抱着他的脖子，恒良则抱着他的腿让他动弹不得。他像变戏法一样，一会儿就将他们抱在怀里，逗得他们哈哈大笑。

除此之外，每当从侧面打量他的时候，他那英俊而又立体感很强的侧影总让她很难受。她是多么在意他啊，可是他们经历种种后，终于可以这么近距离地待着的时候，他却属于另一个人了，这让她很心痛！哪怕他的侧影令她着迷，她也不敢多看，看多了只是更添伤感罢了！

沉默的爱

方凌波在尔蓝这儿待得越来越久。孩子没睡的时候，他会陪着他们说话。不是给小桐讲故事，就是逗恒良玩。时间久了，不仅小桐喜欢黏着他，就连恒良也喜欢吊在他身上。等孩子们都睡下了他也不走，坐在那儿不说话，只是静静地看着她。

随着外面的风声越来越紧，他总有一种预感，预感自己最终逃不过一劫。越是这样他越想多待一会儿，多看看多陪陪他们母子几人。

有时他甚至悲观地想，这次来了，下次还能不能来呢？今天坐在这儿，明天还能不能坐在这儿呢？此刻看到他们，下一刻是否还能看到他们呢？虽然有段时间他将生死置之度外，但现在他不再这样想了，他想活着，哪怕不能与他们在一起，至少可以不时看到他们，可以照顾他们。

有时想到，一旦他死了，他们怎么办呢？说不准她会嫁人，别说他死了，就是他不死，在他不能娶她的情况下，她也可能嫁人。想到她会再嫁他人，他就痛苦不堪！想到只要愿意娶她的人都可以娶她，一种无法抵御的嫉妒与愤怒便在心里升腾。

他胡思乱想着，因无法将这种情绪倾泻出来，他的脑子被自己搞得很乱。尤其想到了她要嫁人更是令他忧伤不已。他一边将忧伤深埋心底，一边胡思乱想着。

有时他又想，他若是死了，她会不会像哭海桐那样哭他？还是哭得更伤心一些？有时又禁不住问自己，是让她伤心多一点好呢，还是少一点好呢？

想着想着重重地叹了一口气，倘若他真的死了，还是希望她不要那么伤心。他怕她心碎，心碎的感觉他深有体会。比起心碎，他还是希望她好好的，只要记得他就好，越想这些他就越伤感，就越沉默不语。

有了这些担心，后来每次来，他就更加不会轻易走，常常静静地坐在那儿看着他们，或者看着她。他变得越来越沉默。当他的脑海里盘旋着最坏的结果时，对比此刻还能坐在她面前，还能看着她，他开始喜欢这些沉默的时刻，觉得还能如此沉默地对着她就好！

这天小桐和恒良都睡下了，方凌波还坐在那里，并不时地望向她。

冥冥之中似乎有着奇妙的心灵感应一样，在他胡思乱想的时候，尔蓝也有一种不好的预感，坐在那儿也隐隐不安。她也不时地抬头看向他，看着他那落寞而又忧伤的样子，她也非常神伤。

一直以来她把他当成生命里的一束光，一束照亮自己的光。他沉默与黯然的样子让她心疼，就像那束光被蒙上层层浓雾一样，让她无法清晰地看清周围的一切。如果他失去了光，让他失色的原因里一定有她。

虽然他们之间没有直面彼此，面对彼此的心，但正如他知道她一样，她也知道他，只是迫于一些原因，他们都回避最要命的那个话题。也因此她故意疏远他。

虽然知道他不属于她，但他的频繁出现还是让尔蓝觉得欣慰。因为他们之间很少有这样相聚的时候。

况且他来了两个孩子也开心，他似乎比海桐更了解孩子的心理，更能逗他们开心。

他对小桐的关注，她看在眼里，那是一种不同于对恒良的关注。明显停留在小桐身上的目光及陪伴她的时间多于弟弟。起初她认为那是血缘关系的原因，后来直觉告诉她，他似乎知道了一些什么。

尽管如此尔蓝仍不打算告诉他实情。原本是要告诉他的，自从知道他们之间有了另一个人后，她便放弃了这种想法。说出来只会让彼此更加尴尬，更加痛苦而已，可不说，心中也很痛！

此刻看着他那忧郁的眼神，她觉得他最近越来越沉默了，甚至沉默得有些异常。她望向他时，他也望向她。她发现今晚他的身影和眼神比任何时候都让她难受，好像那不是真实的一样，就像无数次她幻想他出现时的样子。

顿时心里有种隐隐的不安，这个她深爱却又不敢与他亲近的人会不会突然消失，像泡沫一般消失。当那些认识的人和身边人一个一个离去时，她都非常难受，如果有一天他也离去，再也不出现，她不知道自己是否承受得起。想到要失去他，瞬间一种痛让她无法坐直，之后她缓缓地站起来走向他，然后停在他面前。

四目相对时，他的眼里仍闪着忧伤。他望着她仍是什么也没说，只是抓住她的手将她抱住，然后将头埋在她的腿上。这样待了一会儿后，突然他猛地用力将她的身体拉下来，并搂进怀里吻她。开始还轻轻地，后来热烈起来。

之后方凌波将她抱起来，抱进房间的床上，覆上去更加热烈地吻她。在解她衣服的时候，他感觉自己的手都在颤抖。这是他们在那年分开之后的首次合体。从头到尾他们都沉默着，只用心和身体感受着彼此。结束后他仍将头埋在她的颈间，紧紧地抱着，久久没起身，生怕一分开她就离他而去一样。

他第一次留宿这里，并拥着她入眠。清晨醒来看着仍躺在怀中的她，方凌波仍有种不真实的感觉！好像这是他无数梦中的一个梦一样。为了验证不是梦，他吻了吻她的唇。

有了那真实而又柔软的触感后，他才相信是真的。于是，又热烈地吻她，直到将她吻醒。

尔蓝醒来后盯着这个不停吻着自己的人，以及他那双漂亮而又十分专注的眸子时，也有种恍然如梦的感觉！

她一直盯着他的眼睛看。他的眼睛生得不是很大，但很有型，尤其那道剑眉将他衬托得很英俊。以前她很少直视这双眼，因为看人的时候，他的眼神总是非常犀利，让人不敢直视。如今那种犀利换成了忧郁，无论什么时候都很忧郁，以致在他看人的时候，常感觉他紧锁眉头，原本英俊的剑眉也常蹙在一起。她不想看他锁眉的样子，不由得伸手去抚了抚他的眉毛。

刚触到他的眉，手就被他抓住。他边将她的手放在唇边吻着，边将她紧紧地拥住。

之后他们像陷入热恋之中的人一样，又回到那甜蜜的过去，珍惜在一起的日子。可是，他们仍清楚地知道，等待他们的是什么。他们爱得忧伤而又沉默！

尽管很想与她长相厮守，但方凌波清楚与她在一起的机会不多，便紧紧地抓住与她在一起的每一段时光，也将自己的所有柔情蜜意都给她。他总是像个孩子一样缠着她。

有一天，他还求着尔蓝绣一块手帕给他，一定要用蓝色的线把她的名字绣在上面。

"为什么要这样一块手帕？"她问。

他答："等你下次不要我的时候，我好拿出来看看。"

这让尔蓝想起当初拒绝他的时候，为让他死心曾将那条鱼还给了他。近来她发现那条鱼一直挂在他的脖子上。一次她躺在他怀里捏着那条鱼说："我以为你会把它丢了？"

他看着她问："为什么要丢？"

"因为……唉，不说了，为什么挂在脖子上？"她说了一截话又转移了话题。

"因为上面有你的气味嘛。"他轻轻地答道。

"还给我吧？"

"不，现在它是我的了。"

尔蓝未能要回那条鱼，却还是为他绣了一块手帕，在手帕的角落里还绣了一个"蓝"字。

拿到手帕的那一天，方凌波很高兴，就像小桐得到那条鱼的时候一样。

墓前哭他

虽然那是一段甜蜜的日子，可对方凌波来说，也是一段备受煎熬的日子。因为他很怕和她分离，越是害怕，越是受着煎熬！

往往她已睡着，他还醒着，脑子里常胡思乱想着，想得太多时就会整夜睡不着。夜间，他静静地躺着，感受着她躺在身边，听着她睡着时均匀的呼吸声，闻着她身上散发的薄荷的淡淡清香，虽然没有灯，可他仍会借着月光俯身端详她睡着的样子。有时也会情不自禁地吻她，或将她紧紧搂在怀里。

那种患得患失的心理，常常让他无法安眠。往往到天亮时才睡着，一会儿便又突然醒来。

他也珍惜和小桐在一起的时光。有时他忧伤地看着这个孩子，不知该怎样待她才好。一次他将她抱在怀里教她识字，边教边抬头看着尔蓝。她也看着他，他们的眼里都是对往事的追忆，想起早先他们在一起的情景。

一天深夜，他像梦呓一样叫着她的名字，她应着他用手摸着他的脸问："怎么了？"

他装着漫不经心地问："你有什么事情要告诉我吗？"

她为他突然问这个话感到奇怪，忽然想到他和小桐在一起的情景，他看小桐的眼神，以及每次他与小桐在一起时，都要多看上她几眼的那种古怪的表现，感觉他定是知道一些情况，只是想要从她的嘴里得到证实而已。她不知道要不要告诉他实情。

此刻他躺在她身边，因为知道他早晚要走，迟早要离开这里，所以才纵容他、纵容自己陷入这种情感里，陷进这两难的抉择里。尽管她觉得自己微不足道，但仍无法想象他从她的生命里消失的情景。如果没有他给的光亮，她这粒尘埃只能存在于某个灰暗的角落里，生命将会更加黯然下去。

如果告诉他小桐是他的女儿，她爱他爱得有些入魔又能如何呢？只是将这个难题抛给他选择而已。她不想那么做，虽然不愿去想，不去追问，但也无法回避他有一个妻子的事实，在这种情况下，他又能如何选择呢？

尔蓝觉得不能将这一切告诉他，只想和他在这短暂时光里少一些沉重。当不得不失去他时，至少还有一些美好的追忆，便说："没有要说的。"

没等来承认，方凌波也不再勉强。他长出了一口气，然后将她紧紧地搂在怀里更加深情地吻她。

由于叛徒的出卖，方凌波的双重身份曝光了，他多次遭到围堵。

秋天的一个晚上，方凌波送达一份情报后在江边被包围，倒霉的他再次被击中，为了不被捉到，中弹后他跳入了江中。见他跳江，他们又往江中放了许多枪。

方凌波落江后，多人沿江寻找，但谁也没找到！

虽然已有最坏的打算，但得知方凌波中弹落水的那一瞬间，尔蓝仍浑身颤抖，她无法接受这样的事实，胸口疼痛得像被人狠狠地插了一刀。

之后她像疯了一样，天天沿江寻找。她总是边找边自言自语："你回来吧，回来吧！"边找边哭，她多么希望他回来，她要告诉他一些实话，那些她藏在心中无数次想要讲，却又犹豫着未讲出的话，以及和他相关的一切事情。每一桩，每一件，哪怕最细小的一件都会告诉他，以及她思念他时的痛苦。

可当她想毫无保留地告诉他时，这个人却再也回不来了，再也不会突然出现在她的面前，每想到这里她就悲痛万分，伤心痛哭！

尔蓝沿江找了一年多，始终没找到方凌波。他仍是活不见人，死不见尸。

无数次的伤痛后，她在他家附近为他立了衣冠冢，里面放的是他受伤时被剪破的那件衣服。她没有扔掉，而是洗好缝好放在了那里，有很长一段时间她都睹物思人。为了纪念他，她将他的这件衣服埋在了地下。

她经常去他的墓前哭他。每次去都为他采些植物放在墓前，但多数时候采的都是薄荷。

因为那是他给她留下印象最深刻的植物，而她一直与这个植物相依为命。当初他们好的时候，他也曾伏在她的身上告诉她，他喜欢她身上这种清凉的气味。而在他的墓前，尔蓝把她之前未能说的，深埋在内心的话一点一点说给他听。

之后尔蓝曾四处打听他的妻子。当好不容易找上门时，看到的却是一位孤独而又可怜的残疾老人，他半躺在床上哀伤地看着她。

说明来意后，老人伤感地说道："你要找的人是我的女儿。她生孩子的时候难产死了，两条命都没了。"

尔蓝很伤心，没想到是这样的结果，她倚在门上问："您知道她丈夫的事吗？"

老人沉默了一会儿说："听说他被打死在江中，尸体都没有找到。"说着抹了抹眼泪。

看着悲伤的老人，尔蓝又悲从中来。她只是想找和他相关的人与事，找到他们来安慰自己那因悲哀而无处安放的灵魂。看着老人孤苦无依的处境，那种悲哀又加剧起来。

当再次来到方凌波坟前的时候，尔蓝便对他说："我去找她了，她父亲说她生孩子的时候难产死了，我很悲伤！"

她缓了一会儿又说："我本想帮帮他，却发现有时候实在是无能为力，既帮不了别人也帮不了自己！"说到这里，她感觉自己快要说不下去了。因为他若在一定会很痛苦！

接着她又去打听方凌菲他们，当找到丹桂村时，她对这个村子的许多记忆又苏醒过来，开心与痛苦统统涌上心头。

她找到以前住过的老房子和曾关她的那间柴房，如今那儿除了一片空地外什么也没有，好像那些房子从未有过一样。

她在村子里打听蔡成与方凌菲的下落，村里人也不知道他们去了哪里。他们像突然人间蒸发了一样，消失不见了。

她以为他们也被秘密杀害了，因伤心浑身都颤抖起来。

连续几年尔蓝都锲而不舍地寻找和方凌波有关的人与事，觉得只要和他相关对她都是一种慰藉。有时她很后悔，当年不该将那件小饰品还给他，如果不还，看着它还有些念想，现在什么都没了。那次她朝他要那条鱼时，他不但不给，还和她说笑："你还给我的东西，不能再给你，它现在属于我了。如果你想要，把我的人要去好了！"这些话如今都成了伤痛！

之后又想到，她丢失的那些东西是他拿走的，虽从未抓到证据，但他的种种行为还是出卖了他。她每丢一样东西，他总会还回来一些新的。那时不知道他将那些东西拿了去做何用。当他将一些新的物品拿来时，她仍是没法明白他。如今忽然明白他的用意，可她手里却没有属于他的东西。

正忧伤着，忽然想到他送来的那些东西。她从柜子里找到一对带有缠枝梅花纹的银发簪。有好几次清晨起来，他曾像小时候那样帮她盘过几次头，看到这小小的发饰，想着当时他对她的温柔样子，她痛苦得不行，再次像一个得了重病的人一样一头栽在床上，半天都没有起来。

有时候她看着小桐，虽然小时候她长得不是很像他，但年龄稍大一些，她的某些神态竟与他越来越神似起来。有时她会叫小桐过来，看着那有些似他的眉眼，将她紧紧地搂在怀中，像搂着那个她日思夜想的人一样。

在一遍遍寻找和他相关联的人与事时，尔蓝也曾找到方家，每次只在门外徘徊。去了很多次后，她才远远地看到一位老人，便站在那里打量他。

老人虽满头银丝，但身材仍很魁梧，背挺得很直，直得都有些过分，像用夹板夹过一样。那一头银丝齐整地向后梳着，眉宇间显出一副富足人家的气派，看人的时候嘴角带着严峻而又坚决的表情。

尔蓝知道那是方凌波的父亲方新元，她小时候曾见过他一次，那一次他凶神恶煞般用鞭子狠狠地打了他们。

她知道方凌波一直恨他，从被父亲赶走直到出事，方凌波都没和父亲讲和。但是方凌波身上流的是来自这个男人身上的血，身上多多少少也有一点儿父亲的身影，固执而偏强！

看着他，尔蓝突然同情起他来。她曾听到方凌波参加革命时，方新元也出过不少力。方家是镇上的富户，近年因管理不善，家业败了不少，但比起一般的家庭还是好的。尤其方家经营着药店，白天他向国民党卖药，夜晚他为共产党送药，而且还一次一次地资助红军挺进师银圆。方新元做的这些，方凌波不会不知，却仍未得到方凌波的谅解。他们之间不是怨气很深，而是两人都很骄傲，骄傲得谁都不愿意放下架子。

方新元既骄傲，脾气又很古怪！当从方凌菲那儿知道方凌波回来后，他一边骂着方凌波，一边又渴望方凌波能回来向他认错。他以为这么多年过去了，方凌波的脾气也该改一改了，只要回来向他认个错他便原谅方凌波。

怎么说那也是他的长子，再生方凌波的气心里多少还惦记着这个儿子。可左等右等方凌波始终没回来，这让他非常失望。骄傲的他也始终没有去找方凌波，只是偶尔从凌菲的嘴里听到一些方凌波的消息。

他帮助共产党及其领导的红军，一半是帮助他们，一半也是希望方凌波知道，他并不是个孬种，需要时他既能够出钱，也可以出力，不管方凌波回不回来，承不承认他。

直到传来方凌波中弹落水的消息，方新元心痛不已，一下子老了很多。他派出许多人到江里寻找儿子的下落，始终没有找到。他开始有些后悔这些年没有主动与儿子修好，这下再也没有了机会。

更让他伤心的是，方凌菲他们也不见了，他以为他们都被暗杀了。蔡成的身份他早知道，正是因为蔡成几次找他，他才有机会帮助共产党。想到他们可能已遇害，方新元心如刀绞。

你是我的女儿吗

一九四九年一月之后，解放军向长江以南进军，并节节取胜。浙南地区的国民党统治风雨飘摇，军政人员人心惶惶。为解放郁离小镇，二月一日，各路民兵涌向郁离小镇的敌兵炮台。很快鲤鱼山炮台便聚集了一万多民兵，他们将炮台团团围住。民兵们拿着长矛和大刀，扛着土铳，抬着土炮想要攻下炮台。

随着一声令下，枪炮声、喊杀声不断，向敌兵炮台攻去。攻了一天一夜，始终没有将炮台攻下。

之后浙南游击队第一纵队闻讯赶来，与民兵一起作战。战斗十分激烈，双方激战了三天三夜，最后有士兵带着炸药包冒死爬上去，炸了碉堡后才将敌军瓦解，郁离小镇终于迎来了解放。

郁离小镇解放的那天，尔蓝又去墓地看方凌波。

她告诉他："你知道吗？小镇解放了，大家再也不用过担惊受怕的日子了。"说着，她情绪突然激动起来，将头抵在那块简易的碑上说："可我从来没有像现在这样想你，我越来越后悔当初那样待你！"说着哭倒在他的坟上。

尔蓝从来没有这样后悔过，如果可以，她想重新选择一次。可是生命没有如果，也不容许她再做选择。

尔蓝带着一对儿女在孤苦中生活着。之后的多年曾有人来做媒，或那些对她有意的人托人来说，均被她婉拒了。只有她自己清楚，她这一生只想嫁一人，当初拒绝他已让她后悔终生，现在谁也代替不了那个人。

就在小镇解放的一年后，一天早上，尔蓝刚拉开大门，突然看到几只猴子在院中，其中一只吱吱地叫着向她跑来。

起初尔蓝还很奇怪，怎么突然来了这么多猴子。但看着那只猴子奔跑的样子，她认出那是已失踪了几年的苏。它似乎是拖儿带女地回来看她。

尔蓝高兴地叫着那猴子的名字。苏也高兴极了，它咧着嘴上前抱住了尔蓝的腿，其他的猴子也纷纷围了上来。

此后这些猴子便隔三岔五地回来，这让尔蓝特别欣慰。

小桐姐弟俩也特别喜欢这群猴子，常常分一些食物给它们。那些猴子看到吃的，围住姐弟两个纷纷伸出爪子等着分食，给得慢了，性急的猴子还会上前来抢，常逗得姐弟两个开心大笑。

看着姐弟俩与猴子们在一起开心的样子，尔蓝还是会不由自主地想起方凌波。想起当初猴子在时，他看猴子时也在看她。在山洞里避雨时，他还曾与她谈起猴子的爱情，可他们活得却不如猴子。

十五年后，尔蓝意外知道自己的身世。

时逢夏季，那天她去镇上卖草药，临近中午时一位老人站在她面前呆呆地看着她。她问他要什么，老人只是摇头，仍是看着她。以为他没钱，她随手抓了些金银花包好递给他。老人没去接，而是哆嗦着用颤抖的声音问她："你是我的尔蓝吗？"

尔蓝以为听错了，可老人明明叫的是她的名字，她惊讶地看

"你是我那从小被人抱走的女儿吗？"说话时老人的眼里含着泪。

尔蓝愣了愣，瞬间明白了是怎么回事，也呆呆地看着他。

他不是别人，而是尔蓝的生父许绍康。

那年他把尔蓝送走后，一直生活在悔恨中。后来越是想他死去的妻子越是想要找到尔蓝，他逢人就问："你看见我家的尔蓝了吗？要是见了告诉我一声。"他找女儿一找就是几十年。

没想到四十多年后，竟然在街上意外遇见。

尽管他的年龄并没有那么老，但几十年来，因悔恨、自责与郁郁寡欢，他看上去要比实际年龄大很多。

在认出被送走的女儿后，许绍康因激动而泪流满面。

那天，他跟着尔蓝回到了家，详细地向尔蓝讲了她的身世。

得知母亲的名字也叫小桐时，尔蓝很惊奇，女儿的名字是海桐起的。起初她觉得重了他的名字不好。那时她仍沉浸在不得不欺骗方凌波，以及思念他的悲痛里，对海桐一直很冷淡。看着以前挺开朗的一个人，因她而变得郁郁寡欢，觉得除亏欠另一个人之外，也亏欠他。见他每次都冲女儿叫着小桐，便也依他。

没想到，女儿居然和外婆是同一个名字。

当年，许绍康娶了蔡家的二小姐蔡小桐。蔡小桐比许绍康大上两岁。

许绍康是个仪表堂堂的小伙子。原本他没打算娶个大两岁的妻子，只因看上蔡家二小姐的美貌。再者是出于他那迫切的愿望。

他们许家到他这一代已六代单传。他总想着从他这代起，得把许家的香火点起来，总想着给他一个姑娘，他能创造一个民族。

再说这二小姐长得相当端庄大方，哪儿哪儿生得都标致，没有不令他心动的。洞房时十八岁的许绍康看着羞答答、娇滴滴的新娘子，越看越欢喜，满肚子的雄心壮志：要开垦，要播种，要丰收！藏着这样的心思，婚后他便一门心思地钻进传宗接代的胡同里，为了这目标，他便不停地要她。

所有心思都在许家的香火里，许绍康并没在意他的新娘子对他很冷，而且性情古怪，说话行事老是阴阳怪气的，在周围邻居中并不得好人缘。

不过好在蔡小桐的肚子争气，头一胎就给许绍康生了个胖乎乎的儿子。

许绍康端详着五官清秀、白白胖胖的头生子，觉得是个好兆头，挖空心思地给儿子起了个名字叫许尔尧，并准备下一个儿子就叫许尔舜，再下一个就叫许尔禹。他的心愿就是至少得生五个儿子。当然越多越好，那时他一门心思钻在生儿子的眼儿里！

虽然他这个妻子平时不大爱言语，也不爱笑，给人相当沉重的感觉，但许绍康对她特别好，什么事都很尊重她。哪怕再想要儿子，他妻子若是不乐意，他也绝不会霸王硬上弓。

许绍康虽然父母去世得早，家里又穷，但读过些书，老觉得自己是个文化人。而且他深知女人的性情，总有法子让蔡小桐将那沉重的心事搁一搁，搁下来为他生儿子。

尔尧一周岁的时候，果然小桐又怀孕了，而且生下来又是个男孩。名字也是现成的，许尔舜。打破了许家六代单传的纪录，许绍康的自豪自是不用说。

让他忧心的是，尔舜两个月时病了，总是烧了退，退了烧。可怜的小生命来到世间不到三个月便走了，谁也没有留住他。

尔舜走后，小桐经常坐在房间里以泪洗面，许绍康心里也特别难受，强忍着痛苦。每次看到小桐哭，他的痛苦又增加几分。

时间是世上最好的药，随着时间的拉长，痛苦慢慢淡了些。

小桐第三次怀孕了。只要一看到她的肚子大起来，一天一天地越挺越高，许绍康就心花怒放。可惜这次生下来的是个姑娘。

本打算让儿子五连冠，看到是个姑娘他嘴上没说什么，心里却像谁给他放了一块沉重的石头。虽然不大乐意来个女儿，他还是趴在那小闺女的脸上看了看。前两个孩子生下来皮肤都很光洁、耐看，小闺女的脸却在羊水里泡得皱巴巴的，单看那皮肤，活像个八十岁的老太太。

刚脱离母胎的她似乎还没适应外面的温度，哇哇地哭起来，声音嘹亮而清脆。她一哭许绍康更加烦躁，还是忍不住地说："她可真丑！"

接生的是一位五十多岁的女人，个子不高，身材粗壮，那张圆乎乎的胖脸上嵌着一双大眼睛，看人时眼睛显得格外大，大得吓人，让人不敢直视。但干起事儿来却十分麻利，她把孩子简单收拾了一下，穿上小衣服，然后包了起来。

她从三十岁就开始给人接生，干了二十多年同一件事，都不记得经手接下的孩子有多少了。在她看来，刚出生的孩子除了性别之外，大同小异，长大之后才会变得各式各样。父母长得好看，孩子也差不到哪儿去，父母长得歪瓜裂枣的，孩子也好看不到哪儿去。听他这么说，她笑道："现在可看不出来，女大十八变呢！"

他想想也有道理，扭头看着一脸疲惫的小桐。

她冲他虚弱地笑了笑，平时她难得一笑，她的笑让他心里温暖起来。他走近用手在她的脸上抚了抚，轻轻地说："又让你受苦了！"

她早看出他的失望，知道他盼的还是儿子，仍不动声色地说："你把她抱给我看看。"

孩子被抱过来，她把孩子拥在臂弯里，轻轻地贴在胸前，并低下头来仔细地打量孩子。小婴儿躺在母亲的怀抱里，感受到了母亲的心跳变得安静起来。

孩子瞪着一双黑黑的大眼睛，四处打量着，手脚也不闲着，不停地东抓西挠。小桐看了一会儿孩子才说："叫她尔蓝吧。"其实她早就想给孩子起这个名字，因为她喜欢蓝色，总想着若是有个女儿，就给她起名叫"蓝"。尤其刚刚看到女儿的眼睛很黑，眼眸里似乎透出蓝色的亮光。又因丈夫在儿子的名前放了个"尔"字，尔这尔那的，所以就叫她"尔蓝"。

这下好了，生了个女儿遂了她的心愿，看着女儿，她的心情也觉得轻松起来，不再那么哀愁了。

养了几个月，孩子的模样出来了，像个瓷娃娃，粉嫩的脸，粉嫩的手，粉嫩的脚，一双黑黑的眼睛总是好奇地看着一切，而且特爱笑，见谁就笑。一有人逗她，"咯咯咯"地乐个半天。那笑声像个小铃铛在微风里摇似的，听了令人特别愉悦。

小桐格外疼爱这个女儿。

被抱走的孩子

许绍康钻到生儿子的魔咒里去了，他对这个女儿并不大上心，甚至很少抱她。

晚上一躺到床上，他先把熟睡的孩子抱到一边去，再把小桐搂进怀里，他就想着要儿子。在要儿子之前，他得先要她，一遍又一遍，生怕有漏网之鱼。

小桐生第四个孩子的时候难产了。

那天热水啊，破棉絮啊，小毯子啊，剪刀啊，线啊，需要的东西都备妥当了。小桐却是一阵一阵地嚎叫，杀猪一般，她光嚎就是不见孩子出来。

许绍康在门外一圈儿一圈儿转，像一头被蒙着布的驴子。

一个时辰过去了，又一个时辰过去了，小桐的声音由高渐渐地低了下去，之后声音变得断断续续的，孩子还是没有生出来。他急得都想进去把她的肚子抢过来自己生算了。

产婆比他更急，看着小桐这种叫法很是生气，一个劲儿地叫她不要叫，省些力气留着生孩子。

终于盼到有东西出来了，一看先下的是背，产婆吓得不轻。之前她接过先下脚的，先下屁股的，也有先下背的，女人生孩子一旦遇上这种情况，都要在鬼门关走一遭。

她双手沾着血顾不得弄干净，就去喊许绍康："先生，这个我不行，这个我不行！下的是背，这可是难产，你得请大夫！"

看她双手沾着血，许绍康以为孩子不行了，听说要请大夫，神情也跟着慌起来。虽然他做过两三个孩子的父亲，也还只有二十四岁，这会儿更是没了主意，紧张地问："大人要紧吗？孩子要紧吗？"

"都要紧，都要紧，你快去请吧，弄不好会出人命。"

许绍康慌起来，答应一声转身就跑，跑了两步又回头叮嘱产婆好好照看她，便一溜烟地跑走了。

跑到诊所时偏偏医生出诊去了，也不知去了哪个村。他四处打听，一会儿有人说在上面那个村，一会儿又有人说在下面那个村。

他也搞不清楚到底在哪个村。等他好不容易把医生请来时，孩子已经生下来了，是个男孩儿，但由于生得太久，孩子出来便没了呼吸。可怜的小生命都没来得及哭一声，就又回到另一个黑暗里去了。

生产后小桐的头发像刚从水里捞起来一样，身下的血一汪一汪的，由于出血过多人已休克。

医生走过去查看了一下，摇了摇头说："太迟了。"

看到这个情景，许绍康慌乱起来，他拉住医生的手说："医生，求求你，救救她！"

医生再次摇头说："失血太多了，不行了！"

他无法接受，先前还好好的一个人，生一下孩子怎么说不行就不行了。

他扑了过去，抚着她的头发一遍遍地叫着她的名字："小桐，小桐。"

小桐闭着眼没有回应，她把最后一点力气用完后，就觉得自己活不成了。朦朦胧胧中听到了呼唤声，她费了好大的力气才把眼睛张开，疲惫地看了眼丈夫，张了张嘴却什么也说不出来。她实在太累了，连睁眼的力气都没了，她想睡会儿再睁，于是就睡了过去，这一睡却再也没有醒来。

许绍康抓着她的手，跪在她面前失声痛哭，边哭边叫着她的名字。见她不应又把她抱在怀里，继续哭着叫着，可是小桐再也听不到他的声音了。

他边哭边觉得自己有罪，他不该要更多的孩子，就因为他不停地想续香火，才害得她不得不离开。他哭啊哭，哭得像个孩子一样，他从未这么哭过。

小桐的身体完全僵硬了，她静静地躺着，脸上还有着拼尽最后一丝力气的疲惫。

哭到最后，许绍康不时用手抚着她的脸，一会儿想着她是睡着了，一会儿又想着她是走了。这样神情不定地想着，并一直守在她身边，想着她的一切，从嫁给他便不停地给他生孩子，不停地过一种伤心的日子。他只关心香火的事，从不关心她那沉重的心情，要是能关心关心她该多好啊！

他就这样跪在小桐的身边不许人动她。直到第二天小桐的父母闻讯赶来，许绍康才被人强行拖走。

蔡小桐走后，许绍康昏昏沉沉地过了几个月。他做什么都没有心情，不是坐在门口发呆，就是躺在床上发呆。只要一看到小桐用过的东西，鼻子立刻就会酸起来，可那些东西他又舍不得扔，只是越看越难过。

一日他坐在门口，看着尔尧带着尔蓝在玩沙土。

尔蓝刚两岁半，走路还有点摇摇晃晃的样子，越是摇晃她还越是往沙土堆上爬，结果不小心从土堆上滚了下来，滚得一身土，脸上嘴上都是。她从土堆里爬起来，居然还冲着父亲笑，一边笑一边叫：爸爸，爸爸。

许绍康木木地看着她。

这个女儿从生下来就特别顽皮。刚几个月大时，一听到有人逗她说话，她就不停地笑，要不就是咿咿呀呀地和人对话，越说越高兴。每天清晨天还没有完全亮，她就定点醒来，比报晓的公鸡还要准时。

一醒来不是翻身拍小桐的脸，就是揪许绍康的耳朵。等到大人们醒了，给她穿衣服时，她高兴极了，每穿一件衣服，都要站在小桐的腿上蹦蹦跳跳，好像急着下地跑到外面看那多彩的世界似的。

刚会走她便拿根树枝去赶院子里养的家禽。在许家经常会看到鸡飞狗跳的场面，她一边赶还一边愉悦地尖叫，院子里不时传来她那清脆而又响亮的笑声。

有时候那只叫花花的狗也会亲热地向她身上扑去和她玩。她刚蹒跚学步，本来就三摇两晃站不稳，狗一扑她就摔在地上。那狗还用舌头去舔她的脸。狗的行为往往招来男主人的一顿棍棒，接着狗会尖叫着夹着尾巴逃跑。

赶了一段时间的鸡鸭后，她又开始找别的东西玩。一次她跑到厨房内，将篮子里的几个鸡蛋丢在地上，蛋碎了一地。看到蛋黄流出来便用手去抓，她一抓，蛋黄一滑，抓了几次才把它抓散了。抓完又到处乱抹，身上、墙上、凳子上都被她抹上。抹着抹着感觉手不够用，又用脚去踩，踩了蛋壳又去踩蛋黄，蛋液铺了一地，又是白又是黄，弄得地上一摊滑，她一脚没踩好摔了个狗啃泥！

许绍康从外面进来，一进门就看到尔蓝滑倒的场面。鸡蛋平时舍不得吃，一心等着给小桐坐月子时补补身体，全被这孩子打得一个不剩。他气极了，一把将她拎起来，像拎小鸡仔儿一样，照着屁股就是几下，下手又重又狠。

顿时几个鲜红的手印印在尔蓝的屁股上，打得疼了她就扯着嗓门儿哭叫。

她的声音又尖锐又刺耳，哭叫时像猫被踩到尾巴一样。本来打几下就好，这种哭法让他又来了气，便大声地吼起来："还哭还哭，再哭你的屁股又有的好受了。"

他以为不让哭她就不哭了，她偏偏扯着嗓门儿又来了几个高音。他被气得没法儿，再把她拎起照着屁股又是几下子。尔蓝哭得更加厉害了。

过了一段时间，她又热衷于玩水，经常爬到水缸里，一站到水缸里就兴奋得手舞足蹈，并在水缸里拍着手大喊大叫。

看到她在水缸里，小桐虽然也生气，却舍不得打她，把她抱出来换一身干衣服。一会儿没看见，她又跑进水缸里，继续拍着手唱起谁也听不懂的调儿。

她常说这孩子原来肯定是个男孩儿，长着长着变异了。不知怎么的，她喜欢这不守规矩的小闺女！

这会儿，看着淘气的尔蓝叫他，许绍康没应她。

前两天，一个算命的在隔壁给人算卦，他在旁边站了一会儿，那人说了几句话让他受惊不小，说他几年之内连失三个亲人。

许绍康原本不信这些鬼话，被他说中便问："什么亲人？"

算命的说："两个儿子，一个女人。"

虽然表面上不动声色，但他心里已犯起嘀咕。之后又听他说出他现在有两个孩子，一儿一女。女儿夹在两个夭折的儿子中间，命比较硬，上不容下不容，且与母相克。

许绍康原本瞧不上算命的这种小伎俩。但他的话还是让他感到阵阵凉意，觉得全是真的。她的到来先是克死了哥哥，再是克死了弟弟，继而又克死了母亲。

此刻看着尔蓝，他竟觉得那笑里带着可怕的东西。

到了夜间，他又想起了小桐，觉得她不该这么早走，她才二十六岁，他想她想得心都碎了。可她走了，再也不会回来了。随后他又想起了尔蓝，想起算命的那些话，觉得这个孩子像个小魔鬼，是来折磨他的。事实上他也不喜欢她，从看到她的第一眼起。

这天许绍康正在院子里修一把断腿的椅子时，他的一个远房表婶来了。

表婶坐下后，一边和许绍康话着家常，一边打量着在边上玩耍的两兄妹，不停地夸两个孩子可爱。末了说了句："孩子妈去得太早，可怜了你，也可怜了两个孩子。"

许绍康听了只是叹气，只要有人提起他的亡妻，他就心生悲哀，有时那悲哀像洪水一样漫过他的心。

表婶在东拉西扯之后，拐弯抹角地问他："绍康，你一个男人养两个孩子不容易吧？"

他应着："哎！反正得养。"

表姘沉吟了一下又说："今天来是想和你商量个事，我有个亲戚，人很和善，家里条件也好，就是没有女儿，他们呢，想领个女孩子，我看你一个人带两个孩子挺不容易的，过来问问你。"说着看他的反应。

明白她的来意，许绍康看了看她，半天没回答。他想小桐，也知道小桐疼爱这个女儿，要他把自己的骨肉送给别人，他于心不忍，可那算命先生的话总在耳边响起。他并不是怕这孩子命硬克自己，只是这孩子总在折磨他的神经。

他没答应表姘，但每天仍郁郁寡欢，仍一门心思地想着他的亡妻，没有多少心思放在两个孩子的身上。妻子走后他一多半的魂也随着她去了。

两兄妹常像两个野人似的，一天到晚不是山上山下跑，就是房前屋后乱窜。不是被树杈划伤了身体，就是掉到水沟里去，刚从水沟里爬上来又到土堆里去滚。每天都弄得脏兮兮的，简直没有孩子样儿。他们身后还常跟着一条忠诚而又同样脏兮兮的狗，简直没法形容。

那狗因得了自由，也无法无天起来，整天摇头摆尾地跟在两个孩子的屁股后面漫山遍野地跑。

小桐去世后，岳父岳母也对他生了十二分的不满，总觉得健健康康的女儿给他娶了去，六年生了四个太频繁。蔡家觉得那心高气傲的女儿早年不该爱上一个不该爱的人，也不该心甘情愿嫁给许绍康，白白地搭了一条命。

隔了几天表姘又来了。这次她是苦口婆心地给他做工作："绍康啊，现在孩子还小，你一个人带两个孩子实在是不易。况且一个家缺少一个女人也不像样，你自己受罪不说孩子也跟着遭罪。

你现在还年轻，孩子分一个给别人养，对你对孩子都好，回头咱们再娶一房，孩子还可以再生。"

许绍康不语。

见他不语，她继续劝道："女儿迟早都要嫁人，到时你想见她也没那么容易。"

许绍康长长地叹口气，依旧不语。虽然不太喜欢这个孩子，但总归是自己的女儿。只是上次听了算命先生的话之后，他对这孩子多了层怨气。

"这户人家祖辈都是做药材生意的，虽算不上大富，日子也还过得去。夫妻俩很喜欢女儿，只是生的都是儿子，就想要个女儿。"见他有点儿松动了，她又趁热打铁地说，"孩子送过去，他们会好好待她的，你尽管放心好了。"

在表婶的软磨硬泡下，许绍康犹豫起来。最后狠下心让她把尔蓝领走了。

尔蓝被带走时，许绍康坐在房间里没有出去。

见一个陌生人要带自己走，尔蓝死活不愿意。她一边被拖着走，一边挣扎着回头叫："哥哥，哥哥，爸爸，爸爸。"

尔尧比尔蓝大三岁，看到妹妹被人带走，哪里肯依，便追了出去，用力拉着尔蓝的手往回拉，边拉边说："不许带我妹妹走，不许带我妹妹走。"

表婶觉得和一个小孩子拉拉扯扯，让邻居看到难堪，抱起尔蓝急急地跑起来。

她在前面跑，尔尧在后面追，边追边声嘶力竭地喊："把我妹妹放下来，把我妹妹放下来，你这个坏蛋！"

追着追着他被一块石头绊倒在地，因摔得太重，爬起时腿一

306

瘸一拐，越想跑快越是跑不快，因着急再次摔在了地上。这次他没有爬起来，而是趴在地上号啕大哭。

表婶一边跑，一边还挨着尔蓝的又抓又踢。尔蓝像只猫一样，不停地反抗着，她的尖指甲掐进了表婶的肉里，疼得她龇牙咧嘴。

她千方百计地想把这个孩子弄过去，是得了对方的一块花布和一些补药，拿了人家的东西，总想着把这事给办妥了。这会儿抱着尔蓝只顾着跑，生怕许绍康反悔，哪儿还顾得上疼。

尔蓝被抱走时，许绍康坐在昏暗的房间里，痛苦地用手抱着头，把脸埋在更深的阴影里。久久之后发出一声呜咽声，并在呜咽中低低地叫了声：小桐。

他一直未从丧妻的悲伤之中走出来。此时狠心地送走了女儿，当听到尔蓝被抱走时的尖叫声、尔尧的哭喊声，这一切都让他感觉痛苦不堪，悲从心来！

尔蓝被送走后，许绍康还是受着折磨。他老是梦见小桐那责怪的眼神，责怪他把女儿送给了别人。然后在梦里还总能听到尔蓝那"咯咯咯"的笑声，常常在半夜里被她笑醒，醒了总是不能再睡下去。

一天半夜，梦醒后他哭了起来，天亮后决定要把尔蓝要回来，女儿是他的，谁也不给。

第二天，许绍康早饭都没吃，翻了几座山跌跌撞撞地找到这个只在他母亲在世时才来过的表婶家。

表婶见一个月不见的许绍康瘦得皮包骨头，有些心疼，得知他想领回女儿时，她叹气道："孩子抱给人家，一家人都到山东做草药生意去了，几时能回来我还真不知道。"

"表婶你帮我想想办法，帮我找回来吧，我想这孩子想得不行了。"

看着他要哭出来的样子，表婶心软了，她说："我只知他们去了山东，山东在哪儿我都不知道，上哪儿给你找去啊？"说着也叹了口气，接着又补了一句："要是知道他们回来，就想办法把孩子给你要回来。"

许绍康却有种不祥的预感，觉得再也见不到他的尔蓝了。

此后多年，他一直打探着尔蓝的下落，却因表婶的过世，再也没有尔蓝的消息。

听完自己的身世后，尔蓝也向父亲说了叶家的一些情况，以及她在叶家的生活。之后尔蓝与尔尧也见了面，分别多年，兄妹俩见了不禁抱头痛哭。

为了安抚父亲多年自责的心，征求了尔尧的意见，尔蓝将父亲留在身边。在享受家庭温暖、亲情之外，独处的时候，尔蓝的心里仍十分凄楚，她仍怀念那个永远也无法忘怀的人。

叶凌霄归来

时常，尔蓝还会想起叶凌霄，那年一别再未见过，不知他是死是活。当家人一个一个离去后，她无数次祈求上天，一定要让他活着。

如她所愿，叶凌霄还活着。

多年之后，叶凌霄带着妻子和一双儿女回来了。

当年与尔蓝偶然相遇后，他既高兴又难过。高兴再次见到她，难过父母及兄弟的去世。一路上他郁郁寡欢，觉得今后将不会再笑了。

之后，他随部队转战各地，曾在江西、福建等地多次与日军对抗。在江西时，他们连曾分八个班守山头，守了一天一夜，山头保住了。当他们由山上下来时，却突然冲上来大批日本兵，于是他们与日军激烈战斗。战斗中，他的右腿被子弹击中，子弹由腿肚子上穿腿而过。被击中后，腿部麻木，他并不知道自己受伤了。撤退时，又跟着部队走了十多千米，被战友发现腿上流了许多血，才发现腿被击穿。后来说起这件事时，他总说："幸好没有伤及骨头，是穿腿而过，也省了取子弹这样的麻烦事。"

一九四五年，日本投降后，部队调整，叶凌霄被编进了华东第三野战军，先后又参加了淮海战役、渡江战役。

淮海战役时，他的一件棉衣被打了七八个洞，幸运的是，只是擦破一点儿皮，因为那时他很瘦，给他的那件衣服太大，才幸运躲过一劫。

接着，他又随部队到南京保护电台。中华人民共和国成立后，电台和司令部合并了，国民党的被服厂被解放军接管时，叶凌霄又由司令部调往被服厂做保卫工作。此后，他便一直在军工厂工作。

在经历无数次血与火、生与死的考验后，叶凌霄身上有着军人那种非凡的气质，加上他长相英俊，五官棱角分明，常给人留下深刻印象。后经人介绍，他与南京当地的一位周姓姑娘结婚，婚后生育了一对儿女。但他一直对海桐与尔蓝念念不忘，时常和妻子说起他们，说起他们的过往。

有一天，他又对她说："我出来很多年了，现在越来越想念家乡的弟弟他们，不知道他们怎样了，很想回去看看。"

妻子知道早年他同大哥与家人赌气出来，之后参军南征北战，后来大哥牺牲在战场上，父母与兄弟的逝去，一直让他非常伤痛。她很理解他的心情，便对他说："那就回去看看吧，我和孩子陪你一起去！"

叶凌霄辗转回来后，却只看到了尔蓝和两个孩子，得知海桐已于多年前被杀害，悲痛欲绝，他不敢相信，连海桐也不在人世了。来到家人的坟前，他再也抑制不住，伏倒在坟上，痛哭起来。

待冷静后，尔蓝才详细叙述了他走之后，家里的变故及种种。在她的叙述里，他仍无法相信，他的脑海里仍闪现着孩提时代的情景，一大家人热闹的场面。他与木槿的灵魂互相呼应，冬青的安静与沉默，海桐的娇气，尔蓝的倔强与给他们兄弟带来的内心变化，以及父母与他们之间的种种。如今这一切都离他远去，那些声音的消失与人的逝去都让他无法承受！他不愿接受这种变化，宁愿回到过去，可再也回不去了。

之后，看到尔蓝和一双儿女，看到她那忧伤的神情，他的心情非常沉重，似乎有什么东西压住他的胸腔一样，令他呼吸都困难起来！他既为两个弟弟的过世伤痛，也为她伤痛。他没想到，她多次遭受这种苦难。他在感叹命运对她不公的同时，也感叹自己再次与她擦肩而过的命运！

叶凌霄在家里待了几天，临走时，征求了妻子的同意，想带尔蓝母子一起去南京，却遭到了尔蓝的拒绝。

看着叶凌霄健健康康，带着妻儿回来，尔蓝很高兴，却不想打扰他们的生活。她对他说："我们就在这里，哪儿也不去，况且，家里人都在这里，如果你们有时间，就回来看看。"

她不离开这儿的原因，还是希望有朝一日，能听到有关方凌波的信息，而且这里是他曾经待过的地方，只有在这里，她才觉得与他离得更近一些。不时地，她还可以去那座石屋或他的坟前看他或想他。

叶凌霄神情忧郁地看着她，知道她的心里很苦楚，也知道她善于将忧伤深埋心底。他想帮她，可知道她的倔强，在她的倔强面前，他觉得自己总是无能为力。

离开时，叶凌霄黯然神伤，来时，他多少带着一些即将见到亲人的期许，走时，除了无法承受的痛苦之外，竟有着几许绝望。他甚至后悔，那次尔蓝让他回去看看海桐时，他没有回去，他和木槿的出走，竟是和家人的永远诀别。原本热闹的一大家人，如今只剩下他和尔蓝了，可他又不得不离她而去！

此后多年，叶凌霄偶有回来，每次回来，看尔蓝仍孤单着，他的心里仍很不好受。

尽管他曾对她怀着美好的向往，有着一份爱恋，但如今他已别无选择。他不想她这么孤单下去，曾劝过她几次："有合适的人，再成个家吧！"

每次尔蓝都苦涩地笑笑，回他："不了，这样挺好！"

虽然他仍心疼她，曾深深地爱慕过她，如今依然爱慕着，但他并不知道她内心的真实想法，他甚至都没有海桐对她的了解多。就连两个孩子的身世，他也不甚了解。

有时看着小桐与恒良，他只感到欣慰，两个孩子中恒良长得更像她，性格也一个活泼，一个安静。看着他们渐渐长大，感觉就像看到当年的海桐与尔蓝一样。好在有两个孩子陪伴她，不然，他会更难受一些！

但他仍觉得，他们终归是错过了许多相知的日子。如今他也只能远远地看着她，并希望她在有生之年，有个好的归宿，有人能善待她，这是他今生最大的期望。

他们都不懂他

多年后，法国科尔马小镇上，一对兄妹为父亲的身体担忧。他们都认为父亲快不行了！

一连几天，哥哥蓝天与妹妹蔚蓝每次碰面交换眼神的时候，流露的都是这个意思。

他们的父亲躺在床上，像冬眠的动物一样，睡得一天比一天长，吃得一天比一天少，瘦得一天比一天多。他身上剩下最多的东西就是那副骨架。

许多时候，兄妹俩都手足无措，什么忙也帮不上，只能眼巴巴地看着父亲，看着他的眼睛一天天地闭着，嘴巴一天天地闭着。偶尔睁开眼也不正眼看他们。

蓝天常常倚在窗前，看着父亲那瘦骨嶙峋的样子，都不敢相信这位奄奄一息、出气比进气多的老人就是他那曾一度被称为美男子的父亲。

他的床头摆着他年轻时的照片，照片里的他俊朗、挺拔，微蹙着双眉，他的神情看似忧郁，却又充满野性的深沉。

而此刻他那曾高大英俊的身体在床上像一副标本，曾流光溢彩的眼睛深深地塌陷进眼眶内，曾饱满光洁的面颊也深深地凹进

313

腮上的骨架内。他曾英挺的剑眉，高高的鼻梁，洁白的牙齿，以及无论说话与否、高兴与生气、微笑与冷峻都让人着迷的唇齿也变得毫无生气。他曾经的英俊、风度翩翩，曾让母亲明知道他不爱她，仍为他神魂颠倒的模样已不复存在。

如今曾经的曾经都不在了，他像一丝游魂一样附在那张床上。有时他甚至觉得他的魂曾离开过他的身体，在上方看着他自己，等着自己随时咽气，好穿窗而过。在他未咽气前，兄妹俩也只能换着班地守着他的魂。

"你看要不要把姑姑请来？"那天守了父亲一整天的蔚蓝看着蓝天疲惫地问。

唉！蓝天也叹了一口气："她来了又要哭，我受不了她哭，她一哭我就不知道做什么好了。"

他们都知道姑姑与父亲的感情最好。当初父亲在国内多次遇险时，是她与姑父多次将他救了出来，并强行将他带到国外。可这么多年他像孩子一样让姑姑操心，如今他又躺在床上一病不起。

每次姑姑看到他躺在床上不声不响，瘦得不成样子，就得哭一番。她不哭还好，她一哭他们兄妹又觉得受不了，觉得人生特别悲伤。

"我一想到他随时会走，我心里就特别难过。"蔚蓝悲切地说。

可是谁又不难过呢？他们记忆里的他郁郁寡欢，他那忧伤的眼神一直让人难过。

在蓝天的印象里，父亲并不爱母亲，他对她除了冷漠还是冷漠。他甚至都很少好好看她，也很少与她说话。他们在一起就像两扇门，只在关闭的时候才会发出轻微的响动，打开时他们面面相对，却默默无语，像两个陌生人。有时他觉得，即便是陌生人也要比他们相处得好一些。

父亲对他们的态度也好不到哪儿去，常常不理会他们兄妹，偶尔打量他们，却甚少与他们交流，好像一张嘴他就会损失什么似的。

他总是沉默着，在他的沉默下，在他的一语不发下，他们也沉默着。虽然他极少与他们交流，甚至很少冲他们发火，但兄妹两个依然惧他，惧他一如既往的沉默，惧他一如既往的忧伤。

他们曾从姑姑那儿听到过他的一点儿消息："你爸爸身上有几个弹孔如果再错上一点点，就可以要了他的命，可每次似乎都有神灵在保佑他，那些子弹都错过了他的要害。"每次谈起他身上的枪伤，姑姑都会重复着这句话。

然后她再感叹一句："唉！你爸爸，你爸爸的伤啊，你们不能理解！"之后她就陷入了沉思里，好像他们不能理解父亲的伤痛，让她很痛心一样！

蓝天觉得自己和蔚蓝可以对天起誓，他们想理解他，可他从未给过他们机会。别说是他们，似乎连他们的母亲都没法理解他。记忆里母亲有时也用忧伤的眼神看着他。

他们的父亲虽然总是默默的，但从他记事起，他就发现父亲喜欢养植物，而且只养薄荷。这种草大部分时候只长叶子，极少开花，花开得也不起眼，白色的小碎花星星点点悬在枝头，他甚至寻不到漂亮的字眼来形容它。

可父亲偏偏对这不起眼的植物情有独钟，几十年如一日地只养它。养它的时候，看它的时候，父亲的眼神与平时都不一样，那目光温柔极了，那种温柔让他觉得那是另一个世界的父亲，与他们所认识的世界里的父亲不是一个人。

因为那温柔，父亲没有给过他们的母亲，也没有给过他们，甚至没给过周围的任何人。蓝天不明白父亲为什么单单喜欢这一种植物，他看不出它比别的植物特别在何处，好在哪里，有什么优势，但是父亲只养它。

父亲还喜欢一种颜色——蓝。父亲的许多衣物如果能够选择颜色，只选择蓝色，蓝色的衬衫，蓝色的领带，蓝色的裤子，蓝色的帽子，蓝色的鞋子，蓝色的钢笔，蓝色的笔记本，以及父亲给他们兄妹两人的名字也都各冠上一个"蓝"字：蓝天、蔚蓝。

有时候，他觉得他们生活在一个蓝色的世界里，那里不是天空，就是大海，因为这个独特的颜色，有时他认为这种颜色让他们也变得无限宽广起来。

像只喜欢一种植物一样，他们对父亲只喜欢一个颜色感到十分好奇。蓝色虽然清新秀丽，使人宁静，但这种冷冷的色调，常让人和忧郁联系在一起。父亲已够忧郁，为何还要喜欢这种让人无比忧郁的色彩！

他无数次怀着探寻的心思，想要探寻父亲为何如此喜欢这个颜色！多年前，他曾为此事问过母亲："爸爸为什么那么喜欢蓝色啊？"

他母亲原本正高兴着，突然脸一冷，好像这问题戳到了她的疼处。当然，她没有回答他。

他为这事情问过姑姑，姑姑先是一愣，也未正面回答他，只是随口说道："大概蓝色漂亮吧！"可是随后，她却又长长地叹了一口气，好像他不该问这个问题。几十年来，蓝天为这个"蓝"字纠结：蓝啊，蓝啊蓝！

虽然父亲极爱蓝色，可是母亲却恰恰相反，她所有的东西都要避开这个颜色，即使那样东西没有其他的颜色，即使放弃那样东西，她也不想拥有这个色彩。

他一直以为她是极力地为这个颜色与父亲唱反调。可是她又是那么爱父亲，尽管父亲对她极其冷漠，她仍对父亲无微不至地关心照顾。

由于腿受过枪伤落下毛病，父亲常常腿疼，而且走路也受了影响，身体总有些倾斜。

母亲还在世时，若是知道父亲腿疼，总是会放下一切帮父亲按摩那条受过伤的腿，可父亲不领她的情，常常疼得大汗淋漓，仍忍着疼痛不告诉她。

若是父亲对某样东西流露一点儿喜爱之情，母亲也总是想尽一切办法满足他。但父亲从没向她表示过任何感激，哪怕一个感激的眼神，一个亲昵的表情。

母亲去世后，虽然他与蔚蓝也尝试着关心父亲，照顾父亲，可再也没有人为父亲按摩了，因为哪儿疼他宁愿忍着也不告诉人。

有时他们想与父亲亲近，但从小他们之间建立起来的不是亲情，而是彼此冷漠，沉默是他们彼此无声的语言。他们都喜欢沉默，在沉默中彼此观察是他们最好的交流，有时在沉默中他们也会猜测对方的心思，并按猜测的心思行事。

三个月前，父亲因为腿疼不小心摔了一跤，此后便躺着不愿意下床。父亲摔得并不厉害，医生也表示休息一段时间就没事了，可是父亲就是不愿意起床。

父亲一天天地躺着，一天天地不运动，一天天地不想吃东西，一天天地闭着眼睛，一天天地不想说话，精神也就一天天地不好了。

蓝天认为父亲不是身体上的疾病，而是心理上的问题。他潜意识里认为父亲有厌世的情绪，腿伤让他更加厌世，从此一蹶不振，一病不起。

尽管如此，每次父亲由睡梦中醒来，依然还惦记着那盆植物，他会问："帮我的花浇水了没有？"说着目光还在搜索着自己的那盆植物。

"浇了。"蓝天总是肯定地回答。

"晒太阳了没有？"父亲会继续问。

"晒了。"蓝天再答。

得到肯定的答复，父亲便安静了。

下次醒来，又会继续问一遍："帮我的花浇水了没有？"

"浇了。"

"晒太阳了没有？"

"晒了。"

只要得到肯定的答复，父亲便安静下来，不然老心神不宁，像丢失了什么贵重的东西一样。

有几次，父亲让他和蔚蓝把那盆植物端过来。每次父亲都温柔地看着它出神，有时又像叹息一样长长地出一口气。那神情让人觉得他看的不是植物，而是恋人。有时蓝天会和蔚蓝互相交换眼神，然后互相耸肩。当然他们都不懂父亲何以会对一盆植物如此钟情，有时也对父亲这一特殊嗜好十分好奇！

带它去见她

随后几天，蓝天觉得父亲的精神越来越不好了，饭几乎不吃了，每天只喝一点儿水，睡半天醒一会儿，即使没睡着也闭着眼睛不愿与他们的目光对视，生怕从他们的眼睛里看到什么不该或不想看到的东西。总之父亲不愿睁开眼睛看他们。

有几次他睡着了，蓝天站在床边看着他，感觉他的出气与进气都十分微弱起来，若不睁开眼睛，他都要怀疑父亲是否还活着。

这让蓝天感到害怕，虽然他与父亲的感情不像一般父子那么深厚和亲密无间，但仍不希望父亲这样离开。

他也一直对父亲那神秘而又隐藏的内心好奇，好奇父亲到底经历了什么！比起好奇，他更担心父亲就此离去。

好在与父亲感情一直深厚的姑姑常陪在父亲身边，有时她握着父亲的手和他说话，有时就静静地看着父亲。无论姑姑说什么，父亲都很少应她，好像她在对着空气说话，或者对牛弹琴一样。

眼看父亲的状态越来越差，蔚蓝还是通知了姑姑。

午后，他们的姑姑来了，一进门就问为她开门的蔚蓝："你爸爸怎样了？"

"不好，今天就喝了一点儿水。"蔚蓝担心地说。

她匆匆地走到房间里，看着哥哥静静地躺在床上。大概听到她的声音，等她靠近他才睁开了眼睛。

先前那双忧郁的眼睛现在已深深地陷进眼眶里，看上去更加深沉吓人。虽然看出他的精神比前两天还差，但这次她没哭出来，而是和他说了一会儿话，他依旧没理她。

之后他便睡睡醒醒，中间醒了一次后，他睁开眼侧着头看着窗外的那盆植物也不说话，只示意他们把它端过去给他。

蓝天将薄荷端过去给他时，他看了看它的长势，侧着头闻了闻气味，然后又睡下了，蓝天突然发现有泪水从他的眼角滑落下来。

蓝天惊讶地看了看姑姑，她也看到了，然后黯然神伤！

他们彼此默默地坐了一会儿，蓝天拉了拉姑姑的衣袖示意她出去。

走出房间，蓝天就迫不及待地问道："姑姑，我们都知道您知道我爸爸的秘密，您就实话说了吧，他为什么喜欢这种植物？我一直好奇，它长得一点儿也不好看，也没有任何出彩的地方，他似乎养了它一辈子。您看刚才他看了那植物一眼，居然为它哭。记忆里他一直都很忧郁，我甚至从未见他笑过，有时我都怀疑他有没有笑的那个神经。和没见过他笑一样，更没见过他哭！刚才他为那盆植物哭，您也看到了，是不是很奇怪，我真搞不懂他！"

"那是你不懂你爸爸。"姑姑白了蓝天一眼说。

"我是不懂，可是他从来没让我们懂过。我、蔚蓝，包括我妈妈。"蓝天感觉委屈，和姑姑争辩道，"您说他什么时候让我们懂过？"

"不，你妈妈懂的，但她妒忌那个人不是她，所以她从不告诉你们真相。"姑姑耐人寻味地看着蓝天说，"你们平时只认为你们爸爸不爱说话，且冷漠无情，其实呢，他内心比谁都多情，比谁都温柔！"

"多情？温柔？他？别逗了姑姑！"蓝天叫了起来，"我从未体验过他的温柔。"

姑姑突然激动起来："因为你没体验过，所以你不懂他。"

"我长这么大，除了见他对那该死的植物温柔外，还真没看出来他还对谁温柔，他甚至对您也一样，冷漠无情！"蓝天依旧不服地和姑姑争辩道。

姑姑看了看蓝天，摇了摇头说："他只是拒绝表达而已，你们真以为他养的是植物吗？那是植物吗？在他的心里那养的可是他的心上人。"

听到心上人，蓝天愕然，瞪着眼睛直愣愣地看着姑姑，甚至胡思乱想起来，难道爸爸养的那盆薄荷不是草，不是花，而是《聊斋志异》里的女鬼？

一旁的蔚蓝也一脸惊诧地问："姑姑，我爸爸真的有一个心上人？"说着，似乎有了什么新发现一样，竟兴奋得两眼发光。

在蔚蓝的印象里，爸爸一直非常英俊，尤其年轻的时候，更是帅气得不行。无论是挺拔的身姿、立体的五官，还是迷人的眼神，看一眼总让人有种受到雷击的感觉。但父亲身上散发的那种冷，却又带着神秘，让人不敢靠近。如果这样的爸爸有一个心上人，那也不难理解，可那个人是谁呢？

姑姑没有直接回答他们，而是把兄妹俩带到他们父亲的书房。

这间书房不大，房间里摆设也不多，但藏书却不少，可是他们兄妹却很少踏进过，只因父亲喜欢安静。

犹记得，他们小的时候，父亲嫌他们吵闹，不许他们踏进书房一步。长大后他们也遵从着小时候的习惯，几乎不进去，甚至连他们母亲都很少进去。父亲常常一个人待在书房里，那间书房几乎成了父亲一个人的世界。

进到书房，因不记得上一次什么时候来过，兄妹俩都好似到了一个陌生的地方。

书房里只有一排柜子、一张桌子、一把椅子、一个衣架，桌上摆着两本书。其中一本看了三分之二，在三分之二处夹了一片叶子，那叶子大概被夹了很长时间已经干了。

蓝天端详着那露出一半的叶子：那是片椭圆形的叶子，叶片不大，边缘呈锯齿状。他想，那准是一片薄荷的叶子，便用手轻轻地动了动它，刚碰到它就碎了。碎片散开吓了他一跳，好像打坏了一个瓷器一样。他吓得猛一回头，生怕父亲站在身后。

他正为碰碎那片叶子而惊惶着，令他没想到的是，姑姑居然有父亲书房柜子的钥匙。

只见她小心翼翼地打开他父亲书架里面的一个抽屉，从里面拿出一个纹理漂亮的花梨木的盒子。他和蔚蓝都伸着头看，以为里面放着什么宝贝。打开才发现，盒子里没放什么珍奇异物，只放着几样极不起眼的小玩意儿。一个雕刻着鱼形图案的桃核，一块泛黄的白手帕，几个草编的小玩意儿，还有一堆发夹、簪子、梳子、纽扣、带子、头发等他们也弄不清楚的零零碎碎的小东西，似乎都是女人的东西。

姑姑用一只手轻轻地捏住桃核上的那根红丝线将桃核提起来，一只手捏住桃核给他们兄妹看："看，鱼的身体上有一个字，看看那是什么字？"

蔚蓝端详了一会儿，抬头问姑姑："是'丫'吗？"

"对，就是丫头的'丫'，那时候他还不知道她的名字，只叫她'丫头'。"

刚听到"丫头"两个字，蓝天的好奇心就被勾起，急切地问道："她是谁？"

姑姑看了他一眼没理他，而是从盒子里将那块泛黄的手帕提起来，展开，手帕的一角用蓝丝线绣了一个"蓝"字。她用手指着那个字说："她就叫这个字，知道你们的名字里为什么都有一个'蓝'字了吧，因为爱得深，你爸爸一生都对她念念不忘。"

"她是谁？"兄妹俩异口同声地问，问完又互相看了一眼。他们的爸爸已够神秘，而他惦念的那个人似乎更神秘。

"这要说起来话就太长了。"姑姑看着侄子和侄女说，看那样子她似乎只是为了向他们证实，他们的父亲不是一个冷漠的人，但又没打算把他的故事讲出来。

"姑姑。"蔚蓝拖着长腔叫了她一声，然后抓着她的胳膊摇了起来。

"姑姑。"蓝天也跟着叫了一声。

他们的姑姑叹了一口气说："不是我不说，是因为你们爸爸曾交代过，不让我向你们说他的过去，他就想孤独地来，孤独地去。"

"不，姑姑。"蓝天说，"他的孤独我们谁也没办法掠夺，但我们与他之间有隔膜就是因为我们从未了解他的过去。"

"关键是你们的爸爸并不想让你们了解他。"姑姑摊了摊手说，"别说你们，有时他甚至也不想和我说。我所知道的也是很久之前知道的，那是在他还想和我说的时候。"

"可是，他是我们的父亲，我们想要了解他。"蓝天说。

在他们的一再央求下，他们的姑姑开始讲起他们父亲的过去。

方凌菲从头到尾地向侄子侄女讲起方凌波的故事。

从他小时候到他少年时的叛逆，以及他救尔蓝后在山上隐居，再到之后被父亲赶出家门，出国，回国，参加革命，以及再遇当初救起的那个姑娘，并与她相爱的事。

"你们的爸爸与那姑娘相爱，好像是冥冥之中的事。当年他在你们爷爷的逼迫下才将那姑娘送回去，后来他自身难保，直到出国都没有找过她。他在法国时从不与我们联系，有段时间我们甚至以为他死在了国外，可是七年之后的一天，他突然回来了。

"我还记得那天见到他时的情景，当我们在一条路上相遇时，我几乎没认出他。之后他告诉我之所以回来，是因为有一天他在法国的街头看到了一幅油画，油画上的姑娘让他想起了曾经救过的那个孩子。他说是那个孩子召唤他回来。我看到过那幅画，他将画买了回来，带回了国。

"回来后他找了她一段时间，也让我帮他寻找，可都一无所获。后来他偶遇了一个青年，在你姑父的动员下，他留下来参加了革命，并介绍那青年加入。如果不是你姑父的鼓动，我觉得他不会主动参加革命，但他的家国情怀是有的，在那激情燃烧的岁月中，他还是参与了很多活动，做了很多事，为此多次受伤，也毫无怨言。那时，他常常去青年家开展一些活动，青年有一个沉默而又长相非常漂亮的嫂子。有段时间你爸爸可能被她吸引了，只是顾忌她的身份，默默地关注她。很长一段时间之后，他突然发现那个沉默寡言的人就是他要找的人。可是那个时候，她已是一个寡妇了，因为她从小做了那家的童养媳。那姑娘我见过一次，生得极好看，人也聪明善良。当时她正与一些人为红军赶做鞋子，听到有人叫她的名字，我看了她一会儿。"

方凌菲将哥哥与那姑娘如何相爱相恨，纠结多年而不得的故事统统告诉了兄妹俩，以及当年他落江被救后如何辗转到了上海，又来到法国。

那次方凌波被救后，当方凌菲看到他身上又多了处枪伤时，再也受不了，想方设法将他送往上海。由于形势所迫，方凌菲等人辗转到了法国，并强行将方凌波带走。

到了法国后，方凌波人虽在国外，但心仍在国内。伤好后腿也落下一些残疾，但他仍一次次要回国，一次次被方凌菲他们拦了下来。之所以不让他回去，不仅担心他，还因当时形势不允。

他们到了法国，而蔡成留在上海继续进行革命工作。多年后与他们团聚时才得知，当年发生了很多事，浙江省委书记被捕，省委机关被破坏，甚至有些党员被误杀。之后国民党顽固派又发起了第三次剿共行动，并成立了"督剿办事处"。抗日战争结束后，国民党的清剿行动愈演愈烈，并叫嚣"宁可错杀九十九，决不放过一个"。中华人民共和国成立后，武装部队又开始大规模的剿匪行动。那时他们担心方凌波，便一再阻止他回国。

方凌菲讲完后，蔚蓝突然问："林姑娘呢？"因为她在姑姑的叙述里听到父亲后来曾娶了一个林姑娘。

"开始我根本不知道林姑娘的存在，知道时她已经死了。"姑姑说。

"死了？"蓝天和蔚蓝都一脸惊讶地说，刚才姑姑说起她的时候，他们都以为他们一定有个同父异母的兄长或姐姐！

"在你们爸爸出事前她就死了。林姑娘也是一个可怜的人，她生来就不会说话。你爸爸娶她是因为他们父女救了他，还因为林姑娘有些像他喜欢的那个人。他一定是因为思念她太过痛苦，才会娶林姑娘。甚至都没有和她生活在一起，只是偶尔去看看。林姑娘生孩子的时候难产死了，母子两个都没了！"

"后来呢？"蓝天问，"爸爸有没有将林姑娘的事情告诉她？"

"开始时告诉过她，林姑娘出事后他没说，是更怕失去她了！他出事后我们就一起来到了法国。你爸爸是在我们的连哄带骗下才娶了你母亲的。可是更糟的还在后面，自从娶了你母亲后，他就一天比一天沉默，多一句话都不愿说。更多的是因为他爱的始终是心中惦记的那个人，并觉得对不起她。那些枪伤也在他的身上留下了后遗症，他腿上曾有一颗子弹长在肉里好几年，后来才被取了出来，取出子弹的时候，腿上的肉都已经烂起来了。他要忍受心理上和身体上的双重痛苦。

"因为先后多次受伤，他经常不是这儿疼就是那儿疼，可是他身上最疼的地方还不是那些伤，而是他的心。他一直都在想着那个姑娘。之所以一直对薄荷情有独钟，就是因为那姑娘酷爱薄荷，她养它，吃它，身上随时带着它，听说只要她从你身边走过，空气里总飘荡着一股淡淡的清凉气息，那气息在空气里弥漫，因此她有着'薄荷姑娘'的称号。这些年你爸爸的魂魄都被那气味吸去了。他很孤独，心里只有她。这些年他除了守护着这种植物外，还守护着自己的孤独，所以他对我们都冷漠。"

兄妹俩都被这故事震惊了，蓝天问："那'薄荷姑娘'还在吗？"

"几十年过去了，不知道她是否还活着。"方凌菲说，"我猜测她肯定也深爱着你爸爸，不然这么多年你爸爸不会一直对她念念不忘。或许他们之间还有一些什么隐情，你爸爸没有完全告诉我，他不告诉的才是最要命的部分。"

"后来，他们有没有联系过？"蔚蓝问。

"你爸爸大概给她写过信，都杳无音信，不知道哪儿出了问题。有几次，他说要回去看看，又被我拦了下来。或许是我过于杞人忧天了，我总担心他那段土匪的经历给他带来麻烦，坚决不同意他回去。还因为他当年落水后是被悄悄救起带走的，他们一定认为他死了，那姑娘也一定认为他死了。她连续死了两个丈夫，要带着两个孩子活下去，不可能继续等着。无论她嫁了人，或是不在了，我担心他回去会遭受更大的打击与痛苦。后来他的腿疾犯得更勤了，他才没有强硬地要回去。最近有时我在想，如果那姑娘还在，或者也期盼着他能回去，我阻止他们相见才真是罪过！"方凌菲说着不禁长长叹了一口气。哥哥对那姑娘的深情是她始料未及的。一段情往往随着时间推移慢慢变淡，而他对那姑娘的感情却像酒一样，越久越醇起来。

当蓝天拿着手帕和那个鱼形饰品回到父亲身边时，方凌波依旧闭着眼沉睡着，睡着时他像一个受了委屈的孩子，眉毛紧蹙着痛苦地扭在一起。

虽然他瘦得像一副标本，可那一刻蓝天竟觉得他像年轻时那般英俊迷人。哪怕瘦成骨架，他身上每一块骨骼都变得柔情似水起来。蓝天站在床边端详了父亲半天，然后轻轻地叫了声："爸爸。"

听到蓝天在喊他，方凌波眼皮动了动，但没有睁开。

蓝天将那块绣着他恋人名字的手帕塞到他的手中，又叫了声："爸爸，您看看这是什么？"

方凌波的手动了动，眼睛费劲地睁开，当看到那块手帕时，他的手哆嗦个不停，然后一行泪由那塌陷的眼眶流了下来。他看了看手帕，看了看一旁的方凌菲，看看兄妹俩，嘴唇哆嗦个不停。

接着蓝天又将那条鱼放到他手中，他看着它，呼吸都要停止了一样。后来因为无法承受对她的思念，除了薄荷以外，方凌波将关于她的物品都锁在了抽屉中，将钥匙给了方凌菲一把，并交代，他若是死了，将那些东西陪他一起葬了。

蓝天在床前俯下来，趴在父亲的耳边轻声说："爸爸，我替您去寻她好不好？"

他长久地注视儿子，过了好长时间才将那瘦骨嶙峋的手冲蓝天伸了过去，将那块泛黄的手帕放在蓝天的手中喃喃地说："带它去见她。"

"但您得答应我快点好起来。"蓝天盯着他那沉陷的眼窝说，"而且要好好吃饭。"

半天他答了一个字："好。"然后长长地出了一口气。

这些年，方凌波一直活在痛苦里。那年受伤落水后，他觉得这一次生命是真的要交代了。或许命不该绝，他再次被救起并悄悄送往上海。他以为伤好后就可以回来，他们却将他带到法国。

之后事情的发展都非他所愿，他觉得一桩桩一件件都将他推向了深渊，越到后来他越觉得无法控制，甚至都不能抽身出来。可是他想她和孩子，有时想得发疯，想要回去却又不能随心所欲，以致越到后来他越讨厌自己！

他甚至觉得不能和任何人分享他的心事，哪怕是凌菲。觉得和任何人分享与她之间的事，对他都是折磨。

多年来，他一直将她深藏于心底。哪怕成了家，有了孩子，他也常常一个人待着，想她和孩子或舔舐自己的伤口。也常常对着当年从她那儿偷来的东西发呆，不明白命运为什么要一再让他和她错过。因爱而不得，他一直折磨着自己。

后来病痛的折磨，也让他变得愈加颓废起来，他不再对任何事抱有幻想与希望，只活在不得不远离她和不能去找她的悔恨里。起初他还靠着那些小玩意儿来回忆和抚慰自己，后来他将对她的爱全都寄托在那盆植物上，只要闻一下薄荷的气味，就觉得她在旁边一样。

他觉得他的生命始终是从悲处来，到悲处去，总是活在无奈里。原本爱一个人是件幸福的事，可他却爱得如此痛苦。上次摔了一跤之后他更觉得人生无趣，加上病痛，甚至想要放弃这无法安歇的灵魂！

直到蓝天拿出手帕和饰品，他才发现，天哪，如果能再见她一面，死也无憾了！

向他的光里坠落

两天后，蓝天和蔚蓝踏上了归乡的路，这还是他们兄妹第一次回乡。

他们对这个叫郁离的镇子非常陌生，这里的人和事他们都不熟悉，哪怕方家也一样，知道这里是他们的家乡便也觉得亲切。

他们找到方家，爷爷已于多年前去世，多年来后辈们与他们父亲和姑姑没有联系，待他们也很冷漠，他们对兄妹俩所打探的人也一无所知。

之后蓝天兄妹俩来到镇上寻求帮助，多方打听，在一位乡镇干部的帮助下，他们找到了依旧住在山上的尔蓝。

当他们踏着蜿蜒的山路，过了一座小桥，看到那座有些年头的老房子时，他们好像回到了父亲那一代。能够找到她，他们非常惊喜。在未看到她时，他们不知道这座房子里住着一个怎样的人，一个如何让他们的父亲爱得如此深沉的人。

带他们的人刚走到院墙处，听到有人来，屋内走出来一位瘦削的老妇人。

看到那妇人的第一眼，蓝天和蔚蓝都觉得，尽管她已不再年轻，穿的也是普通的棉布衣服，但她完全不像一个普通的乡下妇人。她五官精致，眼神清澈，气质也比一般的村妇更显优雅。尽管她容貌姣好，他们还是从她的眼神里看到某种东西，那是和他们父亲如出一辙的忧郁。

走近后他们果真从她的身上闻到了那种薄荷的清凉。兄妹俩不禁互相看了一眼。

在得知他们是从法国特地赶来看她时，她有些惊讶，冲他们笑笑说："我没有亲属在国外，你们确定是来找我吗，有没有找错人？"

蓝天看着这张虽然有些年纪但仍显精致的脸，就连她的笑也很耐看，似乎明白这么多年父亲为何对她仍念念不忘了。蓝天对她说："没找错，我们确定来看望的人就是您。"

尔蓝将他们让进了屋，并为他们倒了放了薄荷的白落地茶。

兄妹俩走得渴了，尝了一口那在碗中旋转着绿色植物的茶水，浑身都清凉起来。喝着令人心怡的茶，看着这举止优雅的老太太，他们对她充满了好奇。

随后蓝天看了看蔚蓝，才试探地问："阿姨，我们来找您，是想向您打探一个人。"

看着眼前的年轻人，尔蓝不知道他们的来历。她平时很少出门，他们能向一个村妇打探谁呢？不禁疑惑地问："向我打探？谁呢？"

"您认不认识一个叫方凌波的人？"蓝天边问边盯着她的脸观察。

果然听到他父亲的名字时，她的身体颤抖了一下，并呆呆地出了一会儿神，再看向他的时候，眼神里充满了疑惑和更深的忧伤。她深吸了一口气，然后缓缓地说："认识，他已过世多年了。"

兄妹俩互相看了看，蔚蓝问道："您确定他已不在人世了吗？"

尔蓝不知道这年轻人为什么这么问，他的问话甚至让她气恼，她应该比谁都希望他还在，每次想到他仍是心碎的感觉。他还活着的想法，不过是她无数次的梦想罢了！当年明明有人看到他中弹后掉进水里，之后许多人找他但谁也没找到，他们都觉得他的尸体一定是被冲到某个地方去了。想到此她又陷进在江边寻他及去衣冠冢哭他的情景中，那深深的悲哀再次涌了上来。

好一会儿，尔蓝才从那种失神的状态中回来。她用忧郁的眼睛悲哀地看着两个年轻人，竟不知如何说起这件往事，而且她并不是很愿意说，尤其她不明白他们为什么来找她，他们似乎掌握了一些信息。她呆呆地看着他们，更希望从他们那儿获得一些她想知道的东西。

"阿姨，您能给我们介绍一下他的情况吗？"蔚蓝说。

尔蓝并不愿意多说，只是看着两个年轻人。她不自在地蜷缩起手指，每每想起他，她的心脏总是跳动得有些失常。她只愿把他放在心中，却不愿说起。

像是知道他们的到来搅乱了她的心一样，蔚蓝用迫切的眼神看着尔蓝继续说："我们在调查一些东西，这对我们很重要。"

尔蓝犹豫着。

在他们的一再央求下，最后她叹了口气才简单地将方凌波当年落水的情况介绍了一下。

"后来呢？"

她又望了望他们，忧伤地说："我不知道你们找他做什么，虽然没找到他的尸体。"说到这儿她停顿了一下，又用那忧郁的眼神看了看他们说："但我给他立了墓，里面放的是他曾穿过的衣服。"

兄妹俩又互相看了看，好一会儿蓝天才问："阿姨，您能带我们去看一看他的墓吗？"

尔蓝犹豫了一下，不知出于什么心理竟答应了他们的请求。

往墓地走时，尔蓝走在前面，兄妹俩走在后面。望着她的背影，蓝天感觉她的背影沉重而又忧伤。瞬间他将那背影与父亲的背影联系在一起。多么相像的两个身影啊，他们彼此都非常在意对方，为什么要分离这么多年呢？如果将父亲的情况告诉她，她会有什么反应呢？而且令他疑惑的是，她明明一直住在同个地方，父亲给她写信为何没有收到呢？哪个环节出了问题呢？

尔蓝将方凌波的墓设在方家石屋的后面，每次来这里她都会回忆起他们在一起的许多时光，既甜蜜又忧伤！有时她也会在门口坐上一阵儿，坐在那儿怀念他。

经过石屋时，尔蓝指给他们看："这是他曾住过的老屋，他走后就一直空着，再也没有人来住了。"说着那潮水般的痛苦又涌了上来。

蓝天朝石屋看了看，房子虽然很破，但仍十分牢固的样子，门前的台阶与院中也十分干净，并不像完全荒芜的样子。直觉告诉他似乎有人经常来这里整理。转过石屋便看到用块石垒成的坟墓，坟前有一块碑，但上面什么也没写。坟前也干干净净，一块石头上放着一束还未完全枯萎的蓝紫色的叫不出名字的花，花中还插着一枝薄荷。

墓前兄妹俩的心情很复杂，怎么告诉她父亲还活在世上呢？蓝天望了一眼面前瘦削的老人，见她望着那坟墓一脸悲戚，实在不忍，他从口袋里掏出了父亲让他带着的那块手帕轻轻地递给了她。

看到这块熟悉的手帕，尔蓝再次浑身颤抖起来，这是当年她在他的要求下绣给他的。当年他拿到这块手帕时，眼含笑意地将它放在贴身的口袋里，并说："带着它，就像带着你一样。"

事隔多年，再看到这样东西，尔蓝颤抖地从蓝天手中接过手帕，这手帕怎么会在他们的手里？她疑惑地看着面前的两个年轻人说："这是从哪儿来的？"

"从我父亲那儿来的。"蔚蓝告诉她。她一边说一边看着尔蓝那激动的表情。

"你父亲？"尔蓝不敢相信地问，满眼都是惊愕与疑惑。

"是的，我父亲。"蓝天重复了一遍说，"他将这块手帕视作珍宝。"

尔蓝这才意识到什么，用颤抖的声音问道："你父亲叫什么名字？"

"方凌波。他没死，而是受伤后被救起。我姑姑不想他死在国内，强行将他带到了法国。"蓝天解释说。

听到这个消息，尔蓝更是震惊，她颤抖得都快站不住了。蔚蓝急忙扶住了她。

兄妹俩向她讲了他们父亲这么多年的情况以及目前的状态，还特意强调他们父亲几十年如一日只种一种叫薄荷的植物。

瞬间尔蓝的眼泪流下来。几十年来一直以为他死了，时时去坟上哭他，有时感觉眼睛都要哭瞎了，原来他还活着，只是在世界的另一端。

等平静下来后，她忽然对他们说："我能见见他吗？"这么多年来这是她第一次主动要求去见他，似乎觉得不见他，死了都会后悔一样。多年的悔恨已让她不敢再错过。

兄妹俩互相看了看笑着说:"当然,我们就是征得父亲的同意,前来寻您的。这些年他一直想找您,只是出于种种原因没能来,我们都希望您与我父亲能完成这个心愿。"

让兄妹俩没有想到的是,他们还见到了同父异母的姐姐。父亲未向任何人提起他还有一个女儿,甚至姑姑都不知道。见到小桐时,兄妹俩都在心中惊了一下。天哪!她竟然很像他们的父亲,神态、举止都很像,尤其看人时那深邃的眼神,而他们兄妹俩却长得一点儿不像他。

就连尔蓝也没有想到,长大后的小桐竟完全变了样,越来越像方凌波。尤其看人的眼神与神态,就连手脚也出奇地像!

长大后的小桐有一天告诉尔蓝:"小时候很多事我都不记得了,但我还记得带我和弟弟玩耍的方叔叔。"说着还伸手给尔蓝看她一直戴在手上的那个小鱼:"我很喜欢这条小鱼,雕得真好,戴着都舍不得摘下,每次看到它还会想起方叔叔。"她不知道她母亲原来也有一个。

当时尔蓝愣怔了好半天,然后才将她的身世告诉她,并将她带到方凌波的墓前。

蓝天与蔚蓝也见到了恒良。

恒良长得不像海桐,唯有修长的手指像他,性格也同海桐一样温和,模样则像极了尔蓝。

虽然他们都是初次相见,但并没有感觉特别陌生,似乎又有某种东西将他们联系在一起,他们坐下来商量要带尔蓝出国的事。姐弟两个因了解母亲多年的苦楚,同意母亲前往法国,了却她多年的心愿。

　　尔蓝跟着兄妹二人飞往法国时，坐在飞机上心潮起伏。她不知道几十年后他们再见时如何致意，是否还有勇气将在他坟前说过的许多话再说一遍。

　　忽然她的脑海里出现一个画面，他躺在那里微笑着向她张开双臂，他的笑依然那么灿烂，像一束光一样照亮了她，而她渺小的身影则像一粒尘埃，肆意地在光束里飞舞，然后向他的光里坠落！

　　尽管张开双臂的画面是几十年前的一个画面，但几十年后，这画面再次重现，依然清晰！